失蹤的女孩

THEN SHE WAS GONE

Lisa Jewell

麗莎・朱爾 ———著 趙丕慧 ———譯

部落客盛讚

這本書就是完美——很容易入迷，很難丟開，有太多地方得解謎，你幾乎不想放下！

——Bookbag

莉莎．朱爾很懂得把讀者拉進刺激又緊張的時刻，我在讀這本小說的時候從頭到尾都屏著一口氣！

——BiblioBeth

這本書讓我喘不過氣來，腎上腺素害我發抖，完全出乎預料。莉莎．朱爾寫出了她最好的一本小說！

——Fabulous Book Friend

我一口氣就讀完了《失蹤的女孩》……莉莎．朱爾依然是我最喜歡的作家——我知道她每次都不會讓我失望，而且她的文風帶著濃濃的個人風味，我愛死了！

——Cosy Books

我愛死這本書了，我只能說這是莉莎的小說裡我最愛的一本……步調明快，心理分析和酸苦淒美相結合，分量剛剛好，讓讀者專心警覺。《失蹤的女孩》寫得極巧妙，而且讀起來非常愉快。

——Handwritten Girl Blog

五星級書評

我怎麼看都不嫌煩，而且看完之後整個人垮掉了！

真的讓你愛不釋手。如果你今年只讀一本書，那一定要選這一本！

莉莎・朱爾從第一頁就鉤住了你，不肯放開！

可能是我讀過最不可思議的小說！

驚悚刺激，而且不可能放下來，真是一本好書！

莉莎・朱爾又來了。感人肺腑，而且令人心碎！

令人痛苦卻又溫情脈脈，《失蹤的女孩》會讓你痴迷到走火入魔的地步！

哇！這本書看得我喘不過氣來，腎上腺素飆升，全身發抖，驚訝不已！

無法預測，出乎意料。真正讓你目不轉睛，而且讓你提著一顆心！

扣人心弦的一本書，秘密一個接一個揭開，攪動了我的情緒，撕扯著我的五臟六腑！

我看書很少會看到一本影響我這麼深，糾纏我這麼久的！

《失蹤的女孩》會粉碎你的心。寫得極美，讓你低迴不已！

恐怖、擾人、緊張，而且讓你全神貫注！

這是我今年讀過的最佳心理驚悚小說！

拉上窗帘，取消一切計畫，買這本書！包君滿意！

我沒辦法把書放下來，而且每一秒鐘都如痴如醉！

言語無法形容我是如何整整二十四小時釘死在這本書上的！

這本書從第一頁到最後一頁都把我牢牢吸引住。它是我今年看過的書裡最棒的一本！

獻給羅爾

關於「莎拉潔・魏秋」這個人物的名字

「莎拉潔・魏秋」這個名字是真實生活中的莎拉潔・魏秋給我的，她是去年「軋一角」（Get in Character）拍賣會的得主。該拍賣會為英國的慈善團體CLIC Sargent籌募基金。湊巧的是，莎拉潔也是在英國出版界工作的一位最了不起、最熱情、最舉足輕重的人物，我非常榮幸能夠使用她的名字。

CLIC Sargent的主旨是要改變年輕人罹癌的生活。他們深信罹患癌症的兒童和青年在抗癌的過程中有權得到最好的治療、照顧和支持，並且在抗癌治療結束後能夠得到最好的機會盡情揮灑他們的人生。

http://www.clicsargent.org.uk/

前言

那幾個月，在她失蹤前的那幾個月，是最美好的幾個月。真的。最美好的。來到她面前的每一分鐘都像是天賜的禮物，而且在說：我來了，又一個完美的一刻，看看我，妳能相信我有多可愛嗎？每天早晨都忙著上睫毛膏，肚子裡有蝴蝶在飛舞，靠近校門時脈搏加速，眼睛一瞄到他心裡就樂開了花。學校不再是牢籠，而是熱熱鬧鬧的、被聚光燈照著的電影場景，要拍攝的是她的愛情故事。

愛莉．麥克不敢相信西奧．古德曼會想跟她約會。西奧．古德曼是十年級、九年級、八年級最好看的男孩子。不過七年級不是。七年級的男生沒有一個是能看的，他們都太瘦小，像凸眼金魚，鞋子太大，運動外套也過大。

西奧．古德曼從來沒有交過女朋友，大家都以為他可能是gay。以男生來說，他長得滿俊俏的，非常瘦。而且人非常、非常之好。愛莉想跟他約會已經巴望著好多年了，管他是不是gay。能跟他做朋友，她就會很開心。他年輕漂亮的媽媽每天都陪他走路來學校，穿著運動服，頭髮綁成馬尾，而且通常還跟著一隻白狗，西奧會把狗抱起來，親牠的臉頰，再放回人行道上；然後他會吻他媽媽，再漫步穿過大門。他不在乎有誰會看到。他不會因為那隻蓬鬆的狗或是他媽媽而難為情。他充滿了自信。

後來去年有一天，就在暑假過後，他主動來找她聊天。就這樣。在午餐時間，談什麼作業的事，而愛莉，雖然差不多什麼都不懂，卻立刻就知道他不是gay，而且他跟她說話是因為他喜歡她。瞎子都能看得出來。所以，就這麼簡單，他們成了男女朋友。她以前還以為有多複雜呢。

可是一步走錯，就像在時間軸上打了一個結，全完了。不僅是他們的戀情，更是全部。青春、人生。愛莉・麥克。全沒了，永遠消失了。要是她能讓時間倒轉，解開那個結，像捲毛線球一樣重捲一次，她就會看到線球裡許許多多的、各種的警告跡象。可是在當時，她什麼都不懂，所以什麼也沒看見。她是睜著雙眼掉進去的。

第一部

1

蘿柔自己進入了女兒的公寓。儘管今天相對晴朗，公寓仍然黑暗陰森。正面的窗戶被紫藤遮住，後方則被一小片林地的樹蔭籠罩。

都怪她一時衝動買下了這裡。漢娜剛拿到第一筆紅利，就想要在這筆錢蒸發之前把它花在某個實實在在的東西上。前屋主用各種美麗的物品把公寓裝飾得很漂亮，可是漢娜一直沒時間去購物，所以公寓現在就像是個淒涼的離婚後的小蝸居。事實上，她願意讓母親趁她不在家時過來打掃，就證明了這間公寓對她來說不過是一個美化的飯店房間。

出於習慣，蘿柔直接走上漢娜骯髒的走廊到廚房去，從洗碗槽底下拿出清潔用具。看樣子漢娜昨晚並沒有在家裡過夜。洗碗槽裡沒有麥片碗，流理台上沒有牛奶潑灑出來，窗台上的化妝放大鏡旁沒有沒蓋好的眼影盒。蘿柔的背脊像有冰塊流過。漢娜總是會回家，漢娜沒有別的地方可去。她走去拿皮包，掏出手機，用發抖的手指按了漢娜的號碼，但是卻直接轉入語音信箱（漢娜上班時向來都是如此），她一愣手機就掉了，砸在她的鞋上，幸好螢幕沒破。

「可惡，」她壓低聲音罵，撿起了手機，茫然瞪著看。「可惡。」

她沒有別人可打，沒有別人可問：你看到漢娜了嗎？妳知道她在哪裡嗎？她的生活並不是這個樣子的。她沒有朋友，只是人群中小小的孤島。

有可能是——她心裡想——漢娜遇見了一個男人，但是不對。漢娜沒有男朋友，一個也沒有。有人還曾假設漢娜因為她的妹妹不可能會有男朋友，所以內疚到不敢交男朋友。同樣的假設也能套用在她悲慘的公寓和等於零的社交生活上。

蘿柔同時也知道她是既反應過度也沒有反應過度。要是妳的孩子有天早晨揹了一背包的書到只隔十五分鐘路程的圖書館去念書，卻再也沒有回家來，那就無所謂反應過度這回事。她站在她長大成人的女兒的廚房裡，想像著她死在陰溝裡，只因為自己在洗碗槽裡沒看見麥片碗。在她的經驗中這是完全正常合理的反應。

她在搜尋引擎鍵入了漢娜公司的名稱，接通電話，總機幫她轉接漢娜的分機，蘿柔屏息以待。

「漢娜．麥克。」

是她，是她女兒的聲音，唐突粗魯，不帶個人特色。

蘿柔沒說話，只是按了掛斷鍵，把手機放回皮包裡。她打開了漢娜的洗碗機，把裡頭的碗盤一件一件拿出來。

2

十年前，蘿柔仍是三個孩子的媽，而不是兩個，那時她的生活是什麼樣子的呢？她可會每天早晨醒來都充滿了活著的喜悅？不，並沒有。蘿柔一直是個悲觀的人。再愉快的事情她都能挑得出毛病來，也能把好消息帶來的歡喜壓縮成短暫的瞬間，轉眼就又想起全新的煩惱。所以她每天早晨醒來都深信她睡得不好，即使她睡得很好，擔憂自己的肚子太大，頭髮不是太長就是太短，房子不是太大就是太小，銀行戶頭錢太少，老公太懶，孩子太吵或是太靜，孩子會離家或是孩子永遠也不會離家。她會醒來就注意到淡色的貓毛沾滿了她掛在臥室椅背上的黑裙子，發現少了一隻拖鞋，漢娜的眼袋跑出來了，一堆幾乎一個月前她就打算要順路送去乾洗的衣服，走廊上的壁紙破了，傑克的下巴上長了恐怖的青春痘，放了太久的貓食以及大家似乎故意不去倒的垃圾桶，她那一個比一個懶惰的家人只會把垃圾往底下壓。

她從前是會這樣子看她完美的生活：一連串的臭味和做不完的事情，瑣屑的擔憂和遲繳的帳單。

後來有一天早晨，她的女兒，她耀眼燦爛的女兒，她最小的一個孩子，她的寶貝，她的心靈伴侶，她的驕傲及喜悅，出了門卻沒有回來。

而在出事後的頭幾個痛苦的小時中她有什麼感覺？她的腦子、她的心是用什麼來代替這些瑣屑的煩惱的？恐懼、絕望、哀傷、驚怖、痛心、混亂、心碎、害怕。這些字眼，那麼的浮誇，卻全都不足以形容。

「她會在西奧家。」保羅那時說。「妳何不打電話給他媽媽？」

她早就知道她不會在西奧家。她的女兒最後跟她說的話是：「我會回來吃午餐。千層麵還有剩嗎？」

「只夠一個人吃。」

「別讓漢娜吃掉了！或是傑克！一定喔！」

「好。」

接著是前門關上的聲音，屋裡少了一個人，音量猛地降低。蘿柔想著要把碗盤放進洗碗機，還得打電話，得把感冒藥拿到樓上去給保羅，之前他感冒的事似乎是她的生活中最讓人操煩的事情了。

「保羅感冒了。」

前一兩天她跟多少人這麼說過？疲憊的一聲嘆息，翻個白眼。「保羅感冒了。」我的負擔。我的人生。可憐的我。

可是她還是打給了西奧的母親。

「沒有，」蓓琪・古德曼說，「沒有，真是抱歉。西奧整天都在家裡，我們也沒有愛莉的消息。如果有什麼我可以幫得上忙的地方，請別客氣……」

下午變成了傍晚，她打電話給所有愛莉的朋友。之前蘿柔先去了圖書館，他們給她看了監視畫面——愛莉那天絕對沒去過圖書館——太陽要下山了，屋子陷入一片清涼的黑暗中，隔個兩分鐘就會被白光穿透，因為戶外的天空有無聲的雷暴鋪展開來，她終於向糾纏了她一整天的恐懼投降，打電話報警。

那還是她第一次恨保羅，那天晚上，穿著他的家居袍，光著腳，散發出床單和鼻涕的味道，鼻子吸啊吸的，然後擤鼻涕，鼻孔裡發出恐怖的呼嚕聲，用嘴巴呼吸的聲音聽在她超級敏感的耳朵裡就像是怪物的垂死掙扎。

「去穿衣服，」她厲聲說，「拜託。」

他順從了，像個被恫嚇的小孩。幾分鐘後下樓來，換上了夏季服裝，戰鬥短褲和鮮亮的T恤。全都錯了，錯錯錯。

「擤擤鼻子，」她說，「擤乾淨，別再吸鼻子。」

他又是乖乖照做。她嫌惡地盯著他，盯著他把衛生紙揉成球，可憐巴巴地穿過廚房去丟進垃圾桶裡。

然後警察到了。

然後事情開始了。

她偶爾會想，要是保羅那天沒感冒；要是他一接到她的電話就從公司衝回來，儘管俐落的衣服弄皺了，整個人依然精明幹練；要是他挺直腰桿坐在她身邊，一隻手緊緊握著她的手；要是他沒有流鼻涕、用嘴巴呼吸、一臉的驚嚇，事情會不會不一樣？他們是不是就能熬過這一關？或者是會有另一件事情讓她恨他？

警察在八點半離開，不久之後漢娜出現在廚房門口。

「媽，」她用道歉的聲音說，「我餓了。」

「對不起，」蘿柔說，瞄了眼廚房裡的掛鐘。「唉呀，對，妳一定是餓了。」她費力地站起來，茫然檢視冰箱裡的東西。

「這個？」漢娜說，拿出了裝著最後一份千層麵的保鮮盒。

「不行。」她把盒子搶回來，動作太猛。漢娜眨眼看著她。

「為什麼？」

「就是，不行。」她說，語氣放軟了。

她幫她做了豆子吐司，看著她吃。漢娜，她的第二個孩子。難纏的那一個，累人的那一個。她絕對不願意一起困在荒島上的那一個。可怕的念頭竄過，快到她險些沒發覺。

應該是妳失蹤而愛莉在這裡吃吐司的。

她用手心摸了摸漢娜的臉頰，很溫柔，然後就離開了廚房。

3

當時

愛莉第一個不應該的地方是數學考差了。要是她再用功一點，再聰明一點，要是考試那天她沒那麼累，沒那麼茫茫然，要是她拿了A而不是B⁺，那就什麼事也不會有了。可是回到從前，在數學考差之前，要是她沒有愛上西奧，要是她愛上的是一個數學很爛的男生，沒有企圖心，或許更好，根本就沒有談戀愛，那她就不會覺得她需要跟他一樣好，甚至更好，她就會滿足於拿到B⁺，那晚她就不會回家懇求她媽媽幫她請數學家教了。

所以，一切就是從這裡開始的。時間軸上的第一個結。就在這裡，一月某個星期三下午四點半左右。

她進了家門，脾氣不好。她常常回家時脾氣不好。不是她的本意，可就是會這樣。她一看到媽媽或是聽見媽媽的聲音，就沒來由地覺得煩，然後她在學校裡不能做的事，不能說的話——因為在學校裡她是個好學生，而只要被貼上這種標籤，你就不能亂來——就一股腦兒全冒出來了。

「我的數學老師是個屁，」她說，把書包丟在走廊的高背長椅上。「爛透了，我討厭他。」

她並不討厭他，她是討厭自己沒考好，可是她不能這麼說。

媽媽站在洗碗槽前說：「怎麼了，親愛的？」

「我不是說了嗎！」她沒說，不過無所謂。「我的數學老師太爛了，我的會考會完蛋。我需要家教，就這樣，真的很需要。」

她蹦進廚房，誇張地重重坐下。

「我們請不起家教，」媽媽說，「妳何不放學後加入數學社？」

這又是一個結。如果她不是一個被寵壞的臭小鬼；如果她不是老等著媽媽揮舞魔法棒幫她解決問題；如果她對家裡的經濟情況有一丁點的了解；如果她不是只會關心自己，那麼這段對話就會到此打住。她就會說：好吧，我知道了。那我就去參加數學社。

可是她偏偏沒有那麼做。她一直一直一直煩媽媽，還主動說要用她自己的零用錢來付家教費。她列舉了班上一些家境比他們窮多了的同學也請了家教。

「找學校裡的人幫忙呢？」媽媽建議。「六年級的？願意賺幾鎊和一片蛋糕的？」

「什麼！不行！拜託，那樣太丟臉了！」

於是就這麼沒了，像什麼滑溜溜的東西流走了，自救的另一個機會。沒了。而她根本還不知道。

4

在二〇〇五年五月愛莉沒回家的那一天以及整整兩分鐘之前，一點徵兆都沒有。一個也沒有。

愛莉最後的行蹤是監視器拍到她在十點四十三分走在斯特勞德格林路上，暫時停下來把汽車窗戶當鏡子照（有一陣子的推論是她停下來看著車中的人，或是和駕駛說話，但是他們追查出車主，證實了愛莉失蹤時他去度假，那段期間他的汽車一直停在那裡）。就這樣。之後的行蹤就成謎了。

警方挨家挨戶調查，也把已知的戀童癖前科犯帶進局裡訊問，調出斯特勞德格林路上每一間商店的監視畫面，載蘿柔和保羅去拍攝尋人短片，在電視台播出後粗估有八百萬人收看，可是調查進度仍舊停留在愛莉用車窗照鏡子的十點四十三分。

警方認為幾個地方有蹊蹺。其一是愛莉穿黑色T恤和牛仔褲。另外，她把挑染成金色的漂亮頭髮綁成了一個亂七八糟的馬尾。還有，她的背包是海軍藍的，而她的運動鞋是白色的普通運動鞋，隨便哪一家超市都能買到。幾乎就像是她蓄意要讓自己隱入人海。

愛莉的臥室也由兩名刑警捲起袖子仔細搜查了四個小時。看來愛莉並沒有帶走什麼特別的東西。有可能她帶走了內衣褲，但是蘿柔沒有辦法斷定她的抽屜裡少了什麼。有可能她帶了換洗衣服，可是愛莉，就跟大多數的十五歲少女一樣，衣服太多了，蘿柔沒辦法每一件都記得住。不過她的小豬撲滿沒動，她在每次的生日後使勁塞進去的幾捲十鎊鈔票仍在。她的牙刷仍在浴室裡，芳香劑也是。愛莉到朋友家過夜從來不會忘記攜帶牙刷和芳香劑。

兩年後，他們削減了調查人力。蘿柔知道他們是怎麼想的，他們認為愛莉離家出走了。可是火車站、公車站、馬路上的監視器都沒有拍到愛莉的身影，他們怎麼能就認定她是逃家了呢？減少調查的人手讓人絕對無法接受。

更讓人無法接受的是保羅對這種聲明的反應。

「那大概就是結案了。」

就是這句話，就是這個——在他們如一棺白骨的婚姻上釘下了最後一根釘子。

而孩子們則拖曳著前進，像是軌道上的火車，按照時間表。漢娜通過了高級程度會考，傑克從西南部的一所大學畢業，將來想當皇家特許測量師。而保羅忙著要求升職，給自己買新套裝，開口閉口都是給車子升級，在網上秀飯店和度假區相片給她看，那年夏天有特價優惠。保羅不是個壞人，保羅是個好人。她嫁給了一個好男人，正合她的心意。但是愛莉失蹤把他們的生活撕開了一個大洞，而他的處理方式讓她知道他不夠高大，不夠堅強——他不夠精神錯亂。

她對他的失望小到淹沒在她其他的感覺中，所以她幾乎認不出來。一年後等他搬出去，她也不覺得有什麼，只是個小小的光點熄滅了。如今回顧過去，她幾乎想不起什麼來，只記得她一心一意想讓調查繼續下去。

「我們不能再挨家挨戶問一問嗎？」她懇求警察。「上一次是一年前，時間夠長了，總能找到什麼之前沒找到的線索吧？」

刑警面帶微笑。「我們已經談過了，」她說，「我們認為這不是運用資源的好方法。這一次不行。也許再等個一年吧。」

但是今年一月，警察卻莫名其妙打電話來，說《法網恢恢》（Crimewatch）節目想要做個十週年特輯。另一次的現場重建。在五月二十六日播出。但是沒有什麼新事證，也沒有新的人證。

一切如舊。

直到現在。

電話上的刑警語氣謹慎。「可能沒什麼，可是我們還是想麻煩妳過來一趟。」

「你們找到什麼了？」蘿柔問，「是屍體嗎？是不是？」

「請妳來一趟就是了，麥克太太。」

十年來一無所獲，現在突然有了消息。

她抓起皮包就出了門。

5

當時

鄰居推薦了她。諾愛兒．唐納利是她的名字。愛莉聽到門鈴響立刻站了起來，從走廊張望。媽媽去開門。她滿老了，大概四十歲左右，而且說話有口音，愛爾蘭或是蘇格蘭人。

「愛莉！」媽媽高聲喊。「愛莉，來見見諾愛兒。」

她的頭髮是淡紅色的，盤在腦後，用髮夾固定。她俯視愛莉，面帶笑容說：「午安，愛莉。希望妳的大腦打開了？」

愛莉聽不出她是不是在開玩笑，所以沒有用笑容回應，只是點個頭。

「好。」諾愛兒說。

她們把餐廳的一角布置成上課的地方，從愛莉房間拿了一盞檯燈，清理了雜物，擺出了兩只玻璃杯和一瓶水，還有愛莉的紅黑圓點鉛筆盒。

蘿柔走進廚房去幫諾愛兒泡茶。諾愛兒一看見家裡養的貓就止步，牠坐在鋼琴椅上。

「喔，」她說，「牠還真大。牠叫什麼名字？」

「泰迪，」她說，「泰迪熊。不過我們都只叫牠泰迪。」

這是她對諾愛兒說的第一句話。她絕對不會忘記。

「嗯，我看得出來你們為什麼會給牠取這個名字。牠真的很像一隻毛茸茸的大熊！」她就在這個時候喜歡上她了嗎？她不記得了。她只是微笑，一手按著貓，擠捏牠像羊毛似的毛。愛莉很愛她的貓，也很高興牠現在在這裡，當她和陌生人之間的緩衝器。

諾愛兒．唐納利散發著廚房油煙和頭髮沒洗的味道。她穿牛仔褲和起毛球的駝色套頭毛衣，長斑的手腕上戴著天美時手錶，褐色靴子磨損，頸子上掛著綠色繩子，繩子另一端繫著老花眼鏡。她的肩特別寬，脖子微微彎曲，有點駝背，兩腿又長又瘦。她的樣子像是一輩子都待在一間天花板很低的房間裡。

「好了，」她說，戴上了眼鏡，在褐色皮革公事包裡摸索。「我帶來了一些會考的考古題。我們馬上就會讓妳做一份，看看妳的程度。不過首先，也許妳能告訴我，用妳自己的話，妳的煩惱在哪裡。特別讓妳煩惱的是什麼。」

蘿柔在那時走進來，端著一杯茶和一碟巧克力碎片餅乾，悄然無聲地放到桌上。她那個樣子好像愛莉和諾愛兒．唐納利是在約會或是在商談最高機密。愛莉想說：別走，媽。留下來陪我。我不太敢一個人跟這個陌生人在一起。

蘿柔輕手輕腳離開餐廳，非常安靜地關上門，愛莉的眼睛死死盯住她的後腦勺。門輕輕的一聲嗒，道歉似的。

諾愛兒．唐納利轉向愛莉，面帶微笑。她的牙齒好小。「好了，」她說，又把眼鏡架回窄窄的鼻梁上。「我們說到哪兒了？」

6

蘿柔以最接近速限的速度前往芬斯伯里公園那裡的警局，世界似乎充滿了惡兆。路上的人一臉的陰險，而且不懷好意，彷彿每一個都正要犯下什麼黑暗的罪行。被風吹得獵獵響的遮陽篷就像是被咬住的鳥在撲翅；大廣告看板像是會倒在馬路上，徹底毀掉她。

腎上腺素激升，從她的疲憊中殺出了一條路來。

蘿柔從二〇〇五年開始就沒睡過一次好覺。

她獨居七年了，一開始是住在婚後的那棟屋子裡，三年前搬進了公寓，因為保羅把最後一個復合的機會粉碎了，他居然認識新的女人。那個女人邀他同居，而他接受了。她始終想不通他是如何做到的，他是如何在一片狼藉之中找到健康的那一部分的。不過她不怪他。一點也不怪他。她但願自己也能這樣；她但願她能收拾兩只大行李箱，跟自己道別，祝福自己有美好的人生，為一切的回憶感謝自己，歡喜地看著自己長長的一分鐘，戀戀不捨，然後悄悄關上門，抬高下巴，晨光在她的頭頂上嬉戲，充滿著希望，明亮的嶄新的未來在等待著她。她會一口氣做完這些事。她真的會。

傑克和漢娜當然也搬出去了。如果他們的生活在十年前並沒有偏離軌道，她覺得或許還不會搬得這麼快、這麼早。她有朋友的孩子和傑克、漢娜一樣大，現在仍住在家裡。她的朋友會埋怨，埋怨冰箱裡有空柳橙汁盒、可怕的做愛噪音，以及清晨四點從夜店醉醺醺地回來，吵得狗鬼吼鬼叫，打擾了他們的睡眠。唉，她有多想聽見她的孩子半夜三更跌跌撞撞地在家裡走動啊！她有多愛使用過的碗盤殘跡和皺巴巴的束口褲連同內褲一塊脫在地板上。可是不，她的兩個孩子一旦看見了逃脫的機會就頭也不回地走了。傑克住在德文郡，跟一個叫藍兒的女孩子同居，她連一分鐘都不肯讓他脫離她的視線，而且兩人才交往一年她就在嚷嚷著要生孩子了。而漢娜狹小陰森的公寓雖然只距離蘿柔家一哩，卻在倫敦城裡工作，工作日和週末都是一天工作十四小時，除了經濟上有點積蓄之外，看不出是為了什麼。這兩個孩子都沒有功成名就，不過誰家的孩子有呢？誰家的孩子不是充滿了希望與夢想，開口閉口什麼芭蕾舞伶和流行巨星、鋼琴演奏家和打破界限的科學家。結果每一個孩子都當了白領，沒有一個例外。

蘿柔住在巴尼特的新公寓裡，一間臥室她自己住，另一間當客房，陽台很大，可以放盆栽和一張桌子幾張椅子，閃亮的紅色廚房櫥櫃，附車位。這不是她想像中的房子，不過這樣比較簡單，也比較安全。

孩子都離家之後，她又是如何填滿每一天的呢？先生走了，現在連貓都走了，不過牠為了活下來陪伴她奮戰了一場，一直撐到二十一歲。蘿柔每週工作三天，在巴尼特購物中心的行銷部上班。每週會去恩菲爾德的老人之家探望她母親一次。每週會去漢娜的公寓打掃一次。剩下的時間她會做一些假裝很重要的事情，像是去花市買花草來裝飾她的陽台；像是去找她不再真的在乎的朋友，喝咖啡聊是非，卻毫無樂趣可言。她每週游一次泳，不是為了健康，而是因為習慣了，而且也找不出什麼好理由來停止這項運動。

所以這麼多年了，懷著一種緊急的心情、一種抱著使命的心情、一種有真正重要的事情要做的心情出門，實在很奇怪。

她就要看到什麼了。一塊骨頭，也許，一片帶血的布料，一張相片、拍的是漂浮在荒僻水域的一具屍體。十年來一無所知，現在她終於要知道點什麼了。她可能會看到女兒仍活著的證據。或是她已死的證據。她心靈上的重擔駁斥了她的樂觀想法。

她把汽車轉入芬斯伯里公園，心臟狂跳，呼吸急促。

7

當時

諾愛兒．唐納利那年冬天每週來上課，漸漸在愛莉的心裡生了根，沒有很多，只是一點點。主要是因為她真的是一位好老師，而愛莉現在是班上名列前茅的學生了，數學拿A當然是可想而知的結果。不過在其他方面也是：她經常會帶點小東西給愛莉：Claire's的耳環，水果味的護唇膏，一支非常好寫的筆。「給我最棒的學生，」她會這麼說。如果愛莉推拒，她會一笑帶過，說：「唉，我剛好去了布倫特十字商城。小東西，沒什麼。」

而且她也總是會問候西奧，她來上第二還是第三次課時在家裡遇見過他。「妳的那個帥哥好嗎？」她會這麼問，原本會讓人覺得不舒服的，由她問來卻不會，主要是因為她可愛的愛爾蘭口音，讓她說的話大多比實際上更好玩更有趣。

「他很好。」愛莉會這麼說，而諾愛兒會露出微微有些冷冽的笑容，說：「嗯，他是個很不錯的對象。」

現在中等教育會考像泰山壓頂了。已經三月了，愛莉開始每週倒數，而不再是每月倒數。她週二下午的家教課越來越吃重，她的大腦擴張再拉緊，更容易吸收事實和公式。現在上課的步調更明快有效，是一種精力充沛的韻律。所以愛莉立刻就注意到了——三月的第一個星期二，諾愛兒的心情有了變化。

「午安，年輕的小姐，」她說，把袋子放在桌上，打開拉鍊。「妳好嗎？」

「很好。」

「嗯，那就好。我很高興。功課寫得還順利嗎？」

愛莉把完成的作業滑過去給諾愛兒看。通常諾愛兒會戴上眼鏡，立刻就開始批改，可是今天她只是用指尖按著，心不在焉地彈指頭。「好孩子，」她說，「妳真是個好孩子。」

愛莉用眼角詢問地看著她，等著她發出開始上課的訊號。卻等了個空。諾愛兒反而木然瞪著她的作業。

「告訴我，愛莉，」她最後說，眨也沒眨的眼睛轉到了愛莉身上。「妳這輩子遇到過最糟糕的事情是什麼？」

愛莉聳聳肩。

「是什麼？」諾愛兒追問。「比方說倉鼠死掉之類的？」

「我沒養過倉鼠。」

「哈，那，搞不好就是這個。搞不好沒養過倉鼠就是妳遇到過最糟糕的事。」

愛莉又是聳肩。「我並不想養。」

「那，妳想要什麼？妳有什麼真正想要卻不准要的東西？」

愛莉聽到背景中廚房的電視聲，她媽媽在樓上用吸塵器清掃，她姊姊在用電話跟人聊天。她的家人繼續過著他們的日子，不必跟數學家教談什麼倉鼠，不必來這段詭異的談話。

「什麼也沒有，真的。就是普通的東西：錢啊、衣服啊。」

「妳從來不想養狗？」

「不怎麼想。」

諾愛兒嘆氣，把愛莉的作業拉過去。「那，妳真的是一個非常幸運的孩子。真的。我希望妳能珍惜自己有多幸運。」

愛莉點頭。

「好。因為等妳到了我這個年紀，就會想要一大堆的東西，而妳會看到別人都得到了，妳就會想，嗯，接下來一定輪到我了。一定的。然後妳會看著它消失在夕陽裡，而妳什麼辦法也沒有。什麼也沒有。」

接著是一陣凝重的沉默，然後，慢慢地，諾愛兒戴上了老花眼鏡，翻開愛莉作業的第一頁，說：「好，讓我們來看看我最棒的學生這一週表現得如何。」

「告訴我，愛莉，妳有什麼希望和夢想？」

愛莉在心裡呻吟。諾愛兒．唐納利的心情又變了。

「就把中等教育會考考好。然後再高分通過高等教育會考，然後進一所好大學。」

諾愛兒的舌頭嘖嘖響，翻了個白眼。「你們這些年輕人是怎麼回事，為什麼滿腦子都想著大學？喔，我進三一學院的時候啊！簡直是天大的喜事！我母親巴不得全世界都知道。她的獨生女！念三一學院！可妳看看我現在的樣子。窮光蛋一個。」

愛莉微笑，不知該說什麼。

「不，人生不只是大學而已，自作聰明小姐。不只是證書和文憑。我的證書可多了，可是看看我，跟妳坐在妳可愛溫暖的家裡，喝著妳家的伯爵茶，用我的知識填滿妳的大腦，拿點微薄的鐘點費。然後回家去，什麼也沒有。」她猛地轉頭，犀利地盯著愛莉。「什麼也沒有。我發誓。」接著她一聲喟嘆，露出笑容，戴上眼鏡，眼光離開了愛莉，開始上課。

下課後愛莉到廚房去找媽媽，說：「媽，我不想再上家教課了。」

媽媽轉過來，詢問地看著她。「喔？」她說，「為什麼？」

愛莉想要把真相告訴她。她想說她嚇到我了，而且她還說很怪很怪的話，我真的不想每個星期再單獨跟她在一起了。她真後悔沒說實話。如果她說了實話，說不定她母親就會處理，然後一切會恢復正常。可不知為何她沒說實話。可能是她覺得她母親會說大考在即卻為了這種理由不上家教課太傻氣了。也可能是她不想害諾愛兒惹上麻煩，不想鬧出什麼事來。無論她是抱著什麼被誤導的理由，反正她就只是說：「我真的覺得我跟諾愛兒再也學不到什麼了。我有她給我的所有題目，我可以繼續練習。而且也可以幫妳省一點錢。」她露出笑容，勝利的笑，等著媽媽回應。

「嗯，離妳的考試那麼近了，確實有點奇怪。」

「沒錯。我覺得現在我可以把家教的時間用在別的科目上面，譬如說地理。我真的需要多一點時間來念地理。」

這是百分之百的謊話。愛莉的每一科都是第一名，一星期多出一個小時來其實根本就沒差別，可是她仍露出那個懇求媽媽的笑容，讓請求懸浮在空中，等待著。

「欸，親愛的，妳說好就好。」

愛莉鼓勵地點頭，諾愛兒偏頗的言論，廚房油煙和沒洗頭髮的味道，心情不定和離題的、微微不妥當的問題都從她的意識中掠過。

「妳確定嗎？能省下家教費用倒是滿不錯的。」她母親說。

「對嘛。」她鬆了好大一口氣。「我就說嘛。」

「好吧，」她媽媽說，拉開了冰箱門，拿出一罐番茄肉醬，關上門。「我明天打電話給她，讓她知道。」

「好極了，」愛莉輕鬆地說，感覺到有一個古怪的、不道德的重擔從心靈上拿掉了。「謝謝。」

8

來招呼蘿柔的年輕警察穿著套裝，看上去極為疲憊，手心濕黏，有些緊張。他帶領她進入一間偵訊室。「謝謝妳過來。」他說，彷彿她有權選擇不來似的。抱歉，我今天很忙，下星期可以嗎？

有人去幫她端水，一分鐘後，門又打開來，保羅走了進來。

保羅，天啊，當然是保羅。她連想都沒想到保羅會在這出現。她表現得彷彿這只是她一個人的事。可是顯然警局裡的某人想到了保羅。他一陣風似地進來，銀髮披散著，套裝皺巴巴的，倫敦城的味道浸透了他的皮膚。他經過時一手伸向蘿柔的肩，但是她並沒有轉身跟他打招呼，只是為了那些冷眼旁觀兩人互動的人而勉強露出淡淡的笑容。

他選了她旁邊的位子，一手按住領帶，俯身坐下。有人幫他端來一杯自動販賣機的茶。茶讓她氣惱。保羅也是。

「我們一直在調查多佛附近的一處地點，」那個叫丹恩的刑警說，「有位遛狗的民眾打電話給我們。他的㹴犬挖出了一個袋子。」

一個袋子。蘿柔點頭，滿心憤怒。是袋子，不是屍體。

丹恩從一個硬紙板信封裡掏出幾張十乘八吋的相片，滑過桌面給蘿柔和保羅看。「你們認得這些東西嗎？」

蘿柔把相片拉過去。

是愛莉的袋子。她的背包。多年之前她出門去圖書館時揹在肩上的。小小的紅色商標，當時是警方發布尋人公告時的重要線索，而且幾乎就是能夠辨認出愛莉的唯一特點。

第二張相片是一件黑色T恤，寬鬆、一字領、披風袖。裡頭的標籤是「新風貌」。她穿的時候是把前面的一部分下襬塞進牛仔褲裡。

第三張是一件胸罩：灰底黑點的運動胸罩。商標是「氣氛」。

第四張是一件牛仔褲。淡色的丹寧布，裡面的商標是「一流買家」。

第五張是一雙骯髒的白色運動鞋。

第六張是一件黑色帽T，白色拉繩。裡頭的商標是「下一個」。

第七張是一副鑰匙。鑰匙環是一隻小塑膠貓頭鷹，一按肚子眼睛就會發亮。

第八張是一摞練習簿和教科書，因濕氣而變綠腐化。

第九張是一個鉛筆盒：紅黑圓點，裡頭裝滿了鉛筆和原子筆。

第十張是一個衛生護墊，整個腫脹，感覺猥褻。

第十一張是一個小零錢包，紫色紅色的拼貼皮革，三邊有拉鍊，拉鍊頭上有紅色的絨球。

第十二張是一台小筆電，舊式的，而且外表略顯磨損。

最後一張是護照。

她把照片拉近一點；保羅也俯身，所以她就把相片擺在兩人之間。

護照。

愛莉並沒有帶走護照。她的護照在蘿柔那兒。她不時會從愛莉那盒個人物品裡拿出來，凝視著女兒幽靈似的臉，想著她沒能成行的旅程。

可她盯著護照細看就明白這不是愛莉的護照。

是漢娜的。

「我不懂，」她說，「這是我大女兒的護照。我們以為被她弄丟了。可是……」她又低頭看著相片，手指輕觸邊緣。「……卻在這裡。在愛莉的袋子裡。你們是在哪裡找到的？」

「在濃密的樹林裡，」丹恩回答，「距離渡口沒多遠。我們的推論是她可能是要去歐洲，所以帶著護照。」

蘿柔心裡竄出一團怒火，一股冤氣。他們在找證據支持他們長久以來的推論，就是她離家出走。「可是她的袋子，」她說，「就只裝了她出門時的那些東西，在她十五歲的時候？你們是說她帶著這些東西出國？在這麼多年之後？完全說不通啊。」

丹恩幾乎是憐惜地看著她。「我們分析了衣物，從數據上看磨損得滿嚴重的。」

蘿柔在心中緊揪著她完美女兒的形象，總是整齊乾淨，氣味清新芬芳，卻穿著同樣的衣服多年。「那……她在哪裡？愛莉在哪裡？」

「我們正在找她。」

她能察覺到保羅瞪著她，他需要她跟他說明才能消化這個混亂的資訊。可是她無法面對他的目光，無法再把自己交給他了。

「你知道嗎，」她說，「在愛莉失蹤之後幾年，我們家遭了小偷。那時我跟警察說我覺得是愛莉。被偷走的東西，沒有強行闖入的跡象，那種感覺……」她臨時打住，不去談沒有實據的感覺。「她一定是在那時拿了漢娜的護照。她一定是……」

她沒把話說完。難道說警方從一開始就說對了？她真的逃家了？她一直在計畫逃家？從哪兒逃呢？逃去哪兒呢？又是為了什麼？

就在這時，門開了，另一名警察走進房間。他走向丹恩，附耳說了幾句話。兩個男人都看著蘿柔和保羅。然後丹恩坐得更挺，扶了扶領帶，說：「他們找到了人類的骨骸。」

蘿柔直覺去抓保羅的手。

她抓得太緊，感覺他的骨頭被折彎了。

9

當時

「今年夏天要做什麼？」

西奧的頭枕在愛莉的大腿上，仰天看她，笑意盈盈。「不做什麼，」他說，「我們就什麼也不做。」

愛莉放下書，摸著西奧的臉頰。「不行，」她說，「我什麼都要做。只要不是複習、學習、用功就好。我要去玩滑翔傘，好不好？我們去玩滑翔傘？」

「原來妳的暑假計畫就是去找死？」西奧笑著說，「妳真是怪人。」

她輕捶了他的臉頰一下。「我才不是怪人。我只是想要飛。」

「真的飛嗎？」

「對，真的飛。喔，我媽說我們想要的話可以在外婆的農舍裡住幾天。」

西奧眉開眼笑。「真的？就，我們兩個？」

「也可以請朋友一起去。」

「或者是只有我們兩個？」他點頭，猴急的、玩笑的，逗得愛莉哈哈笑。

「對，大概吧。」

那天是五月的一個星期六下午，大考前一週。兩人在愛莉的臥室裡複習功課，小憩個幾分鐘。外頭陽光明亮。泰迪熊躺在他們身邊，空氣充滿了花粉和希望。愛莉的媽媽總是說五月就像是夏季的週五夜晚：美好的時光就在眼前，清朗閃耀，等著你去享受。愛莉能感覺到它就在大考隧道的另一頭呼喚她；她能感覺到溫暖的夜和長長的白晝，不必做什麼、不必去哪裡的輕鬆愜意。她想到等她完成了生命的這一章，她可以做一大堆事情，讀一大堆書，吃一大堆的野餐，去遊樂園、逛街、度假、開派對。一時間，她覺得喘不過氣來，應接不暇，她的胃翻騰，她的心在跳舞。

「我等不及了，」她說，「我等不及快點結束了。」

10

多年前蘿柔家發生竊盜案，警方的調查結果徒勞無功。屋裡屋外都找不到特別的指紋，查看了蘿柔不在家期間的兩小時監視畫面，重也沒看到有符合愛莉外觀的人，甚至連一個少女也沒有。「小偷」偷走了一台古董筆電；一支保羅的舊手機；一些塞在蘿柔內衣抽屜裡的現金；一對裝飾風藝術銀燭台，是某些非常有錢的人送的結婚禮物，現在早就不聯絡了；以及漢娜在前一天烤的蛋糕，擺在流理台上放涼的。

蘿柔的珠寶都沒有遭竊——包括她的結婚戒指和訂婚戒指，她在幾個月前才摘下來的，就擺在臥室的五斗櫃裡，非常顯眼。小偷沒拿走麥金塔電腦，比他們偷走的筆電更新、更有價值——他們也沒拿走她的信用卡，她放在廚房的抽屜裡以防在街上被搶。

「可能是他們的時間不夠，」她報警後十分鐘就趕到她家的一名警察說，「不然就是他們是要偷特定的東西，才方便他們銷贓。」

「感覺很奇怪，」蘿柔那時說，雙臂緊緊抱著腰。「感覺——我不知道。我的女兒四年前失蹤了。」她抬頭看他們，直勾勾地盯著他們。「愛莉．麥克？記得嗎？」

警察互看了一眼，再轉頭看她。

「我能感覺到她，」她說，聽來像瘋子，但是她不在乎。「我走進屋來就能感覺到我女兒。」

兩人又互望了一眼。「她的東西有什麼不見了嗎？」

她搖頭，又聳聳肩。「我想沒有。我去過她的房間，看起來沒人動過。」

一陣彆扭的沉默，兩名警察腳動來動去。

「我們也沒發現門鎖或是窗子被破壞。小偷是怎麼進來的？」

蘿柔緩緩眨眼。「不知道。」

「有沒有窗戶忘記關？」

「沒有，我……」她壓根就沒想到這點。「我想沒有。」

「妳忘了把鑰匙拔起來？」

「沒有，從來沒有。」

「妳把鑰匙交給了鄰居？或是朋友？」

「沒有，沒有。只有我們有鑰匙。我、我先生，和我們的孩子。」

話一出口她就感覺心臟狂跳，掌心潮濕。「愛莉，」她說，「愛莉有鑰匙。她失蹤的時候。在她的背包裡。會不會……？」

他們期待地盯著她。

「會不會是她回來了？從她去的地方？會不會是她走投無路了？這就能說明為什麼被偷走的東西都是我們不在乎的。她知道我不喜歡那對燭台。我老是說有一天我要把它拿去《鑑寶路秀》節目去，因為可能會值幾個錢。還有蛋糕！」

「蛋糕?」

「對。流理台上有個巧克力蛋糕。我女兒做的,我另一個女兒。我是說,哪有小偷會偷蛋糕的?」

「肚子餓的小偷?」

「不,」蘿柔說,她的推論迅速變得牢固。「不。是愛莉。愛莉就會拿。她最愛漢娜烤的蛋糕了,是她最喜歡的東西,是……」她打住不說。她說得太快了,跟這些來幫助她的人拉開了距離。

鄰居都沒看見什麼不尋常之處:大多數的鄰居在竊盜發生時根本就不在家。被偷走的東西都如石沉大海。就這樣,又是一條死胡同。蘿柔的生命中又多了一個大洞。

不過多年來她都不離開家太遠,以防愛莉又回家來。多年來她每次短暫離家,回家後都會嗅聞空氣,尋找失蹤女兒的氣味。就是在那些年裡,她終於和還在的兩個孩子失去了聯繫。她沒有感情能給他們了,而他們也倦於等待了。

然後三年後蘿柔終於死心,不再等待愛莉回家來了。她接受了事實,就是一樁簡單的竊盜案,而她需要重新開始,在新的地方。三年前她最後一次倒退著走出失蹤女兒的房間,關上了門,輕輕的咔一聲卻幾乎殺了她。

三年來她盡可能把愛莉從心裡抹去。她讓自己堅守一個新的生活規律,又緊又硬,像穿上束縛衣。三年來她把憤怒藏在心底,不讓別人知道。

可現在，憤怒又回來了。

她坐進了停在警察局附近的汽車，切進倒車檔時暫停了一下，停下來把怒火再壓回去，盡可能往深處壓。

可是她想到女兒的白骨此時此刻就由戴著橡皮手套的陌生人放進塑膠袋裡，憤怒又反彈回來，出現在寂靜的車子裡，像恐怖的吼聲，她握拳捶打方向盤，一次又一次。

她這時看見了保羅，在馬路對面走向他的汽車，他喪氣的臉、他下垂的肩膀。她看見他瞪著她，發覺了她的憤怒，眼裡出現震驚。然後她看見他朝她走過來。她倒檔，盡快駛離。

11

當時

愛莉上完最後一堂家教課之後就很少想起諾愛兒．唐納利。

聽她母親說她「有點火大」，說她要是知道教課時間會被截短，那她一開始可能就不會接下這份家教，現在她多出了一個時段沒事情可以填補，這種做法實在不足取等等。愛莉說她覺得不安，但是她媽媽只是一笑置之。

「沒事，」她說，「我看她只是那種覺得不受尊重所以才生氣的人。過一陣子就沒事了。再說她一定會再找到別的家教的，會考都這麼近了。有些臨時抱佛腳的父母會急著去請她的。」

愛莉聽了媽媽這麼說覺得放心多了，也就把諾愛兒．唐納利從腦子裡與此時此刻的連結刪除了。反正這個此時此刻，是你就算想要也沒有額度的。

事實上，她在五月期中假期的某個星期四早晨看見諾愛兒．唐納利，她還愣了愣才想起她來。她正要去圖書館，她姊姊請了一個朋友到家裡來，可是她的笑聲真的很吵、很討厭。她需要安靜的地方，也需要一本討論十九世紀囚犯工廠的書。

所以，回想起來，她大可怪姊姊的朋友太吵才會害她在這一刻跑到這裡來，可是她真的不想這麼做。怪東怪西有時只會讓人筋疲力盡。怪東怪西會害人失去理智……那些極微小的後果，每條路都分裂成一百萬條其他的路，而你隨便選一條就只會害你找不到回去的路。

諾愛兒一看見愛莉就露出一種複雜的笑容。愛莉在大腦裡搜揀了一奈秒，汲取她需要的資訊，然後回以一笑。

「我最棒的學生！」諾愛兒說。

「嗨！」

「最近好嗎？」

「好！很好！數學全都上軌道了。」

「喔，那就好。」她穿著卡其綠防水大衣，儘管天氣預報說今天的天氣乾熱。她的紅髮用玳瑁髮夾夾住。腳上是一雙便宜的黑色運動鞋，肩上揹著奶油色帆布包，還用手緊緊抓著。「為大日子準備好了嗎？」

「對。」她言過其實，不想給諾愛兒機會責罵她終止了家教課。

「星期二是吧？」

「對，十點。然後過一個星期第二次。」

諾愛兒點頭，眼睛始終盯著愛莉。「妳知道，」她說，「我在用一張練習卷教我別的學生，他們都說非常有幫助。我聽人家說今年的考題變化滿大的。妳要的話，我可以給妳一份。」

不必了，愛莉從很遠很遠的地方大聲喊。**不必，我不要妳的練習卷**。可是此時此刻，愛莉，那個想在暑假玩滑翔傘並且破處的女生，那個今晚要吃披薩、明天早晨見男朋友的女生，那個愛莉說：「喔，好啊。應該滿有幫助的。」

「那，我看看，」諾愛兒說，食指輕點嘴唇。「今天晚上我可以到妳家一趟，那時我會在你家附近。」

「好，」愛莉說，「那就太好了。」

「或是……這樣吧，說不定這樣更好。」──她看著手錶，再看了後面一眼──「我就住在這裡。」她指著一條小巷。「就在四棟屋子後面。妳何不現在就跟我來，只需要十秒鐘而已。」

那個週四早晨滿熱鬧的。她們的兩邊都有人來來往往。愛莉事後想到那些人，不知他們是否有注意到，不知是否某個人的腦子裡會儲存一段記憶：某個女生揹著背包，穿著黑T恤和牛仔褲，跟一個穿卡其綠防水大衣、揹奶油色肩包的女人說話。她想像著《法網恢恢》影集重現這些時刻。他們會找誰來演她？可能是漢娜。當年她們的身高幾乎一樣。還有一名紅髮的女警套上醜陋的綠色風衣，假裝是諾愛兒。

「你在現場嗎？」主持人尼克・羅賓遜會這麼說，瞇著眼面對鏡頭。「在五月二十六日週四早晨？你是否看到一名紅髮中年婦女跟愛莉・麥克說話？她們就站在斯特勞德格林路的紅十字慈善商店外面。時間大約是十點四十五分。你們可能記得那天的天氣；那天倫敦上空有一場雷暴。你們是否看見那個穿綠色風衣的女人跟愛莉・麥克一起走進哈羅路？」螢幕會轉換到某個粗糙的監視畫面，愛莉和諾愛兒相偕沿著斯特勞德格林路往上走──愛莉會是嬌小脆弱的模樣，在最後一個街角轉彎，走向她的命運，像天字第一號大傻瓜。「拜託，」尼克會說，「如果你們記起了那天早晨的事，如果你們看見愛莉．麥克走在哈羅路上，請跟我們聯絡。我們會等你們來電。」

可是那天早晨誰也沒看見愛莉。誰也沒注意到她跟一個紅髮女人說話。誰也沒看見她走向哈羅路。誰也沒看見諾愛兒．唐納利停在一棟破舊小屋前，屋前的櫻花樹綻放，她打開門鎖，轉向愛莉說：「那就進來吧。」誰也沒看見愛莉走進門。誰也沒聽見門在她的身後關上。

12

保羅和蘿柔把他們女兒的殘骸安葬了，就在懶洋洋秋老虎尾巴的一天下午。他們安葬了她的股骨、她的脛骨和大部分的頭骨。

驗屍報告上說她的女兒是被車輛輾過的，破碎的身體又在樹林裡被拖行了一段距離，埋進淺坑裡，任由動物啣走她的骨頭，散落在樹林中。警察帶著獵犬到他們女兒屍骨被發現的地點去搜尋了幾天，卻沒有再找到什麼。

警方調出了當地的修車廠紀錄，調查是否有符合撞擊人體的車輛送去修理。他們也在附近發傳單，看是否有人記得一名搭便車的女性或公車上的乘客，揹著海軍藍的背包；她是否住過你的旅館、你的家，你是否發現她露宿野外，你是否認得這張臉，這個十五歲大的女孩子，這個電腦成像的二十五歲女人？蘿柔的燭台的照片也廣為傳播。有人販賣，或是看見，或是購買這對燭台嗎？但是一條線報也沒有。誰也沒看見什麼，誰也不知道什麼。十二週的密集活動之後，一切又歸於平靜。

而現在愛莉死了。可能性也消失了。蘿柔孤獨一個人。她的家庭破碎了。什麼也沒有了。真的什麼也沒有了。

直到有一天，在愛莉的葬禮後一個月，蘿柔遇見了佛洛伊德。

第二部

13

蘿柔塞了一枚兩鎊硬幣給洗頭小妹。「謝謝妳，朵拉。」她說，笑得很客氣。

接著她給髮型設計師一張五鎊鈔票，說：「謝謝妳，泰妮亞，很好看，真的。太謝謝妳了。」

她臨走之前又看了一眼整面牆那麼大的鏡子。她的頭髮及肩，金色的，光澤清爽，完全不能代表她的內心。要是她能付八十鎊給斯特勞德格林路上隨便一個人，讓他把她的精神也洗剪一番，弄得亮麗光滑，她不會心疼。而且還會給至少五鎊的小費。

外頭是風大的秋天午後，她的頭髮感覺輕盈得像絲綢，飄來拂去的。時間不早了，她很餓，沒辦法回家再吃飯，所以她推開美髮店隔壁的第三扇門，進入咖啡館，點了一份烤起司三明治和低咖啡因卡布奇諾。她吃得很快，起司拉成絲，斷在她的下巴上。她拿起餐巾擦下巴，這時正好有個男人進來。

他中等高度，中等體型，年約五十。頭髮剪得很短，兩鬢已見灰髮，頭頂的髮色較黑，髮際線倒退。他穿著不錯的牛仔褲，不錯的襯衫，綁帶皮鞋，戴玳瑁框眼鏡：就是保羅會穿戴的衣物。而無論她現在對保羅有什麼感覺——這些感覺既互相衝突又混亂不堪——她都得承認他還是那麼可愛。

她詫異地發現她幾乎是在欣賞門口的男人。他有點什麼：一種低調的自信，還有一種——她能這麼說嗎？——犀利的眼神。她盯著他在櫃檯排隊，更仔細注意有關他的細節——腹部柔軟但平坦，雙手保養得很好，一邊耳朵比另一邊稍突出。他不是傳統上的帥哥，卻散發出一種態度，像是老早就接受了自己在體格上的不足，並且把焦點轉移到他的性格上。

他點了一片胡蘿蔔蛋糕和一杯黑咖啡——他的口音難以辨認，可能是美國人，或是向美國人學英語的外國人——然後他端著食物到她的隔桌。蘿柔的呼吸卡住。他似乎沒發覺她盯著他看，然而咖啡館裡那麼多的空桌子，他卻偏偏挑了最靠近她的一桌。她慌了，覺得她好像是下意識裡、在無意間勾起他的注意。她不想要他注意。她不想要別人注意。

兩人就這麼坐了一會兒。他沒看她，一次也沒有，可是蘿柔能感覺到他身上輻射出什麼來。這個人玩著智慧型手機。蘿柔吃完了起司三明治，小口小口地咬，速度慢了許多。過了一會兒她漸漸覺得是自己瞎疑心，她喝了咖啡，起身要走。

然後，「妳的頭髮很漂亮。」

她轉身，驚詫於他的話，說：「喔。」

「真的很漂亮。」

「過獎了。」她不知不覺中一隻手伸向頭髮。「我剛做的。通常沒有這麼漂亮。」

他微笑。「妳吃過這裡的胡蘿蔔蛋糕嗎？」

她搖頭。

「真的好吃。妳要不要來一點？」

她緊張地笑。「不，謝了，我……」

「嘿，這支湯匙是乾淨的，拿去。」他把湯匙推給她。「別客氣。我一個人吃不完。」

這時，一束光射過咖啡館，亮得像探照燈。照在湯匙上，湯匙閃閃發光。蛋糕上有他用叉子挖過的凹面。這一刻親密得出奇，而蘿柔的直覺反應是退後，離開。可是她看著銀湯匙上的閃光，感覺到心裡有什麼打開了。像希望一樣的東西。

她拿起了湯匙，從他沒碰到的那一端挖了一小塊蛋糕。

他的名字是佛洛伊德。佛洛伊德．鄧恩。他伸出手，說：「很高興認識妳，蘿柔．麥克。」他的手勁有力溫暖。

「你那是哪裡的口音？」她問，把椅子拉近，感覺到那束陽光溫暖著她的後腦勺。

「啊，」他說，以紙巾點抹嘴巴。「說不是哪裡的口音會比較準確。我是那種非常有企圖心的美國人，在世界各地追逐工作和金錢。四年在美國，兩年加拿大，又四年美國，四年德國。一年新加坡。然後英國三年。我父母回美國了；我留在這裡。」

「那你在這裡很久了？」

「我在這裡，」——他瞇著眼心算——「三十七年了。我有英國護照。英國孩子。英國前妻。我聽《阿徹一家》（The Archers）廣播劇。我完全同化了。」

他微笑，而她哈哈大笑。

她驚覺自己失態，安靜了下來。下午坐在咖啡館裡，跟陌生男人說話，被他的笑話逗笑。這是怎麼回事？怎麼會是這一天？愛莉走了之後的幾百個黑暗的日子裡，怎麼會是今天？是不是這樣就算放下了？終於把孩子埋葬了之後是不是就會這樣？

「那，妳住在附近嗎？」他問。

「不是，」她說，「我住在巴尼特。但我以前住在這附近。幾年前。所以美髮師——」她朝隔幾扇門的美髮店點頭示意。「完全是一種病態，我不敢讓別人碰我的頭髮，所以每個月就千里迢迢過來一次。」

「嗯……」他打量她的頭髮。「我覺得很值得。」

他用調情的語調說，蘿柔不得不自問他會不會是什麼怪人。他是嗎？他是不是有什麼古怪的地方，有點不對勁？她現在看不出警訊了嗎？他是想詐騙她，強暴她，誘拐她，跟蹤她？他是瘋子嗎？是壞人嗎？

她默默在心裡問這些每次遇見什麼人就會浮現的問題。她一向不是個容易相信別人的人，即使是在她女兒失蹤、十年之後又證實已死之前。保羅老說她把他當成一個長期計畫。她一直到傑克學走路了才同意嫁給他，唯恐他只是一時的意亂情迷，會在公證處放她鴿子。可是近來她更常問這些問題，因為她知道最壞的結果並不是什麼不可能會發生的恐怖之事。

可是她盯著這個男人，這個灰眼睛、灰頭髮，皮膚柔軟，穿著高級鞋子的男人，卻找不出一點不對勁的地方。只除了他找她說話。「謝謝。」她回應他的恭維，然後把椅子向後挪，移向她的桌子，她想要離開了，卻又希望對方請她留下。

「妳要走了嗎？」他問。

「對，」她說，努力去想她需要做的事。「我要去看我女兒。」

她沒有要去看女兒。她根本就看不到女兒。

「喔，妳有女兒啊？」

「對，還有一個兒子。」

「一男一女。」

「對，」她說，漏掉已死的女兒讓她心如刀割。「一男一女。」

「我有兩個女兒。」

她點頭，把皮包揹到肩上。「多大了？」

「一個二十一，一個九歲。」

「她們跟著你嗎？」

「九歲的跟我住，二十一歲的跟她媽媽住。」

「喔。」

他微笑。「很複雜。」

「這世上有哪件事不複雜？」她微笑著回他。

接著他撕下了放在隔桌的報紙一角，從外套口袋掏了支筆，說：「跟妳聊天很愉快，可惜時間不夠久。我真的很想請妳吃個晚餐。」他草草寫下了號碼，遞給她。「打給我。」

打給我。

這麼的自信，這麼的簡單，這麼的主動。她想像不出有哪個人類能這樣。

她接下了紙，在指尖揉挲。「好，」她說，又加了句：「也許吧。」

他笑了。他有好幾顆牙補過。「我能接受也許，也許不錯。」

她快速離開了咖啡館，頭也不回。

那天晚上蘿柔做了一件破天荒的事。她貿然跑到漢娜家。女兒乍見母親站在門口，表情有百分之九十是驚惶，百分之十是擔憂。

「媽？」

「哈囉，親愛的。」

漢娜看著她身後，彷彿這樣就能看見她母親不請自來的理由。

「妳沒事吧？」

「沒事啊。我只是……我剛好路過，就想到我有一陣子沒看到妳了。」

「我們星期天才見過。」

漢娜為她送去一台舊筆電，卻沒進門。

「對，我知道。可是那次，嗯，不算真的見面。」

漢娜光著腳動來動去。「妳要進來嗎？」

「好啊，親愛的。謝謝。」

漢娜穿著束口褲和一件緊身白T恤，正面印著「Cheri」。漢娜的時尚品味一向不高。她喜歡穿「香蕉共和國」黑套裝去上班，回家就換上便宜的休閒服。蘿柔不知道她晚上穿什麼，因為她們從來沒有在晚上一塊出去過。

「要喝茶嗎？」

「現在喝茶有點晚了。」

漢娜翻了個白眼。她對蘿柔的咖啡因敏感程度不怎麼有耐性，覺得那是她刻意捏造出來惹惱她的。

「那，我要喝咖啡。我該弄什麼給妳呢？」

「什麼都不用，真的。這樣就好。」

她看著女兒在小廚房裡走動，打開又關上櫥櫃，肢體語言那麼的封閉收斂，忍不住想她和漢娜可曾親近過。

「那妳去哪裡了？」漢娜問。

「妳說什麼？」

「妳剛才不是說路過？」

「喔，對。做頭髮。」她又摸了摸頭髮，感覺謊言燒穿了頭皮。

「很漂亮。」

「謝謝，親愛的。」

那一角寫著電話和「佛洛伊德」的報紙在她的口袋裡，她說話時伸手去摸。「發生了一件好笑的事情。」她開口說。

漢娜拋給她恐懼的一眼。每次她打開話頭，女兒總是這副表情，就彷彿她很怕會被拖進什麼在感情上她無力招架的事情裡。

「有個男人給了我電話號碼，想請我吃飯。」

懼怕的表情換成了驚恐，而蘿柔覺得她願意付出一切，割捨一切，只求她現在是和愛莉說這些，而不是和漢娜。愛莉會歡呼，會眉開眼笑，會撲向蘿柔，用力擁抱她，跟她說太神奇了，太美妙了，太棒了。而且愛莉會讓一切都變得神奇美妙。

「我當然不會打給他，當然不會。可是我忍不住會想，想我們，想我們全部。想我們都像一座座孤島在漂浮。」

「是喔。」漢娜的語氣中帶著指控。

「很久了，可是我們還是找不到辦法讓這個家再團圓。我們好像全都擱淺了，擱淺在那一天裡。我是說，看看妳。」話一出口她就知道說錯了。

「嗄？」漢娜坐直了，分開雙手。「我怎麼了？」

「喔，妳很棒，妳很棒，而且我非常以妳為榮，妳工作努力，妳成就了那麼多事。可是妳難道不覺得……？妳不覺得有點太缺乏變化？我是說，妳連貓都沒養。」

「嗄！養貓？妳是在說笑嗎？我是要怎麼養貓？我白天晚上都不在家，我壓根連看見貓的時間都沒有，我——」

蘿柔伸出一隻手。「別管貓了，」她說，「我只是用它來當個例子。我是說，妳花那麼多時間工作，難道沒有別的事情？別的層面？朋友？男人？」

她女兒緩緩眨眼。「妳為什麼問我男人的事？妳明知道我沒有時間找男人。我沒時間做別的事。我連跟妳說這些話的時間都沒有。」

蘿柔嘆氣，摸了摸後頸。「我只是發覺到，」她說，「最近幾次，我來打掃的時候，妳晚上沒回來。」

漢娜臉紅了，隨即扮鬼臉。「啊，」她說，「妳以為我有男朋友了？」

「嗯，是啊。我確實懷疑過。」

漢娜微笑，像對小孩子笑。「沒有啦，媽，」她說，「可惜沒有。不是男朋友。就是，妳也知道嘛，派對啊、喝酒啊之類的。我在朋友家過夜。」她聳聳肩，挑著指甲周圍的硬皮。

蘿柔瞇起眼。派對？漢娜？漢娜的肢體語言不對，蘿柔一個字也不信。但是她沒有追問。她勉強微笑，說：「這樣啊。」

漢娜這時軟化下來，傾身靠向她。「媽，我還年輕。還有時間找男人。還有貓。只是現在不行。」

可是我們呢，蘿柔想這麼問，我們的生活幾時才不會再像這樣子？我們幾時才能再像一家人？我們幾時才能真正開懷大笑，真正微笑而不覺得內疚？

可是她沒問，反而隔著桌面握住漢娜的手，說：「我知道，親愛的。我真的知道。我只是想要妳快樂。我要我們大家都快樂。我要——」

「妳要愛莉回來。」

她驚訝地抬頭看漢娜。「對，」她說，「對，我要愛莉回來。」

「我也是，」漢娜說，「可是現在我們都知道了。我們知道她不會回來了，而我們也只能接受現實。」

「對，」蘿柔說，「對。妳說得一點也沒錯。」

她又摸到了口袋裡的那張紙，她用手指摩挲，身體竄過一陣冷顫。

14

「嗨，佛洛伊德。我是蘿柔。蘿柔・麥克。」

「麥克太太。」

那種軟軟的跨大西洋拖音，那麼的慵懶乾澀。

「還是麥克女士？」

「麥克女士。」她答。

「那就麥克女士。妳能打電話來真讓人驚喜啊，我高興得要飛上天了。」

蘿柔微笑。「很好。」

「我們是要訂晚餐之約嗎？」

「嗯，對。大概吧。除非是……」

「沒有除非。除非是妳心裡有個除非？」

她失笑。「沒有，我心裡沒有除非。」

「那太好了，」他說，「週五晚上如何？」

「好，」她說，不用查就知道她有空。「很好。」

「我們要進城嗎？來點燈光秀？或是我家附近？妳家附近？」

「燈光秀不錯。」她說，喘不過氣來，聲音幾乎像小女生。

「我就希望妳會這麼說。妳喜歡泰國菜嗎？」

「我最愛泰國菜。」

「那就交給我了，」他說，「我會先訂位。我之後再把時間地點傳給妳。」

「哇，你還真……」

「有效率？」

「對，有效率。而且……」

「刺激有趣？」

她又笑了。「我不會這麼說。」

「對，不過我說的是實話。我是個刺激的傢伙。無窮無盡的樂子和冒險。我就是這樣的人。」

「你真搞笑。」

「謝謝。」

「星期五見了。」

「一定，」他說，「除非……」

蘿柔對外貌一向很注重。即使是在愛莉失蹤的早期，她也會沐浴，小心挑選衣服，用價格昂貴的遮瑕膏遮住黑眼圈，把頭髮梳到發亮。她從不肯讓自己鬆懈下來。那些日子她僅有的也只剩她自己了。

她總是把自己打扮得漂漂亮亮的，但是她有很長一段時間不在乎漂不漂亮了。事實上，她約莫是在一九八五年和保羅同居開始就不打扮了。所以，此時此刻，這一切，她鏡中的呆臉，打開的化妝包，緊張的能量流貫全身，害得她把睫毛膏而不是眼影塗在眼瞼上，仔細審查自己的臉，氣自己讓臉變老而不是變漂亮，氣自己沒有超級名模克莉絲蒂．杜靈頓的基因，這一切都是全新的體驗。

她扮個鬼臉，拿化妝棉擦掉睫毛膏。「混蛋，」她喃喃咒罵。「可惡。」

她後方的床上丟滿了衣服。今晚的天氣很怪。這個時節不該悶熱潮濕，可是氣象預報說會有陣雨，以及強風。她的身材雖然不錯——是標準的十號——可是她所有的約會衣著都是四十歲左右買的。大腿露太多，太花俏，手臂露太多，胸部露太多。沒有一件適合，一件都沒有。最後，她投降了，選了灰色的長袖上衣和黑色喇叭褲。呆板，卻得體。

時間是七點零五分。她需要在十分鐘之內出門才能準時赴約。她快手快腳上完妝，完全不知道是把自己弄得更漂亮或是更老更醜，不過時間來不及了，她也管不了那麼多了。

她在公寓門口暫停一下。她在這裡的一個小矮櫃上放了一張三個孩子的相片，她喜歡進出能看見他們的感覺。她拿起愛莉的相片。十五歲，在她失蹤之前的期中假期的十月拍的；他們在威爾斯；她的臉被海風吹得紅潤，也因為跟哥哥姊姊在沙灘上打球。她張著大口，幾乎能讓人看進她的喉嚨裡。她戴著一頂棕褐色毛帽，頭頂有個超大絨球。兩隻手插在過大的帽T袖子裡。

「我要去約會了，愛莉，」她跟自己的女兒說，「是個不錯的男人。他叫佛洛伊德。我覺得妳會喜歡他。」

她以拇指撫摸女兒的笑臉，撫過超大的絨球。

太棒了，媽，她聽見她說，我好高興。盡興地玩吧！

「我會盡量，」她對著空空洞洞的屋子說，「我會盡量。」

佛洛伊德挑選的餐廳燈光柔和，牆壁塗著金黑雙色油漆，桌椅是暗色系的，鹵素燈泡外的燈罩是用紫水晶珠串成的。她遲到了兩分鐘，他已經到了。她心裡想：他在這種燈光下更年輕，所以我一定也看起來更年輕。這個想法提高了她的信心，她走向他，允許他起身吻她的雙頰。

「妳的樣子真高雅。」他說。

「謝謝，」她說，「你也一樣。」

他穿著黑灰色的千鳥格紋襯衫，黑色燈芯絨外套。頭髮看起來像是在他們初見面後去修剪過的，而且散發出香柏和萊姆味。

「妳喜歡這家餐廳嗎？」他問，假裝不確定，卻騙不了人。

「我當然喜歡，」她說，「很漂亮。」

「咻。」他吁口氣，而她笑望著他。

「你來過嗎？」她問。

「來過，可是只有午餐來過。我老是想要晚上來一次，因為燈光會陰暗混濁，還會有一堆不太高尚的人。」

蘿柔環顧周遭的客人，大多數都像是直接從公司下班後過來的，或是來約會的。「其實還滿高尚的。」她說。

「對，我注意到了。我真是太失望了。」

她微笑，而他把菜單交給她。

「妳餓了嗎？」

「我餓死了。」她說。她說的是實話。她一整天都太緊張，吃不下東西。而現在看見了他，想起了她為什麼會同意分吃他的蛋糕，為什麼打電話給他，為什麼安排見面，她的胃口也恢復了。

「妳喜歡吃辣嗎？」

「我愛死辣的食物了。」

他笑得燦爛。「感謝上帝。我真的只喜歡愛吃辣的人。不然就可能是壞的開始。」

他們光是看菜單就看了好一會兒。佛洛伊德的問題一大堆：妳在上班嗎？有沒有兄弟姊妹？住哪種公寓？有沒有什麼嗜好？養寵物？然後，在飲料都還沒送上來之前，「妳的孩子幾歲了？」

「喔。」她把餐巾鋪在大腿上。「一個二十七，一個二十九。」

「哇！」他斜睨她。「妳一點都不像有那麼大的孩子的樣子。我還以為妳的孩子最大也不過是十來歲。」

她知道他是在胡說八道；失去過孩子會讓你老得快，比一輩子躺在海灘上抽菸還要老得快。

「我快五十五了，」她說，「而且就是五十五的樣子。」

「不，才不是，」他反駁她。「我還以為妳四十幾歲呢。妳的外表很年輕。」

她聳肩以對，這種阿諛也太好笑了。

佛洛伊德微笑，從漂亮的外套內袋裡掏出老花眼鏡戴上。「可以點菜了吧？」

兩人點太多了。菜餚陸續送上桌，比兩人預期的分量大許多，而他們大部分時間都忙著在挪開杯子、水瓶和手機，讓出空間放剛送上來的菜。「就這些了嗎？」每道新菜送上來，兩人都會這麼問彼此。「拜託就這些了。」

他們一開始是喝啤酒，後來又換成白酒。

佛洛伊德告訴蘿柔他是怎麼和他大女兒的母親離婚的。這個女兒叫莎拉潔。

「我想叫她莎拉珍，我的前妻想叫她潔，所以折衷。我叫她莎拉，我前妻叫她潔，她自稱莎潔。」他聳肩。「你怎麼給孩子取名都可以，反正最後他們會照自己的意思來。」

「她是什麼樣的孩子？」

「莎拉？她……」蘿柔第一次看見佛洛伊德自然的活力上蒙上了一層薄紗。「她很不一般。她，呃……」他像是詞窮了。「嗯，」他最後說，「我猜妳得自己見了她以後才知道。」

「你有多常看到她？」

「喔，滿常的。她仍然住在家裡，跟我前妻住；她們相處得不是很融洽，所以她會拿我當逃生艙。所以，呃，是大多數的週末。所以是喜樂參半吧。」他乾笑了一聲。

「那你另一個女兒呢？她叫什麼名字？」

「帕琵。」一提到她，他的整張臉都亮了起來。

「她是什麼樣子？跟莎拉潔非常不同嗎？」

「喔，沒錯。」他緩慢誇張地點頭。「一點也沒錯。帕琵太棒了，妳知道，她在數學方面是天才，還有最邪惡的幽默感，誰的話都不聽。她真的害我戰戰兢兢的，讓我知道我不是萬能的天神。她隨隨便便就能給我漏氣。」

「哇，聽起來真厲害！」她說，心裡想，他簡直就像是在描述她失去的女兒。

「她的確是，」他說，「是我有福氣。」

「那她怎麼會跟著你住？」

「喔，對，這部分挺複雜的。帕琵跟莎拉潔不是同一個母親生的。帕琵的媽媽……嗯，是露水姻緣，超過了界線。妳懂我的意思的話。帕琵是個意外，我們沒料到會有孩子。我們確實試過一陣子，想當正常的夫妻，可是始終沒能成功。後來，帕琵四歲的時候，她消失了。」

「消失？」蘿柔聽到這個字眼心臟就狂跳，這個字眼對她來說分量太重了。

「對。把帕琵丟在我家門口。清空了她的銀行帳戶。丟下了她的房子、她的工作。從此消失了蹤影。」他端起酒杯，喝了一大口，彷彿是在等著蘿柔批評。

蘿柔一手按著喉嚨，霎時覺得這一切都是命中注定的，她會遇到這個魅力十足的男人並不是她想像中的機緣巧合，他們兩人是認出了彼此生命中的奇怪缺口，那是神秘地從蒼穹中被拔離的某些人的棲身之所。

「哇，」她說，「可憐的帕琵。」

佛洛伊德轉而凝視桌巾，指尖滾動著一粒米飯。「確實，」他說，「確實。」

「你覺得她是怎麼了？」

「帕琵的母親？」他問。「要命，我一點概念也沒有。她是個奇怪的女人，去哪裡都有可能，」他說，「真的。」

蘿柔看著她，評估著下一個問題是否合宜。「你有沒有想過她可能死了？」

他鬱悶地看著她，而她知道自己是交淺言深了。

「誰知道？」他說。「誰知道。」接著笑容又回來了，對話繼續，又點了兩杯酒，歡樂復甦，約會繼續。

15

蘿柔回家後直接打開筆電，戴上老花眼鏡，搜尋佛洛伊德・鄧恩。兩人聊了一整晚，最後餐廳不得不非常有禮地請他們離開。佛洛伊德曾隱約建議再去續攤，他是某俱樂部的會員（「不是那種很浮華的，」他說，「只有吧檯和幾張單人沙發，幾個老傢伙喝白蘭地，鬼吼鬼叫。」），可是蘿柔不想在地鐵收工之後再趕回巴尼特，所以他們就在皮卡迪利廣場道別，蘿柔搭上地鐵北線，一路呆呆地、醺醺然望著車窗中的自己。

此刻，她穿著睡衣，嘴裡咬著牙刷。她丟在床上的衣服現在又堆在扶手椅上，她的化妝品仍然散落在梳妝台上；她沒那個力氣收拾，她只想待在她和佛洛伊德今晚製造出的夢幻泡泡裡，不讓現實生活從縫隙中爬進來。

不出幾秒鐘蘿柔就找到了，佛洛伊德・鄧恩不僅僅是數學家，一如他在晚餐時說的，他還是作家，寫了幾本有關數論和數學物理的書，並且大獲好評。

她點出Google的圖片，瞪著佛洛伊德不同生活階段的臉孔和外表；有些圖片中他顯然更年輕：三十好幾，長髮，穿著襯衫，釦子解開好幾顆。這是他前兩本書的作者照片，微微讓人覺得不安。換作是這個男人，她就不會跟他分吃一塊蛋糕，他就像是八〇年代早期開放大學的孤獨講師。後來的圖片就比較像是現在的他了，頭髮稍微不整潔，顏色更黑，衣著沒那麼講究，不過基本上就是剛才和她共進晚餐的男人。

她想知道更多的事。她想要沐浴在他和他迷人的世界裡。她想要再跟他見面。而且還要下一次。然後她想到了保羅，以及他的邦妮，想到那天他回來告訴她，他遇見了一個女人、兩人要同居時那呆愣的不可思議感覺。她一直無法了解他是怎麼找到這種地方的，胃裡柔軟又有蝴蝶鼓翅的地方，能做計畫，又能手牽手。而現在她自己也發生了，突然之間她好想打電話給他。

保羅，她想像自己這麼說：我遇見了一個很棒的人。他既聰明又風趣，而且他很帥，人又好。

而且她恍然大悟，這是多年來第一次她想要跟保羅談愛莉以外的事情。

第二天是杳無音訊的折磨。

蘿柔每逢週六都會去找她的朋友傑奇和貝兒。他們在樸茨茅斯念書的時候就認識了，那時三個人就像連體嬰。大約三十年前，三人都是二十幾歲，住在倫敦，蘿柔在蘇活區的酒吧遇見他們，他們說他們倆現在是一對了。然後十一年前，她四十四、五歲時，貝兒生下了雙胞胎男孩。那時蘿柔正要結束把屎把尿的階段，而他們卻一頭栽了進去，愛莉走了之後的幾年，他們埃德蒙頓的家雖然充滿了尿布、塑膠，一管又一管的粉紅色優格，卻成了她的避難所。

可是這個週末他們不在家，帶著孩子去什羅普郡參加橄欖球錦標賽了。所以時間像老牛拖車一樣慢，公寓裡的空氣也沉重凝結。鄰居的關門聲、叫喚孩子聲、發動汽車聲、遛狗聲，在在衝高了孤寂的感覺，而且佛洛伊德沒打電話來，沒傳簡訊來，而她太老了，真的太老了，應付不來這種事了；到了週六晚上，她已經說服自己不玩了。瘋了。不合情理。她是個傷心的女人，有一噸重的醜惡包袱，而佛洛伊德顯然是在利用自己與生俱來的魅力取得一晚的約會，他有心的話，說不定每一晚都能得逞。而他現在就可能坐在一家咖啡館裡，跟另一個女人共享一片胡蘿蔔蛋糕。

星期日蘿柔決定要去看她母親。她通常都是星期四去的，固定下來讓它成為每週的例行公事，她就比較不可能找藉口不去。可是她不能再一個人待在家裡了。她就是不能。

她母親的照護中心在恩菲爾德，開車二十分鐘。那是全新的紅磚建築，玻璃窗裝的是毛玻璃，不讓外界窺探到他們自己悲慘的未來。她媽媽茹比中風過三次，語彙有限，雙眼半盲，記性時好時壞。她也非常不快樂，只要找得到詞彙就會表達想死的欲望。

她十一點半抵達，發現母親坐在椅子上，旁邊有一盤像是燕麥餅乾，還有一杯牛奶，彷彿她是個四歲大的孩子。蘿柔握住母親的手，輕撫皮革似的皮膚。她凝視她的黑眼珠，就跟之前的每一次一樣，試圖看見另一個人，那個在她小時候會拎住她的一隻胳臂一條腿，把她扔進游泳池的人，那個會在沙灘上追逐她，幫她綁辮子，在她看了美國的電視節目就應她要求幫她煎太陽蛋的那個人。她母親的精力無窮，黑色鬈髮總是會從束髮圈或是髮夾裡溜出來。她的鞋子總是低跟，讓她能夠自由自在地追公車，跳過圍牆追逐搶皮包的小賊。

她第一次中風是在愛莉失蹤四個月之後，她從此就變了一個人。

「我上個禮拜去約會。」蘿柔跟她母親說。她母親點頭，噘起嘴來表示微笑。她想說什麼，卻找不到字彙。

「ㄅ、ㄅ、ㄅ……ㄅ、ㄅ、ㄅ……」

「放心，媽。我知道妳很高興。」

「好棒！」她突然找到了語彙。

「對，」蘿柔說，笑得開心。「是很棒。只是我現在真的很緊張，像個少女一樣；我一直瞪著手機，期待他打電話來。實在很可悲……」

她母親又微笑，至少是她受損的大腦允許的程度。「名……名字？」

「他的名字叫佛洛伊德。佛洛伊德・鄧恩。是美國人。跟我一樣大，聰明得不得了，長得很好看，很風趣。他有兩個女兒，一個跟他住，另一個長大了。」

她母親點頭，仍在微笑。「妳……妳……妳……妳……」

蘿柔用拇指摩挲母親的手指，鼓勵地笑。

「妳……妳……妳……打給他！」

蘿柔失聲而笑。「我才不要呢！」

她母親生氣地搖頭，嘴裡嘖嘖響。

「不要，真的。第一次是我打給他的。我已經邁出第一步了。現在輪到他了。」

她媽媽又嘖嘖響。

「我覺得，」蘿柔一邊想一邊說，「我大概可以傳個簡訊給他，只是說聲謝謝，看他要不要接招？」

她媽媽點頭，緊握著蘿柔的手，輕輕施壓。

她的母親很喜歡保羅。打從第一天起她就說：「做得好，親愛的，妳找到了一個好男人。現在，拜託對他好一點，拜託別讓他跑了。」當時蘿柔乾笑著說：「再說吧。」因為蘿柔從來就不相信什麼「從此幸福快樂過一生」。而她媽媽對保羅和蘿柔的離異始終保持著樂觀，她了解，因為她也是既浪漫又實際的人。在許多方面，浪漫和實際都是最理想的組合。

她母親伸出一隻手去摸蘿柔的皮包，把手伸進去，掏出了蘿柔的手機，交給她。

「什麼？」蘿柔說，「現在？」

她點頭。

蘿柔重重嘆口氣，鍵入了她想說的話。

「我會要妳負全責，」她說，假裝嚴厲。「要是這件事當著我的面吹掉的話。」

她按了傳送鍵，接著立刻把手機塞進皮包裡，被自己做的事情嚇到。「可惡，」她說，兩隻手摩擦臉龐。「都是妳，」她跟母親說，「我不敢相信妳叫我這麼做！」

她母親笑了，奇異古怪的聲音冒上來，衝上了她的喉頭。不過確實是笑聲。而且是在蘿柔的記憶中長久以來第一次聽到的聲音。

幾秒之後蘿柔的手機響了。是他。

16

蘿柔和佛洛伊德在週二第二次約會。這一次他們沒出城，而是去佛洛伊德家附近的一家厄利垂亞餐廳。蘿柔一直都很想要吃吃看，可是保羅死都不肯，因為他們的窗上貼著三顆星的衛生評等。

佛洛伊德的穿著很輕便，酒瓶綠馬球衫搭配黑色套頭毛衣、牛仔褲。蘿柔穿的是合身的亞麻吊帶裙，裡面是白色棉上衣，頭髮向後夾，黑色內搭褲和黑靴子。她就像個時髦的修女。她一直在遇見佛洛伊德之後才明白她所有的衣服是多麼的死板，真的像修道的人穿的。

「妳真漂亮，」他說，顯然沒發現她歷經的穿搭選擇障礙。「妳的樣子太隆重了，相較之下我就像個徹底的懶惰鬼。」

「你很好看，」她說，同時落座。「你隨便怎麼穿都好看。」

她的感覺極輕鬆，倒叫她驚訝。完全沒有上週第一次約會的緊張。餐廳雜亂，燈光明亮，但是她不擔心自己的外表，不擔心是不是會顯老。

她盯著他的手，很想要立即抓住他的手，像餓鷹搶食一樣，抓過來貼在自己臉上。她循著他的頭的動作，凝視他眼角的笑紋，時不時瞥見他的馬球衫第一顆鈕釦下露出的胸毛。她想要，非常想要，跟他上床，而這份領悟令她震驚，心慌意亂地沉默了片刻。

「妳沒事吧，蘿柔？」他問，覺察到她的怪異。

「喔，沒事，沒事。」她說，面帶笑容。他似乎因此而放心，交談又繼續下去。

他對服務生親切地說話，服務生似乎認識他，還招待他們小菜。

「知道嗎，」她說，撕下一片薄餅，蘸著燉羊肉。「我的前夫不肯帶我來這兒，因為這裡的衛生評等很差。」她有幾秒鐘的心虛，貶低保羅，只向陌生人凸顯了他的一面，而其實他這個人並不是這麼膚淺。

「喔，衛生，衛生，衛生大神，我在這裡吃飯從來就沒有鬧過肚子，而且我可是多年的老客人了。這裡的人都知道規矩。」

「那你在這附近住多久了？」

「喔，天啊，太久了。從我父母回美國之後，他們給了我一點錢，叫我在老舊但是樞紐的位置找個房子。我找到了這棟房子，隔成幾間臥室加客廳，噁心死了。要命，什麼居住環境。死老鼠，馬桶不通，牆上都是糞便。」他打個冷顫。「可是這卻是我這輩子最好的決定。妳都不會相信現在這地方的房價有多高。」

蘿柔能相信，因為她在幾年前賣掉了她在斯特勞德格林路的房子。「你覺得你會回美國嗎？」

他搖頭。「不會。那裡從來就不是我的家。一直到我來到這裡，我才感覺像是回家了。」

「那你的父母呢？他們還健在嗎？」

「對，他們還硬朗得很。他們很年輕就生了我，所以仍然精力充沛。妳呢？」他問，「妳的父母還在嗎？」

她搖頭。「我爸在我二十六歲時過世了。我母親現在在養護中心，非常虛弱。恐怕明年這個時候就不在了。」接著她微笑說：「其實，還是她叫我打電話的呢。她幾乎沒辦法說話了，要好久好久才能說出一句話，通常她開口只會說她想死。可是星期天我去看她那天，她叫我打給你。她說我遇見你很棒。而且真的是她把手機塞進我手裡的。那是……」她瞄了一眼大腿。「……那是十年來她最有母愛的舉動。幾個月來最像普通人做的事情。我很感動。」

這時佛洛伊德把手伸過桌面，按住了她的手，漂亮的灰眼珠盯著她，說：「上帝祝福妳美麗的母親。」

她彎起手指，輕輕擠壓他的手。他的碰觸既溫和又有力，既性感又善良。他的碰觸讓她感覺到她原以為再也不會有的感覺，她已經忘記曾經有過的感覺。他的大拇指挪向她的手腕，掠過她的脈搏。他的指尖在她的手臂內側上上下下滑動。她摩挲著他前臂上的柔軟汗毛，接著把手探入他的羊毛袖底下。她找到了他的手肘，而他的手也找到了她的，兩人就這樣隔桌抓著彼此，經過漫長熱烈的一刻，這才緩緩放開手，招呼服務生買單。

他家就跟她的舊家一模一樣，而且只離她的舊家三條街。這是棟維多利亞式雙拼房，荷蘭式山形牆，前門廊上有小小的露台。門前小徑鋪著地磚，大門的左右兩邊有彩色玻璃，上方有彩色玻璃氣窗。前院是個四方形的小花園，打理得很整齊，側門有一對有輪子的垃圾桶。佛洛伊德尚未將鑰匙插入鎖孔，蘿柔就知道屋內的格局會是什麼樣子，因為肯定跟她家一樣。

沒錯，確實一樣，她早就知道了，鋪地磚的門廳對著一道樓梯，轉了一個大圈子沒入樓上，前方是僅有一級的木階梯，下去就是通風的大廚房，而從左邊的一扇門看進去，她看見了一間擺滿了書的房間、電視機的閃光，還有一雙在腳踝處交疊的光腳。她看見光腳分開來，放低到條狀地板上，然後一張臉出現，小小的、緊張的臉，一頭的白金色頭髮，一邊耳朵戴著好幾個耳環，搽著厚厚的藍色眼影。「爸？」

一看見蘿柔，那顆腦袋瓜立刻就縮了回去。

「嗨，甜心。」佛洛伊德轉身悄聲向蘿柔說了「莎拉潔」三個字，這才把頭探進門裡。「今天晚上怎麼樣？」

「OK。」莎拉潔的聲音軟綿低沉。

「帕琵呢？」

「她也OK。」

「她幾點上床的？」

「喔，半個小時前吧。你回來早了。」

蘿柔看見那個腦袋瓜微微向前探，又猛地縮回去。

「莎拉，」——佛洛伊德轉向蘿柔，示意要拉她的手——「我要介紹一個人給妳。」他把蘿柔往門口拉，要她走在前面。「這位是蘿柔。蘿柔，這是我大女兒，莎拉潔。」

「莎潔，」扶手椅上的嬌小女孩說，慢吞吞地站了起來。她遞出一隻小小的手，跟蘿柔握手，說：「很高興認識妳。」說完就又坐回去，把浮現出藍色血管的小腳縮到身子下。

她穿著超大號黑色T恤，底下是黑色天鵝絨內搭褲。蘿柔把她的瘦弱收入眼底，不知是飲食失調或是她天生就瘦。

電視上播放著實境秀，是一群人在光線明亮的餐廳裡相親。莎拉潔的腳下有個空盤，殘留著番茄醬，還有一個健怡可樂的空罐。椅臂上有一球銀河巧克力的包裝紙。蘿柔這才假設她的嬌小體型是天生的，而且立刻就把她的母親想像成是個小精靈似的女人，一雙大眼睛，穿六號的牛仔褲。一時間她嫉妒得不得了。

「那，」佛洛伊德說，「我們會在廚房裡。妳要不要喝茶？」

莎拉潔搖頭，卻沒吭聲。蘿柔跟著佛洛伊德走進廚房。果然不出所料，時髦的米白色木櫥櫃，木門把過大，暗綠色爐具，一座被高腳凳環繞的中島。不像她的舊廚房，這裡並沒有擴展到側門，只是向後打通，有一張松木桌，搭配松木椅，一摞摞的報紙雜誌，兩台筆電，一張椅子上披著粉紅色皮草大衣，另一張椅子上披著西裝外套。

她挑了高腳凳坐下，看著他幫她泡甘菊茶。他自己則用過濾式咖啡機煮咖啡。「你家很漂亮。」她說。

「喔，多謝誇獎，」他說，「不過我覺得妳應該要知道，妳現在坐的地方就是以前住在後面房間的那個傢伙放夜壺的地方。我會知道是因為他搬出去的時候沒帶走。也沒清理。」

「我的天啊！」她失笑。「太噁心了。」

「真的。」

「知道嗎，你家跟我的舊家一模一樣。真的。我是說，當然不是每個地方都一樣，不過格局一樣，設計也一樣。」

「這些街道，」他說，「這些房屋，在從前都屬於時尚的房地產，都是同一個時期建造的，為倫敦市的勞工打造的住家。」他把茶拿給她，面帶笑容。「想想也真奇怪，」他說，「有一天我們的祖先可能被邦瑞住宅❶吸引，不顧一切想要保存時代特色。別碰那塊塑膠凹緣線，那是無價之寶。」

蘿柔微笑。「你相信嗎，以前住在這裡的人會要求包商裝有鏡子滑門的嵌入式衣櫃呢。」

佛洛伊德哈哈大笑，歡喜地打量她。然後他收住笑，專注地盯著她，說：「妳知道，我上網查過妳。在我們第一次約會之後。」

蘿柔臉上的笑意凍結。

「我知道愛莉的事。」

蘿柔兩手緊握住杯子，吞嚥了一口。「喔。」

「妳知道我會去查的，對不對？」

❶ Barratt Homes，英國最大專業地產住宅開發企業之一。

她慘然一笑。「不，我不知道。我大概有想到過。我是會說的。快了。話就在我的舌尖。可是第一次約會好像不適合說這個。」

「對，」他柔聲說，「我懂。」

她把杯子轉過來轉過去，不確定這樣的情勢會如何發展。

「我真的很抱歉，」他說，「我……」他重重嘆氣。「我不是……我沒法想像。唉，我能想像。我非常能想像，所以才更難承受。不過我能不能承受是題外話。可是一想到……妳……和妳的女兒……實在是。唉。」他重重嘆氣。「而我今晚想說幾句話，因為坐在這裡跟妳閒聊，而妳一點也不知道我什麼都知道，感覺很不誠實……」

「我是白痴，」她說，「我早該猜到的。」

「不，」他說，「我才是白痴。我應該等妳告訴我的，等妳準備好。」

蘿柔微笑，抬眼望著佛洛伊德，望進他迷濛的眼裡，接著她俯視他的手，這雙手剛才在餐廳還那麼誘惑地愛撫她的胳臂，她再環視他溫暖舒適的家，說：「我現在準備好了。我現在可以談那件事了。」

他伸手越過流理台，按住她的肩膀。她直覺地以臉頰去摩擦。「妳確定嗎？」

「對，」她說，「我確定。」

將近半夜一點了，佛洛伊德終於把蘿柔帶上樓到他的房間。莎拉潔在十二點時搭計程車回家，壓低聲音向她父親道別，沒跟蘿柔打招呼。

佛洛伊德的房間漆成暗酒紅色，掛著有意思的抽象畫，他宣稱是在改建房屋時在地下室找到的。「大概是滿醜的吧，可是我喜歡。我很高興能把它們從不見天日的地方解救出來，讓它們能活著、能呼吸。」

「帕琵的房間在哪裡？」她低聲問。

他指著上頭和後面。「她不會聽見的。再說，她睡得很沉。」

說完他就動手拉她吊帶裙的拉鍊，而她在拉扯他的柔軟毛衣袖子。兩人四肢交纏，衣服褲子分不清是誰的，儘管蘿柔早在許久之前就決定了她和性已經斷絕關係了，可是五分鐘之後就發生了，她在做愛，而且還是她這輩子最美好的一次，不到幾分鐘，她就想要再來一遍了。

兩人睡著了，依偎著彼此，而窗帘的縫隙中露出了朦朧的褐色黎明。

17

「早安！妳是蘿柔嗎？」

蘿柔嚇了一小跳。現在是十點，她以為佛洛伊德的女兒這時早就去上學了。「對，」她說，露出溫暖的笑容。「對，我是蘿柔。那，妳是帕琵嘍？」

「對。我是帕琵。」她對蘿柔粲然一笑，露出歪斜的牙齒，左頰上還有酒渦。蘿柔不得不抓住什麼，最靠近她的門框，抓得死緊，一時間變得像啞巴。

「哇，」她好不容易說，「對不起，妳長得……」可是她沒有說出來。她沒有說：妳長得就像我失去的女兒……那個酒渦，寬額頭，下垂的眼瞼，妳想猜出別人在想什麼的時候頭向一邊歪的樣子。「妳讓我想起了某個人。對不起！」她笑得太大聲。

蘿柔常常會看見長得像愛莉的女孩子，在她剛失蹤之後。但是她從沒有追著哪個女生在街上跑，高呼女兒的名字，抓住她們的肩膀，像電影演的一樣。不過她心裡會七上八下的，呼吸會急促，感覺她的世界就要因為快樂和寬慰而爆裂了。那種時候總是太短暫，而且也有多年沒有再出現過了。

帕琵微笑，說：「要我幫妳拿什麼嗎？茶？咖啡？」

「喔，」蘿柔說，沒想到九歲大的小女孩居然這麼懂得待客之道。「好啊，咖啡吧。可以嗎？」她看著她身後，想看佛洛伊德會不會過來。他剛才說他兩分鐘就會下來，並沒有說他的女兒也在。

「爸說妳很漂亮，」帕琵說，背對著她，給咖啡機裝水。「妳真的很漂亮。」

「天啊，」蘿柔說，「謝謝妳。不過我一定很邋遢。」她用手指梳理頭髮，撫平昨晚被這個孩子的父親弄亂的頭髮。她穿著佛洛伊德的T恤，而且散發著性的味道，她知道。

「昨天晚上好玩嗎？」帕琵問，把研磨咖啡舀進咖啡機裡。

「是啊，謝謝，我們玩得很愉快。」

「你們有去那家厄利垂亞餐廳嗎？」

「有。」

「那是我最喜歡的餐廳，」她說，「我爸從我很小開始就帶我去了。」

「喔，」蘿柔說，「那妳的味蕾還真成熟。」

「我什麼都敢吃，」她說，「除了李子乾，那是惡魔的東西。」

帕琵穿著寬鬆的棉洋裝，藍白雙色條紋，搭配海軍藍羊毛內搭褲，一雙海軍藍皮鞋。她的褐色頭髮向後綁，夾著兩支紅色髮夾。對小女孩來說，這身穿著太正式了，蘿柔覺得。她的兩個女兒在她這個年紀打死都不肯這麼穿，除非是她賄賂她們。

「今天不上學嗎？」她問。

「對，每一天都不上。我不去學校。」

「喔，」蘿柔說，「那……我是說……」

「爸教我。」

「一直都是他教妳的？」

「對，一直都是。妳知道，我三歲就會看書了。四歲學簡單的代數。一般的學校應付不了我。」她笑了，是一種有女人味的銀鈴聲。她按了咖啡機的開關。「我能招待妳一些格蘭諾拉麥片加優格嗎？吃一點？或是一片吐司？」

蘿柔又往後看，仍然不見佛洛伊德的蹤影。「知道嗎，」她說，「我想在吃早餐之前先沖個澡。我覺得有點……」她扮個鬼臉。「我很快就好。」

「當然，」帕琵說，「妳去沖澡。我會把妳的咖啡準備好。」

蘿柔點頭微笑，起身從廚房退出。她在樓梯上和佛洛伊德相遇。他清新舒爽，頭髮是濕的，往後梳，昨天的鬍碴刮掉了，皮膚紅潤。他摟住她的腰，把臉埋進她的肩膀。

「我遇見帕琵了，」她悄悄說，「你沒跟我說她在家裡自學。」

「我沒說嗎？」

「沒。」她再一次躲開他的親暱舉止。「我要去沖澡，」她說，「我一整晚跟你女兒的爹胡搞，沒辦法渾身帶著老蕩婦的味道跟你女兒講話。」

佛洛伊德失笑。「妳的味道香極了。」他說。一隻手插入她的大腿間，而她既想要緊緊夾住他的手，又想要把他的手拍掉。

「住手。」她含情脈脈地說，而他笑了起來。

「妳覺得怎麼樣？」他說，「我的帕琵？」

「她非常迷人，」她說，「非常討人喜歡。」

他聽得整張臉都亮了起來。「對吧？她是不是很奇妙？」

他俯身吻了她的唇，這才拾級而下，往廚房走，而蘿柔聽見他招呼他的女兒：「早安啊，我了不起的女兒，妳今天可好？」

她繼續上樓，在她情人的主套房浴室裡洗了個長長的澡，感覺到一股怪異和做錯了什麼的感覺，可她又說不上來是什麼。

那天蘿柔去了漢娜的公寓打掃。別人可能會覺得花瓶底下壓著的三十鎊有點奇怪。蘿柔也知道拿錢為女兒打掃公寓不算很正常的事，可是每個家庭都有自己的怪癖，而這一點就是。她每一週都把這三十鎊存入銀行，將來有一天她要花在現在尚未出世的孫兒上，寵壞他們。

她把鈔票摺起來，塞進皮包裡。接著像偵探般打掃漢娜的公寓，自從漢娜沒有每晚都回來睡覺，她就開始邊打掃邊尋找蛛絲馬跡。她仍不相信漢娜的說詞，什麼玩得太晚，到朋友家借宿，突然之間就沉迷於派對和玩樂之中了。她認識的女兒可不是這樣的人。漢娜從來就不喜歡玩樂。

公寓裡的花特別耐人尋味：不是在森寶利超市匆匆購買的鬱金香或香水百合，而是一捧花束。暗色的玫瑰花、滿天星、風信子、尤加利枝。花莖仍然呈螺旋形，可見得中段處本來是綁著麻繩的。

她在廚房裡拿出清潔用品，打量流理台，尋找線索。漢娜昨晚不在家，又是證據確鑿，因為沒有麥片碗和化妝品的殘跡。蘿柔能看出問題所在，要是漢娜有了心上人，那她就是所有時間都在他家裡，所以在這裡才找不出什麼證據來。她嘆口氣，俯身拉出了半滿的垃圾袋，還是像平常一樣，沒什麼重量。她把袋子壓扁，綁住上端，注意到有玻璃紙的沙沙聲，她立刻就把手伸進袋子裡，拉出了花束的包裝紙。她把紙攤開來，上頭黏著一張小卡片，草草寫著短短幾句留言：

等不及明天見了。拜託別遲到！

愛妳

T×

蘿柔以拇指和食指夾著卡片，瞪了一會兒。然後她又把卡片塞回垃圾袋裡，綁好結。好了，她心裡想，好了。漢娜放下了。漢娜有個男人了。可是，她心裡納悶，她為什麼不跟我說呢？

18

蘿柔從愛莉的葬禮過後就沒見過保羅。那天兩人並肩而立，保羅沒把邦妮帶來，也沒問過能不能帶她來。

對，他是個好男人。

各方面都是好男人。

那天她一看見棺材穿過帘子，伴隨著「基音樂團」的〈只有我們知道的地方〉（Somewhere Only We Know）前進，她的腿就微微虛軟，是保羅扶住了她。葬禮後是他在他母親家遞給她一杯又一杯的茶，後來也是他在花園的一角找到她，勸她進屋去，答應會給她喝一大杯冰百利甜酒，她的最愛。在每個人都離開之後兩人坐在一起，攪著杯子裡的冰塊，逗彼此笑，蘿柔的心情原本反常扭曲，最後變得輕盈又陰沉，金黃又灰暗。他沒有一次查看手機，或是擔心邦妮會嫌他太晚回去，兩人在十點才相偕離開他母親家，微微搖晃地走向在街上等著他們的轟隆亂叫的計程車。她讓他緊緊擁著她，她的臉緊貼著他的胸膛，他乾淨熟悉的味道，他柔軟的舊哲明街襯衫，而她幾乎，幾乎要仰頭向上親吻他。

隔天她醒來感覺她的世界彷彿顛倒了，而且每一個想像得到的方面都重新排列了。而從那天起她就沒跟他聯絡過。

可現在她覺得那種曖昧不明都消融了。她是一片乾淨的石板，而她能夠再次面對他了。所以她從漢娜的公寓回來後，就打電話給保羅。

「哈囉，蘿柔。」他親切地說。因為保羅不管說什麼都很親切。這也是在愛莉失蹤的那些年裡讓她痛恨他的一個原因。他對警察還有記者還有多管閒事的鄰居笑得那麼真心實意，他向別人伸出兩隻溫暖的手，握住他們的手，保持視線接觸，問候他們的健康，不對他們彰顯自己的夢魘，隨時隨地都努力讓別人感覺更舒心。而她呢，則想像著用兩隻手掐住他軟軟的喉嚨，拚命掐，拚命掐，一直到把他掐死。

可現在他的語調卻和她自己的心態吻合。現在她能重新欣賞他了。可愛的、可愛的保羅．麥克。這麼好的一個人。

「妳好嗎？」他說。

「很好，謝謝，」她說，「你呢？」

「喔，妳知道的嘛。」

她確實是知道。「我在想，」她開口說，「下星期是我和漢娜的生日。我在想，我們也許可以做點什麼。大家一起？可以嗎？」

漢娜是在蘿柔二十七歲生日那天的夜裡十二點零二分出生的。家裡人都說她是決定要搶走每個人的風頭才會挑那個時候來報到的。

「妳是說，我們全部？妳、我、孩子們？」

「對，孩子們。伴侶也是。你願意的話。」

「哇，好啊！」他像個小男孩得到一輛免費的腳踏車。「我覺得這個點子太棒了。星期三對吧？」

「對。我還沒問她，她可能會很忙。不過我只是覺得，經過了那樣的一年，就是、發現愛莉之後，說再見，我們都那麼的傷心，那麼久了，也許現在也該是時候——」

「再聚在一起了，」他打斷了她的話。「這個點子太妙了。我很樂意，我會跟邦妮說。」

「嗯，」她說，「先等到我問過孩子們吧。不容易啊，你也知道，他們那麼忙。但願……」

「對，當然。謝謝妳，蘿柔。」

「不客氣。」

「很漫長，是不是？」

「太辛苦了。」

「我好想妳。」

「我也想你。對了，保羅——」

他說：「嗄？」

她頓住了，用力嚥口水，然後在心底搜尋，找出她從沒想到她會對保羅說的話。「對不起。」

「有什麼好對不起的？」

「喔，你知道的嘛，保羅。你不用假裝，我對你很壞。你知道我是。」

「蘿柔，」他嘆道，「妳從來就不壞。」

「不，」她說，「我比壞還要壞。」

「妳只是個母親，蘿柔。就這樣。」

「別的母親失去了孩子並沒有連先生都失去了。」

「妳沒有失去我，蘿柔。我仍然是妳的。我永遠都是妳的。」

「這句話不太對吧？」

他又嘆氣。「在重要的部分。作為妳孩子的父親，妳的朋友，一個和妳同甘共苦過的人，一個愛妳、關心妳的人。我不需要是妳的先生才能有這些身分。這些事情比婚姻更深刻，這些事情是永遠改變不了的。」

換蘿柔嘆氣了，彆扭的笑意掀動了她的嘴角。「謝謝你，保羅。謝謝。」

不久之後她掛上了電話，手機放在大腿上一會兒，溫柔地瞪著前方，感覺到一股平和，她從沒想到她還能再有這種感覺。

漢娜卻是才被問起就氣惱了。

「什麼意思，我們大家？」她問道。

「我是說我、妳、爸、傑克、邦妮、藍兒。」

「天啊。」她呻吟。

蘿柔站穩立場。她早知道漢娜聽見她的提議是不會雀躍地跳起來的。「就像妳說的，」她解釋道，「該是我們大家都向前邁進的時候了。我們現在都癒合了，而這是過程的一個階段。」

「哼，對妳自己吧。我是說，妳根本就沒見過邦妮，那會有多彆扭？」

「不會彆扭，因為我跟妳父親不會讓它彆扭。」她有多久沒有這麼說了？我跟妳父親。「我們都是成人了，漢娜。不再有藉口了。妳都快二十八，我也差不多是老阿嬤了。我們埋葬了愛莉。妳父親找到了伴侶，他愛她。我不得不接受，接納她成為這個家的一分子。傑克和藍兒也一樣。當然，妳也是……」

「我也是？」

「對。妳，還有送妳美麗的花的那個人。」

沉默了一拍，接著：「什麼花？」

「妳廚房桌上的那捧花束。」

「哪有什麼花束。」

「喔，那，就是沒人送的那些有粉紅色玫瑰的花束。就是那一束。」

漢娜的舌頭嘖嘖響。「那才不是花束呢，只不過是一把花，我自己買的。」

蘿柔嘆氣。「喔，」她說，聲音極輕，並不信服，「那是我弄錯了。抱歉。」

「拜託妳不要再幫我捏造男朋友了好嗎，媽？根本就沒有男朋友，OK？」

「好，好。對不起。」

「而且我真的不喜歡一大家子一起吃飯。太古怪了。」

「妳有空嗎？」

她頓了頓才作答：「沒。」

「沒空？」

「唉，我真正的生日那天沒空。我們的生日那天，不行。不過下星期的某一天可以。」

「那我們真正的生日那天妳有什麼事？」

「喔，妳知道的嘛，就是下班後去喝個小酒啊。沒什麼特別的。」

蘿柔慢慢眨眼。她知道女兒在說謊。那個「男朋友」要帶她去一個特別的地方。可是她沒戳破她。「那，」她慎重地說，「星期五可以嗎？」

「好，」漢娜說，「好。可是如果是一場大災難，那我這輩子都會怨恨妳。」

蘿柔微笑。

好像責怪她是什麼新鮮事似的。

蘿柔約好了週四晚上再和佛洛伊德見面。這一次她不需要像熱鍋上的螞蟻了。週三早晨她才離開他家半個小時就收到了他的簡訊。這是我最棒的約會。帕琵也喜歡妳。可以再見面嗎？拜託？明天？

地鐵衝出隧道，迎向東芬奇利的日光時，簡訊也傳到了。她把笑容埋進心裡，回傳道：或許吧。除非……

她問他是否願意到她的公寓來晚餐。他說他很樂意，他會請莎拉潔過去陪帕琵。

而這時她正在為晚餐採買，被她必須做的一連串選擇嚇到，同時也興奮莫名。長久以來她做什麼都是機械式的，出於必要。她的每一餐都是用同樣的材料做成的，而且材料都是從同樣的架上拿下來的。她的每一餐的熱量大致上都不超標。早餐三百大卡，午餐四百，晚餐三百。還有餘裕能在工作時吃條巧克力棒或是餅乾，一天結束前喝兩杯葡萄酒。她就是這麼看待食物的：僅僅是熱量。

從愛莉消失的那一天起，她就不再為保羅和孩子做飯了。他們慢慢吃完了冰箱裡的東西，接著是冷凍庫裡的，然後不知道什麼時候，保羅和漢娜去了超市裝滿了一推車的「主食」——義大利麵、魚罐頭、香腸、冷凍肉——而且保羅就此接管了廚房，既沒有正式的交接儀式，也沒有什麼協議。而他實在是一個很差勁的廚子——沒有味覺，對均衡飲食毫無概念——可是那種淡而無味卻用意良善的食物就此出現，而一家人也都吞下了肚，沒有人得軟骨症或是死於營養不良，這才是最重要的吧。

可現在她得為一個男人下廚。一個跟她睡覺的男人。一個她又會睡的男人。一個在女兒還是小娃娃時就把她帶到厄利垂亞餐廳的男人。而她覺得完全沒有招架之力。

她緊抓著電腦列印出來的傑米．奧利佛的什錦飯食譜。米。這能有什麼難的？

她拿了甜椒、洋蔥、雞肉、西班牙香腸。但是別的東西卻讓她手足無措。餐前小點、開胃酒、甜點、葡萄酒。她一點概念也沒有。一個也沒有。她在推車裡堆了用皮塔餅和扁豆製成的奇怪品牌的脆片，為了保險起見，又丟了幾包洋芋片進去。然後是一管管的希臘魚子醬、鷹嘴豆泥、希臘黃瓜優格醬，但是她發覺這些東西跟美國食物都不搭，就又放了回去。可是什麼東西和美國食物搭呢？紐奧良的人在飯前都吃什麼小點呢？她不知道，於是拿起了一包德墨沾醬組，感覺像是學生為了參加家庭派對會買的。

甜點方面她打安全牌。他是美國人，所以她選了紐約式的起司蛋糕，可他也是親英派，所以她也挑了一個黏牙的太妃糖蛋糕。可要是他吃太飽了，吃不下蛋糕呢？要是他不喜歡蛋糕呢？她又買了一盒After Eight薄荷巧克力，想像著某種的好吧，除非你吃過After Eight薄荷巧克力，否則你就不算英國人之類的對話，然後她去結帳，把東西都放進後車廂，重重嘆了口氣。

她的公寓是另一道有待跨越的障礙。公寓基本上不錯。她不是個骯髒邋遢的人。她的公寓通常只需要用吸塵器打掃個十分鐘，把垃圾袋拿出去丟，樣子就相當過得去了。可是她擔心的是缺少個性。她的公寓時髦卻沒有靈魂。閃亮，新穎，天花板低，窗子小，毫無特色。她讓孩子們拿走舊家裡大多數的東西，也捐給慈善團體很多東西。她只帶了最少的物品入住，現在她後悔了。她彷彿以為只是在這裡暫住，她彷彿以為她會在這裡逐日消融，最後一點痕跡也不留。

她沐浴，刮腿毛，去角質，拔眉毛，穿著睡衣做飯，唯恐會弄髒了她等會兒要穿的衣服，而她發現切切洗洗、秤斤論兩、調味攪拌、品嚐味道比想像中要愉快，而且她想起了她以前常常做這些事。她以前每天都做這些事。烹調有趣的、美味的、健康的三餐。每一天。有時候一天兩餐。她為全家人做飯，讓他們知道她的愛，讓他們身體健康，讓他們安全無虞。然後她的女兒失蹤了，然後又出現了，只剩幾塊骨頭，而蘿柔細心呵護了將近十六年的身體被野生動物拆散了，分布在潮濕的森林土地上，儘管蘿柔為她烹煮了那麼多可口的食物，這種事情還是發生了。

所以，真的，何苦呢？

可是她現在想起來了。烹飪不只是讓吃的人受惠，煮的人也受惠。

七點整，她打扮完畢：無袖黑襯衫，大紅裙，她雖然不會出門，大可不必穿鞋走路，她還是穿了一雙紅色細跟高跟鞋。七點十五分，她的手機響了。

糟糕。莎拉潔放我們鴿子。不是帶著帕琵一起，就是改天再見。由妳決定。

她深呼吸。她的直覺反應是惱怒，極其惱怒。她費了偌大的心血，拔了那麼多的毛。更別提她還換好了床單。

但是惱怒的感覺過去了，而她心裡想，真的，有何不可呢？何不就和佛洛伊德以及他的女兒共度一晚呢？何不把握機會多多認識她呢？更何況，床單本來就需要換了。

她微笑，回傳給他。*帶帕琵來吧。我非常歡迎。*

佛洛伊德立刻回傳。

太好了。謝謝妳。有件小事。她最愛看別人的相簿。如果妳有愛莉的相片，最好先收起來。

我還沒跟她說愛莉的事，覺得最好不讓她知道。希望妳不介意。

19

帕琵穿著一件及膝長的黑色天鵝絨連身裙，短外套，腳上是一雙有蝴蝶結的紅鞋子。而蘿柔看見小女孩這種打扮，心頭又是一震，強烈感覺到缺少同齡兒童的互動以及母親的影響。可是她把不安推到一邊，引著佛洛伊德和帕琵走入客廳，室內燭光閃爍，在平凡的白牆上投下舞動的影子。咖啡桌上放著盛在玻璃盤裡的玉米脆片和德墨沾醬，柔和的背景音樂美化了小小斗室的稜角，冰桶裡擺著一瓶氣泡酒，玻璃杯在燭光中發光。

「好溫馨的公寓。」佛洛伊德說，遞給她一瓶葡萄酒，同時催促帕琵把緊緊握在手裡的一束百合送過去。

「還可以啦，」蘿柔說，「麻雀雖小五臟俱全。」

帕琵環顧四周，把窗台和櫥櫃上的相片收入眼底。「那是妳的小女兒嗎？」她說，凝視著一張漢娜六、七歲時的相片。

「是啊，」蘿柔說，「那是漢娜。她現在已經不是小女兒了。她下個星期就二十八了。」

「那是妳的兒子嗎？」

「對，他叫傑克，我的老大。他一月就三十了。」

「他看起來滿好的，」她說，「他是好人嗎？」

蘿柔把酒放進冰箱，轉頭回答帕琵：「他……嗯，對。他非常好。可惜我現在很少看到他，他住在得文。」

「他有女朋友嗎？」

「有。她叫藍兒，他們住在一棟小小的薑餅屋裡，菜園裡還養雞。他是測量師。我不確定他女朋友是做什麼的，好像是跟編織有關的吧。」

「妳喜歡她嗎？聽起來妳好像不喜歡她。」

蘿柔和佛洛伊德對望了一眼。她等著他稍微阻止帕琵，稍加管教，可是他沒有，反而帶著類似敬畏的表情看著她，好似在等著看她會走多遠。

「我幾乎不認識她，」蘿柔說，盡量讓口氣變軟。「她好像很不錯。也許有一點點控制欲。」

她聳個肩。「傑克是大人了，如果他願意被另一個人控制，那也是他自己的事。」

她邀請他們坐下來，吃點玉米脆片。佛洛伊德坐下了，但是帕琵仍然走來走去，東看西看。

「妳有妳先生的相片嗎？」她說。

「是前夫，」蘿柔糾正她。「沒有。沒有擺出來，不過某個地方一定有。」

「他叫什麼名字？」

「保羅。」

帕琵點頭。「他是什麼樣子？」

她對佛洛伊德微笑，希望他能出手救援，可是他似乎也和女兒一樣急於知道保羅是什麼樣的人。「喔，」她說，「保羅啊？他其實很棒，他真的是個好男人。非常溫和，非常親切。有一點傻氣。」

「那你們為什麼會分開？」

啊。來了，她真傻，沒料到這段對話讓她一步步走進死胡同裡。但是佛洛伊德仍然不插手幫忙，只是拿脆皮塔餅舀沾醬，丟進嘴裡。

「我們……唉，我們變了。我們要的東西不一樣。孩子們長大離家了，我們這才明白我們並不想要後半輩子生活在一起。」

「他娶了別人嗎？」

「沒有，不算是。可是他有女朋友了。他們住在一起。」

「她很好嗎？妳喜歡她嗎？」

「我沒見過她。不過我的孩子見過，他們說她非常親切。」

帕琵終於像是滿足了，在她父親旁邊坐下，他抓住她一邊膝蓋，用力捏了捏，彷彿是在說拷問得好。接著他朝咖啡桌傾身，一手抓住氣泡酒的瓶頸，說：「我來開吧？」

「好，謝謝。你們是怎麼來的？開車嗎？」

「不，我們搭地鐵。妳還有杯子嗎？」

她困惑了一會兒，隨即明白他是為帕琵討杯子。「喔，」她說，「對不起，我沒想到。這是法國式的，是不是？」

「什麼法國式的？」帕琵問。

「讓兒童喝酒，」她說明。「其他的國家很少見。」

「只有香檳，」佛洛伊德說，「只喝一口，而且只有在非常特殊的場合。」

蘿柔斟好香檳，三個人為自己敬酒，也向她敬酒，也向爽約的莎拉潔敬酒，因為如此帕琵才能晚睡，還能穿她的漂亮衣裳。

「這件衣服真的很漂亮，」蘿柔說，察覺到衣服上有個開口。「誰帶妳去逛街買衣服的？」

「我爸，」她說，「我們主要是逛網站。不過有時候我們會去牛津街。」

「那妳最喜歡哪家服飾店？」

「其實沒有。瑪莎百貨真的不錯吧，我覺得，而且我們常去約翰路易斯（John Lewis）。」

「那H&M呢？Gap呢？」

「我不是那種女生，」她說，「牛仔褲帽T之類的。我喜歡……時髦漂亮的樣子。」

佛洛伊德的手又按住了她的膝蓋，又鼓勵地捏了捏，像在說這才是我的好女兒。

「那，」蘿柔說，「跟我說說在家自學的事？妳覺得好嗎？」

「就跟去上學一樣啊，」她說，「我坐下來學習。學習完之後就休息。」

「妳一天上幾小時的課？」

「兩三小時，」她說，「嗯，跟我爸上兩三小時。他顯然需要上班。其他時間就我一個人。」

「妳不會覺得寂寞嗎？不會希望有同齡的小朋友可以一起玩嗎？」

「才不會，」她說，還使勁搖頭。「不會，不會，絕不會。」

「帕琵其實是四十歲，」佛洛伊德欣賞地說，「你知道，你長到了四十歲，忽然之間你擔心了一輩子的那些蠢事你都不屑一顧了。嗯，帕琵就是這樣。」

「我跟和我同齡的小孩子在一起，我常常會翻白眼，看著他們好像他們是瘋子。結果不是很順利。他們覺得我很賤。」帕琵聳聳肩，哈哈笑，喝了一口氣泡酒。

蘿柔只是點頭。她看得出這個沉穩冷靜的孩子在別的孩子眼中是什麼德性，但是她不相信應該要這個樣子，她不相信帕琵學不會和同齡的孩子遊戲玩樂，不再對他們翻白眼，疏遠他們。她不知道，蘿柔心裡想，她知道長大不該是這樣的。穿著晶亮的蝴蝶結皮鞋、對著別的孩子翻白眼不是成熟的表現，反而表現出你在通往成熟的道路上錯過了一整段的階梯。

這個孩子，蘿柔突然有一股抑制不住的焦急，需要母親。而這個母親，她也知覺到，需要一個孩子。而帕琵，她是這麼像愛莉。漂亮臉孔上的每一面、每一根線條，髮際線的形狀、頭顱的形狀、耳朵的形狀，嘴巴動的模樣，上唇明顯的曲線，兩人在很多地方幾乎是一模一樣。

但是相異之處也不是沒有。她的眉毛較濃，脖子較長，頭髮的分邊不同，而且是不同的褐色。愛莉的眼珠是榛色的，帕琵則是巧克力色的。她們並不是一模一樣，可是總有一個地方，既揪心又醒目，某種的相似，讓她沒辦法丟開不管。

「也許妳可以跟我一起去逛街？」蘿柔活潑地說，「選個一天？妳願意嗎？」

最後帕琵看著爸爸徵求許可，這才轉頭看蘿柔，說：「我絕對非常樂意。好！」

蘿柔星期五去上班。她每週一、週二、週五在公寓附近的購物中心工作，她的職稱是「銷售協調員」。很可笑的工作，是媽媽做的工作，只是本地的一份小差事，填補時間用的，順便賺點錢買衣服之類的。她來上班，她面帶微笑，她打電話寫電郵，坐著開會，討論那些她拿薪水假裝關心的不相干的事情，然後她回家，工作徹底拋到腦後，直到下一次她再走進購物中心。

可是今天她很高興能來上班。她很高興能被熟悉的人圍繞，他們喜歡她，也認識她，即使只是在很膚淺的層面上。前一晚既奇特又令人不安，她醒來時還以為是一場夢。她的公寓在晚餐客人走後變得怪怪的，彷彿並不真的屬於她。沙發上的靠枕擺錯了位置，因為帕琵在飯後幫忙收拾，冰箱裡的食物也堆錯了地方，瀝水盤上有一堆洗好的碗盤，是帕琵堅持要幫她洗的，雖然蘿柔一直跟她說她不必洗碗，說放進洗碗機就可以了。餐桌上的百合花散發出一種怪異的死亡香味，佛洛伊德把圍巾忘在她的門廳上，灰色的，軟綿綿的，商標是泰德貝克（Ted Baker）。她把圍巾掛在鉤子上，像一縷暗色的煙。

她很開心能離開公寓，拉開自己和昨晚之間的距離。可即使她打開電腦，攪勻咖啡裡的甜味劑，聽著語音信箱的留言，那種感覺還在那兒，像陰森的回音。哪裡不對勁。跟佛洛伊德和帕琵有關。她說不上來。帕琵顯然是個奇特的孩子，既天真可愛又穩重得讓人心神不寧。她其實不需要那麼聰明，不過她也沒有自以為的那麼聰明。

而佛洛伊德，在蘿柔跟他相處時，幾乎是十全十美的，嵌套入一個比他和女兒在一起時更加複雜的模子裡。蘿柔在跟她的同事海倫談論昨晚時，終於心頭雪亮。

「就像是，」她說，「知道吧，妳應該要跟朋友喝酒的，他們卻把伴侶帶了來，結果忽然間你就變成小三了？」

昨晚就是佛洛伊德與帕琵秀，而帕琵是主角，蘿柔則是看傻了眼的觀眾。佛洛伊德和帕琵有同樣的幽默感，接得上彼此的笑話。而佛洛伊德的眼睛無時無刻不盯著他早熟的孩子，綻放出驚異與得意。沒有一段對話是和帕琵以及她的意見無關的，而且沒有一分一秒是蘿柔覺得自己比帕琵重要，比她特別，比她有趣的。

午夜時她送客關門，感覺全身虛脫，還有些頭暈目眩。

「聽起來倒像是她有那種典型的獨生子女症候群，」海倫說，迅速地把問題縮小成可吞嚥大小的普通常識。「再說，妳也知道，有些父女就是有這種情況，對吧？把拔的寶貝女兒。通常這種女孩子長大之後只能跟男人交朋友。」

蘿柔感激地點頭。對，她說得一點也沒錯。她看過父女之間的這種牽繫，不是她的女兒。愛莉既是媽媽的也是爸爸的寶貝，漢娜則我行我素。而或許她會詫異是因為她自己的問題，與佛洛伊德和帕琵無關。帕琵在拙於社交的這方面是挺有趣的，而佛洛伊德顯然是個寵愛孩子的好父親。

五點半蘿柔下班，到地下停車場去取車，坐進汽車時她已感覺到頭腦清晰，氣定神閒了。她等不及要和佛洛伊德再見了。

蘿柔和佛洛伊德在週末再聚。原本不在計畫中，可是似乎也沒有必要離開他家。他們週五一塊吃晚餐，週六早晨吃了一頓早午餐，下午帶著帕琵去看電影，接著繞到瑪莎百貨去買內衣和牙刷，晚餐是外送的中國菜，週日到轉角的咖啡館吃早午餐，然後蘿柔才依依不捨地在週日晚上回自己的公寓，準備週一上班。

上班的時候蘿柔覺得自己好像蛻了一層皮，重生了似的，而且她需要以某種特殊的方式來標明她的蛻變。

她打電話給漢娜。

「妳覺得是不是妥當，如果……」她試探地開口。「如果我邀請我的新男朋友來參加我們的生日晚餐？」

另一頭的沉默既濃重又陰森。

蘿柔趕緊填補空白。「妳說不行的話也沒關係。我完全了解。我只是想，就算是慶祝我們大家都放下了？像走進了美麗新世界？」

沉默持續，而且更加濃重黑暗。

「男朋友？」漢娜終於說，「妳幾時有了男朋友？」

「就那個男的，」蘿柔說，「那個我跟妳說過的男的？佛洛伊德嘛。」

「我知道有個男的，」她回道，「我只是不知道他已經升格為妳的男朋友了。」

「嗯，對啊，要是妳肯接電話……」

漢娜嘆氣。蘿柔也嘆氣，發現她剛做了她老是保證自己絕不會做的事。孩子還小時，蘿柔的母親偶爾會提到打電話和見面不能相提並論，而她赤裸裸的言論會一小塊一小塊撕扯蘿柔的良心。等我的孩子都大了，我絕不會讓他們有負疚感，她那時發誓。我絕不會對他們有額外的要求。

「抱歉，」她說，「我不是故意要嘮叨。只是，對，事情進展得挺快的。我見過了他的孩子，也在他家過夜。我們很談得來。我們才剛共度整個週末。我……」荒謬，她猝然了解。這個點子太荒謬了。「別管我剛才說的。我是說，我根本就沒問過佛洛伊德他願不願意來呢。他可能寧可把腿鋸掉。忘了我說的話吧。」

又是一陣沉默，這一次沒那麼迫人。「隨便妳，」漢娜說，「請不請他我都不介意。反正鐵定是亂七八糟的，那索性就亂個徹底好了。」

佛洛伊德答應了。佛洛伊德當然會答應。佛洛伊德從第二次約會後她回家的那一刻就表示得非常清楚，他對兩人的感情是非常認真的，沒興趣玩什麼欲擒故縱或是你追我跑的遊戲。

「我很樂意，」他說，「只要妳的家人沒意見。」

保羅不反對，他極其驚訝，但是不反對。傑克說沒關係。沒有人跳上跳下、情緒激動，但是也沒有人說是錯誤。

「還有帕琵？」蘿柔說，「帕琵願意來嗎？」

她半希望他會說不。

「她會高興死，」佛洛伊德說，「她一直在說她有多想要見見妳的孩子。」

「還有我的前夫。以及我前夫的女朋友。」

「一整窩。」

一整窩。亂個徹底。

她訂了伊斯靈頓的一家餐廳，就在阿波街旁邊的一條鵝卵石小巷裡，是一家傳說中附庸風雅的地方。

她一定是瘋了，她告訴自己。她一定是徹底的瘋了。

20

生日當天，蘿柔收到了佛洛伊德送的一大束紫色風信子和月桂枝。保羅也總是會在送她的花束裡加月桂枝。雖然不是什麼驚喜，卻絲毫不會減損她收到花的喜悅，反而讓她更欣喜於他的周到。而且能跟她的前夫相比絕不是什麼壞事。

稍後他帶她到柯芬園的一家酒吧，叫「香檳與奶酪」，店名與內容表裡一致。整個晚上，蘿柔都瞪大眼注意四周，希望能瞥見漢娜，蘿柔詢問她的生日計畫時，她說她要「跟朋友到城裡」。可是她到處都看不到漢娜，所以那個叫「T」的男人仍然成謎。

「你是幾時生日？」她問佛洛伊德，刀子切著開面三明治。

「七月三十一日，」他說，「大概吧。」

「大概？」

他聳肩微笑。「我出生時的情況有點混亂。」

「真的？」

「對。我父母親那時正在一條很陡峭的曲線上。從陰溝到星空。」

「陰溝指的是……？」

他瞇起了眼睛，而她聽見小小的吸氣聲。「我出生的那年我媽十四歲。我爸十六。沒有人想知道，他們有一段時間無家可歸。我是在公廁裡出生的，我相信。公園的公廁。他們把我送到醫院……就把我丟在那裡。」

蘿柔的呼吸中斷。

「我包著一件藍色外套和新的尿布，裹在毯子裡。我戴著連指手套和一頂軟帽。裝在箱子裡，底下墊著軟墊。他們把我的名字寫在紙條上。『這是佛洛伊德，請照顧他。』我父母三天之後才回來找我，那時我已經進了緊急寄養家庭了。他們是不可能把棄嬰還給一對骨瘦如柴的青少年的，他們連自己都養不起。他們爭取了快一年才把我要回去。我覺得就是爭取的過程才讓我父母的野心得到了養分。」

「那你後來是怎麼發現的？是他們告訴你的？」

「對，是他們告訴我的。天啊，是他們說的。說個不停。只要我調皮搗蛋，他們就會氣沖沖地說：『我們真應該把你丟在醫院裡的。我們還是可以把你丟回去，知道吧？』」佛洛伊德的臉頰肌肉抽動。

「可是你有記憶嗎？」她問。「那段日子？」

「一點也沒有，」他說，「我的第一個記憶是我爸帶著一輛塑膠汽車回家。它有個小引擎，」——他模擬轉鑰匙的動作——「發動就會有噪音，是引擎在轉動。我記得坐在車子裡一個小時，可能更久，就一直在轉引擎，一次又一次。我那時大概四歲，我們住在波士頓的一間公寓裡，有陽台，可以眺望整個城市、明亮的燈光和海洋。所以，不，我不記得那段可怕的日子。一點也不記得。」

「知道嗎，」她說，「我第一次遇到不知道生日的人。」

他微笑。「對，我也是。」

蘿柔瞄瞄四周。一直以來她都是悲情女主角：那個女兒失蹤的女人，那個開記者會的女人，那個必須埋葬女兒殘骸的女人。可是現在跟另一個悲情的人在一起。她的周遭還有哪些故事？她忍不住想。而這些年來她沉浸在自己的故事裡，又錯過了多少的故事？

「你的父母好像滿妙的。」她說。

佛洛伊德眨眼，苦笑。「在許多方面大概是吧。」他說。但是他的語氣卻帶著寒意，有些哀傷黑暗的事情他無法告訴她。沒關係，她不會追問。她了解不是什麼事都是可以拿來聊的，不是什麼事都是可以分享的。

晚餐後兩人回到佛洛伊德的房子。莎拉潔又蜷縮在大扶手椅上，腿上擺著筆電，戴著耳機。她看見蘿柔和佛洛伊德走進房間，稍稍嚇到。

「生日快樂，」她以那種低喃似的聲音說，「玩得開心嗎？」

蘿柔被這種意想不到的主動示好嚇到。

「嗯，」她說，「開心，謝謝妳。」

佛洛伊德捏了捏蘿柔的肩膀，說：「我要上個廁所，馬上回來。」蘿柔知道他是故意的，他是希望她和莎拉潔或許終於能夠有機會搭起友誼的橋梁。

「我有點醉，」她跟莎拉潔說，「我們去了一家賣香檳和起司的地方，香檳比起司多。」

莎拉潔遲疑地微笑。「妳幾歲？」她說，「妳不介意我問吧？」

「不，不，當然不介意。我一直不懂別人為什麼會對自己的年齡覺得丟臉，好像是哪裡失敗了似的。我五十五了，」她說，「五十五再多幾小時。」

莎拉潔點頭。

「妳要留下來過夜嗎？」蘿柔問。

「不要，」莎拉潔說，「不要。我要回家去睡在自己的床上。我明天要工作。」

「喔，」蘿柔說，「妳做什麼工作？」

「打零工。當保姆，遛狗。」她放低了筆電的蓋子，放下了腳。「明天是當模特兒，素描班的。」

「哇，是穿衣服的，還是……？」

「裸體的，」莎拉潔說，「妳剛才說不必為年齡覺得丟臉，我覺得也不必為裸體丟臉。妳不覺得，」她接著說，「如果大家說不該在海灘上禁止比基尼，那麼，自然而然的推斷不就是也不應該禁止裸體嗎？像是，誰有權決定身體的哪個部位是應該或是不應該被大眾看見的？要是你說某個女人依法必須遮掩她的奶子和她的屄，那你為什麼不去禁止另一個女人遮掩她的腿或是胳臂？我是說，這樣有道理嗎？」

蘿柔點頭失笑。「說得有理，」她說，「我倒沒有這麼想過。」

「對，」她說，「現在沒有人肯動腦筋仔細想了。每個人都只是相信別人在推特上說的話。其實全都是洗腦，不管是不是披著思想自由的外袍。我們就是一群綿羊。」

蘿柔忽然覺得酒喝太多了，得強忍著學羊叫的衝動，所以她只是鄭重地點頭。她幾乎有十年多沒聽取過別人的意見了，她可不是綿羊。

「妳的女兒是愛莉．麥克。」莎拉潔說，彷彿是看穿了蘿柔的思緒走向。

「對，」蘿柔說，覺得意外。「是妳爸告訴妳的嗎？」

「不是，」她說，「我上網查的。我看過了網路上所有的報導，真的，真的很悲慘。」

「對，」蘿柔說，「非常悲慘。」

「她真的很漂亮。」

「謝謝。她確實是。」

「她真的跟帕琵很像，妳不覺得嗎？」

蘿柔的頭腦清醒了，清醒得極突然，她發現自己說，幾乎是在自我辯護：「不，其實不會。我是說，可能有一點點，嘴巴的部分。可是有很多人長得都很像，對不對？」

「對，」莎拉潔說，「是沒錯。」

21

蘿柔隔天去看她母親。上週四的她似乎活躍一些，對蘿柔的戀情感興趣，緊抓著蘿柔的手，暗色眼珠閃爍著光芒。不談死亡。沒有空洞的凝視。蘿柔希望今天的她也有類似的心情。

可是那份歡樂似乎在這幾天之中消逝了，她又是陰沉沉的，而且空落落的。她對蘿柔說的第一句話是：「我覺得我的時日不多了。」一個字接著一個字，毫無停頓或遲疑。

蘿柔趕緊坐到她身邊，說：「喔，媽，我還以為妳覺得好一點了呢？」

「是好了一點，」她媽媽說。然後又點頭。「好多了。」

「那為什麼又說什麼死不死的？」

「因為……」她以僵硬的手指戳鎖骨。「……老了。」

蘿柔微笑。「對，」她說，「妳是老了。可是妳還很有生氣啊。」

她母親搖頭。「不。不。沒有生氣。而ㄋ……ㄋ……妳。快樂。現在。」

蘿柔猛吸了一口氣。她體悟到母親的話中含意。「妳是為了我才一直撐到現在的嗎？」她問，喉頭因眼淚而哽咽。

「對。為ㄋ……ㄋ……妳。對。」

「現在我快樂了，所以妳要走了？」

她母親的臉露出大大的笑容，她捏了捏蘿柔的手。「對，對。」

豆大的淚珠從蘿柔的臉頰滾落。「喔，」她說，「喔，媽，我還是需要妳啊。」

「不，」她媽媽說，「ㄒ……ㄒ……現在不了。愛莉找到了。妳快樂。我……」她戳著自己的鎖骨。「我走。」

蘿柔以手背擦掉眼淚，勉強一笑。「這是妳的人生，媽，」她說，「我不能決定幾時讓妳走。」

「對，」她媽媽說，「ㄕ……ㄕ……誰也不能。」

那天下午，蘿柔帶帕琵去逛街。因為下雨，她建議與其總是去牛津街，不如換個地方，去布倫特十字購物中心。

帕琵在家門口等她，穿著時髦的長褲和翠玉色圓領開襟毛衣，加上一件花朵圖案的雨衣，綁了兩條辮子，垂在肩上。她摟著蘿柔的胳臂，兩人冒雨跑向對街蘿柔的車子。然後帕琵降下了車窗，向她父親瘋狂地揮手，他穿著襪子站在門口，也向她揮手。

「妳今天好嗎？」蘿柔問，轉頭瞄她一眼，一邊駛上馬路。

「我超級興奮的。」她說。

「好。」蘿柔說。

「妳呢？」

「喔，我還好吧。昨天晚上害我有點累。」

「香檳喝太多了？」

蘿柔微笑。「對，香檳喝太多了。而且睡眠不夠。」

「嗯，」帕琵說，拍拍蘿柔的手。「畢竟是妳的生日嘛。」

「對。」

雨下得很大，蘿柔打開大燈，把雨刷的速度調到最快。

「妳今天早上在忙什麼？」帕琵以她一貫的老成詢問道，蘿柔很快就習慣了。

「嗯，」她說，「我去看了我媽媽。」

「妳還有媽媽？」

「當然啊！每個人都有媽媽！」

「我就沒有。」

「唉，對，妳的不是能看見的。可是妳有母親，她在某個地方。」

「看不到就不存在。」

「哪有這種道理。」

「就是有道理。」

蘿柔對她皺眉。「那，紐約呢？我看不到紐約，妳也看不到。是不是就代表紐約不存在？」

「這個不算。我們現在可以在一千個網路攝影機上看到紐約。我們可以聯絡一個在紐約的人，說拜託傳一張紐約的相片給我。可是我媽媽，哼，我不能在網路攝影機或是相片上看到她，我不能打電話給她，我甚至不能去墓園看她的遺骸。所以我媽不存在。」

一時間蘿柔不知如何是好，只倒抽了口涼氣。「那妳想要她存在嗎？妳想念她嗎？」

「不。我根本連想都不會想到她。」

「可是她是妳媽媽。妳一定有時候會想到她的，對吧？」

「從來沒有。我恨她。」

蘿柔迅速瞧了帕琵一眼，這才回頭看路。「妳為什麼會恨她？」

「因為她恨我。她卑鄙醜陋，而且不盡職。」

「她不可能醜陋，她生了妳這麼漂亮的女兒啊。」

「她跟我一點也不像。她很恐怖。她在我記憶中就是這樣。恐怖，而且她還滿身都是薯條的味道。」

「薯條？」

「對。她的頭髮……」她看著被雨打濕的擋風玻璃。「是紅色的。都是薯條的味道。」

蘿柔不知該如何反應。這個頭髮油膩的可怕女人和在她心目中生下這個自信、重修飾、熠熠生輝的女孩的母親差了十萬八千里。更別說是佛洛伊德的情人了。可是她想起了在網上查到的佛洛伊德年輕時的相片，比現在襤褸多了，而且她也想起了每個人芳華正茂的時間點都不一樣：顯然佛洛伊德現在才是他的盛開期，而或許他的人生曾經有過非常、非常黑暗的歲月。

「那妳覺得妳父親現在比以前要快樂嗎，帕琵？」

這是誘導式的問題，可是她需要答案。她只認識佛洛伊德幾週，他像是憑空冒出來的，就這麼走進咖啡店，從裡到外改變了她的人生。她希望能有一個在他身邊那麼久的人提供一丁點的洞見。

可是她得到的卻不是她預期的答案。帕琵沒能提供枯燥乏味的保證，反倒說：「快樂跟別的事情又有什麼關係？妳看，我們活在世上完全沒有理由。妳知道的，對吧？大家想要虛構出一個更偉大的目的來，一個神秘的意義，說一切都有意義。其實並沒有。我們是一票怪胎，就是這樣。一大票愚蠢、渺小的怪胎。我們不必快樂，我們不必正常，我們甚至不必活著。除非是我們想要活著。我們可以為所欲為，只要不傷害別人就好。」

蘿柔的吸氣聲很明顯。「哇，」她說，「妳的人生觀還真奇怪。」

「這不是人生觀，這是人生。一旦你學會了如何看待世界，一旦你不再想理出個頭緒來，就連瞎子都看得出來了。」

蘿柔快速轉頭看著帕琵。「妳真是個非常不一樣的女孩子，是不是？」

「對，」帕琵堅定地說，「我是。」

到了購物中心，她們直接走向「南多」（Nando's）烤雞。蘿柔去看望過母親之後跳過了午餐，現在餓扁了。

「妳跟莎潔的媽媽合得來嗎?」她問。兩人坐下來等著餐點送上來。

「凱特嗎?」

「她叫凱特?」

「對,凱特・魏秋。她人很好,我喜歡她。她不是非常聰明,可是她很親切可愛。」

「那莎潔呢?妳們兩個很親嗎?」

「一點點。我是說,我們非常不同。」

「在哪些方面呢?」蘿柔問,心裡想她們兩個都相當奇特。

「嗯,她內向,我外向。她精於藝術,我擅長數學。她什麼都關心,我什麼都不關心。她沒有幽默感,我很爆笑。她跟爸不親,我跟爸超級親。」她微笑。

「那妳覺得是為什麼?」

她聳肩。「大概是我比較像他吧。就這樣。」

食物送上來了,她們的交談暫告一段落。蘿柔看著她一會兒,盯著她研究一瓶番茄醬,額頭蹙成好幾條線,冷不防她發現自己衝出了當下的時空,栽進了過去的一刻。她在這裡,就在同一點上,跟愛莉一塊。她不知道在這個隔離出來的小片段中傑克和漢娜是在哪裡;或許是愛莉學校的教職員訓練日?可是她就坐在這裡,愛莉坐在那裡,一切都一模一樣,卻又截然不同。她暈眩了一秒鐘,緊緊抓住桌子的邊緣,深呼吸,鎮定下來。眨眨眼,再次看著帕琵,而現在她又是帕琵了。絕對是帕琵。不是愛莉。

帕琵沒發覺蘿柔短暫的神魂出竅時空之旅，她用力拍瓶身，讓番茄醬倒出來，再把蓋子關好。

「我真的很期待明天晚上跟妳的家人見面，」她說，「妳覺得他們會喜歡我嗎？」

蘿柔緩緩眨眼。「我很意外妳居然會在乎。」她挖苦地說。

「我不在乎，」帕琵說，「我只是對妳的看法感興趣。在乎和感興趣是非常不同的兩件事。」

「對，」蘿柔說，面帶微笑。「對，他們會喜歡妳的。妳會是一縷清新的空氣。」

「好，」帕琵說，「那就好。我喜歡跟別人的家人在一起。我有時候會希望……」

蘿柔投給她詢問的一眼。

「沒什麼，」帕琵說，「沒什麼。」

蘿柔帶帕琵進去New Look，又帶她去Gap，再帶她去H&M，去Zara，去Top Shop和Miss Selfridge，可是帕琵就是不肯接受流行的東西。最後她們走進了「約翰路易斯」的童裝部，帕琵直接就朝一架印花針織裙裝走去。

「這些，」她說，「我喜歡這些。」

「可妳不是已經有一件這種衣服了嗎？」蘿柔問，想到了週末她看過她穿的衣服。

「對，」帕琵回答，拉出一件裙裝。「我有這一件，可是現在有新的花色了。看。」她又拉出另一件。「這一件我沒有。」

蘿柔嘆氣，摸了摸布料。「很漂亮，」她說，「可是我還以為我們是要，嗯，稍微打破一下妳穿衣服的慣例。」

蘿柔點頭。

換帕琵嘆氣了。她哀傷地看著裙裝，再抬頭看蘿柔。「我們是說過，對不對？」

「可是其他的那些，在別的店裡的，都好低劣。而且邋遢。」

「可是妳還小，而這就是年紀小的優點。妳無論穿什麼都會很漂亮。年輕時邋遢照樣好看，廉價的也一樣。妳可以等到了我這個年紀再來講究風格。來吧，」她催促道，「再去逛一遍H&M？給我一個面子？」

帕琵眉飛色舞，點頭。「好，」她說，「好。」

她們挑選了有圖案的內搭褲，一件柔軟的一字領運動衫，一件磨毛法蘭絨格紋衫，一件緊身T恤、前襟的圖案是八字鬍，一件灰色的小禮服、上身是針織小馬甲，下半身是薄紗裙。

蘿柔站在試衣間外面，她這一生站在試衣間外不知有多少次了，等著布簾拉開。然後帕琵站在那裡，穿著內搭褲和T恤，不以為然，沒有自信。「我的樣子好低級。」她說。

「才不會，」蘿柔說，雙手立刻就伸到內搭褲的褲腰，幫她調整好。「來。」她把法蘭絨襯衫從衣架上拿起，幫帕琵套上去。「好了，」她說，「好了。」接下來她把帕琵辮子上的橡皮筋拉掉，弄散她的頭髮，讓波浪似的頭髮披在她的肩上。

「好了，」她又說，「妳的樣子好漂亮。妳的樣子……」

她這時不得不轉身，並且把半個拳頭塞進口裡。她倏然明白她做了什麼。她把這個孩子當成自己死去的女兒在打扮。而成果令人驚慌失措。

「妳的樣子好可愛，」她勉強說出話來，聲音微微顫抖。「不過妳如果覺得不舒服，沒關係。我們可以回去約翰路易斯，幫妳買那件衣服。來……」

可是帕琵沒聽見蘿柔的建議，她站在那兒看著鏡子，稍微向左轉，又稍微向右轉。她一手撫過內搭褲的布料，把玩著襯衫衣袖。擺了個姿勢，又擺一個。「說真的，」她說，「我喜歡。我可以買嗎？」

蘿柔眨眼。「可以啊，當然可以。妳確定嗎？」

「百分之百確定，」她說，「我想要不一樣。一定很好玩。」

「對，」蘿柔說，「一定很好玩。」

「也許妳也可以不一樣？」

「不一樣？怎麼個不一樣法？」

「妳老是穿灰的，不然就是黑的。妳的衣服都好像制服。也許我們應該幫妳找一點會沙沙響的衣服。」

「沙沙響？」

「對，或是五彩的。有蕾絲和花朵的。漂亮的。」

蘿柔微笑。「我也才這麼想呢。」

22

週五晚上蘿柔開車到漢娜的公寓，然後她們會一塊搭Uber去伊斯靈頓的那家餐廳。

「哇，」漢娜一打開門就說，「媽，妳真漂亮。」

蘿柔轉了轉，讓新裙子沙沙響。裙裝是黑底加上東方的鳥類和花朵圖案。繞頸上衣，前襟一排鈕釦，絲料的。「多謝誇獎！」她說，「是愛莉幫我挑的。」

沉默在兩人之間擴散。

「喔，」蘿柔說，「我剛才說愛莉嗎？」

「對。」

「我是說帕琵。說錯了，抱歉。帶小女孩逛街一定是把我的時間軸搞亂了。」

「一定是。」漢娜說。

「妳也很漂亮，」蘿柔說，想要把她剛才的失言拋到九霄雲外。「妳去做頭髮了？」

「對，我星期三去剪的，順便吹了吹。」

為了妳和T的浪漫之夜，顯然是，蘿柔在心裡想卻沒說出口。「非常好看。我喜歡這個長度。」

兩人坐在計程車後座，一言不發。跟漢娜一起時總是這樣。她很少覺得有需要交談。蘿柔花了許久的時間才相信這並不等於她是個失敗的母親。

到了餐廳外面，蘿柔用力呼吸。她們早到了兩分鐘，她完全不知道進去後會是什麼情況，誰可能已經入座。很可能是彆扭的組合，最尷尬的組合會是保羅、邦妮和佛洛伊德、帕琵。一想到此，她的皮膚就像有螞蟻在爬，她不免後悔沒先跟佛洛伊德約好在別處會合。

不過，她們被領向裡間的一間玻璃室時，她看見只有佛洛伊德和帕琵，就忍不住鬆了口氣。佛洛伊德站起來迎接她們。他今晚實在是帥極了。合身的墨藍色套裝，打黑色細領帶，胡椒鹽色的頭髮搽了什麼東西，向後梳，露出額頭。而帕琵穿著她的新格紋衫，底下是貼身的針織洋裝，腳蹬綁帶黑皮靴，模樣清新，就跟一般的小女孩一樣。父女倆的外表很得體，蘿柔心裡想，就跟我們一樣。

「能見面真是幸會。」佛洛伊德說，向漢娜伸手，眼神明亮，寫著真摯的愉快。

漢娜伸出了手。「幸會。」她說。

然後帕琵有樣學樣。「妳好漂亮，」她說，「我好高興認識妳。」

漢娜因為這句直接了當的恭維而微微臉紅，喃喃說了什麼，蘿柔沒聽見。

四人落座，然後又全都起身迎接保羅和邦妮，傑克和藍兒。蘿柔雙手握拳，掛著笑臉。她的兩個孩子都叫她不用擔心，邦妮人很好，她會喜歡她的，她很親切可人，可是這一刻仍然是意義重大，正因為她自己的男朋友也在場，意義更是放大了十倍，而即將到來的介紹更讓蘿柔在一瞬間以為她會化為地板上的一灘水。

不過其他人幫她省了心。邦妮筆直走向蘿柔，直視她的眼睛，抓住蘿柔的前臂，再將她摟進她柔軟歡迎的懷裡，她身上有紫羅蘭和爽身粉的味道。她用一種像是抽了菸又喝了酒還哭過的聲音說道：「終於見面了。終於見面了。」

同時佛洛伊德向保羅走去，和他握手，說他有多榮幸認識他，而兩人發覺彼此衣著幾乎相同，微微覺得好笑，更爆笑的是他們都穿了「保羅史密斯」（Paul Smith）的襪子。

「看，」保羅說，向佛洛伊德湊過去。「雙胞胎！」

前夫妻、新伴侶、舊伴侶、各自的孩子，這樣的聚會可是很麻煩棘手的，蘿柔心裡想，但是這一次倒還真是順利圓滿。

她坐在佛洛伊德和邦妮之間。保羅坐在邦妮的另一邊，漢娜坐在首位，傑克、帕琵、藍兒坐在桌子的另一邊。藍兒擺著臭臉，很嫌棄這裡，而蘿柔只能想像傑克為了要勸她今晚過來費了多少精神。要是照藍兒的意思，他們是絕不會離開小屋的。

幸好整頓飯只有藍兒掃興。蘿柔環顧餐桌，看見了最美好的一幕。沒有人猜得到，她心裡想，沒有人會知道這樣子有多詭異，多特殊。就連漢娜跟她爸聊天、拆開禮物時都面帶笑容。

服務生送上了兩瓶預先訂好的香檳，幫他們斟滿。感覺像有人應該站起來舉杯祝賀兩位壽星，可是大夥卻猶豫不定，因為，該由誰來呢？沒有佛洛伊德的話，保羅顯然是最理想的人選：他是一位壽星的父親，另一位壽星的前夫。可是佛洛伊德在場就沒那麼容易劃分了，而猶豫的氣氛越來越濃，最後居然是帕琵站了起來。

她抓緊半杯香檳，看著桌邊的每一個人，眼神專注。「我只認識蘿柔幾個星期，」她開口說，措詞完美，泰然自若。「可是我對她的了解足以讓我認定她是一位真誠又美麗的朋友。她是那麼的親切、那麼的慷慨，我父親和我非常幸運能遇見她。而現在我發現她不是她的家庭中唯一可愛的人。我知道我們才剛見面，可是我可以感覺出你們有多愛彼此，我覺得很榮幸能成為其中的一分子。敬蘿柔，」——她舉杯——「還有漢娜。也敬所有快樂的家庭！」

一陣冷淡的沉默，但是並不長，只剛好讓大家聽出帕琵音調完美的演說其中的怪異之處，聽出她說快樂家庭的諷刺，然後大家都舉起了杯子，說：「祝漢娜和蘿柔生日快樂。」

保羅從桌子另一頭捕捉住蘿柔的眼神，拋給她一個什麼玩意的眼神。她勉強微笑，想要和他同聲一氣，又覺得需要忠於帕琵。她還小，沒有母親，又不上學。她不知道。

大家都放下酒杯時，邦妮轉向她，說：「我希望妳知道我一直都想要大夥聚在一起，想好久好久了。」

邦妮有一張瀟灑不羈的臉：大嘴會在同一時間往各個方向移動，鷹鉤鼻，鼻頭上有一處凹陷，一邊眉毛比另一邊高，一道傷疤橫過下巴。可是組合起來卻很耐看，蘿柔看得出她很美。

「對，」蘿柔說，「我知道。很抱歉之前我還沒準備好。跟妳一點關係也沒有，真的。」

邦妮伸手覆住了她的手，指甲很短，搽著紅色指甲油。「我當然知道。保羅說起妳來也沒有一句不是好話。我一直都了解。而且我現在也了解。妳放下了，因為妳可以。妳之前沒辦法。無論什麼事都得講究個機緣。妳不覺得嗎？」

蘿柔點頭微笑，心裡想：唉，也不見得。也許，比方說，失去孩子就永遠不會有什麼正確的機緣。可是她沒說出口，因為這個好女人正竭盡所能安慰她，而且這是段重要的對話，為一段可能持續她一生的關係定調。

保羅伸手過來遞給蘿柔一份禮物。「生日快樂。」他說。

蘿柔嘴裡嘖嘖響。「喔，保羅，」她說，「太破費了。實在是……」

「沒什麼，真的。」

「我應該現在就拆開嗎？」

他聳聳肩。「好啊，有何不可？」

她拆開了包裝紙，裡頭是一本書。是唐娜・塔特寫的《金翅雀》。

「妳沒讀過吧？」

「沒有。」她說，翻過來看後面。她有十年沒看過書了。

「喔，那本書很精采。」帕琵說。

「哦，」保羅說，「妳看過？」

「對，」她說，「我一星期看兩本書。至少。」

「哇，」保羅說，「而且妳很喜歡？」

「愛死了。」她拿起了書，握在兩手間，愛憐地摩挲。「它是寫一個男孩去博物館，他媽媽被炸彈炸死了。他在一片混亂中偷了一小幅畫，然後一輩子忙著藏起來。背景是在紐約。」

「聽起來滿精采的。」蘿柔說。

帕琵點頭。「真的，真的精采。」她說話時整張臉都亮了起來。

「我得說，」蘿柔說，「對一個認為人性只是乏味無趣的錯誤的女孩來說，妳好像對小說非常感興趣。妳是喜歡小說哪一點？」

帕琵的雙手落在書上。「故事，」她說，「是這個世界上唯一真實的東西。其他的都是一場夢。」

蘿柔和保羅微笑點頭，然後面向彼此，使了個眼色。這一次不是挖苦，而是憂慮。

愛莉以前也是一週讀兩本書，他們取笑她總是埋在書堆裡。愛莉老是說：「我看書的時候感覺就像是真實的人生，把書放下就覺得我又回到了夢裡。」

蘿柔拿起了香檳，向帕琵舉杯。「說得好，帕琵，」她說，「說得好。」

這一晚輕鬆愉快。非常成功。帕琵確實悄悄轉移焦點，畢竟她是全桌最年幼的，而人人都努力尋找額外的黏合力讓這場聚會不致瓦解，所以並沒有人追究她。

「真是個活潑的小女孩，」保羅在他們魚貫走出餐廳時跟蘿柔附耳說，「她有沒有讓妳想到……」

蘿柔在他的話說出口之前就知道他要說什麼。「有，」她說，「有，在很多地方。她確實像。」

「看書的那一點。現實和夢幻。」他驚異地搖頭。

「我知道，我知道。很詭異。」

「而且模樣也像，有一點吧？」

「是有一點，」她同意。「對。」

「怪了，」他說，從架子上拿他的大衣。「妳居然找到了外表近似的一家人。」

「什麼？」

「嗯，他也有點像我，對吧？」

他的語氣輕鬆，蘿柔卻臉色發白。

「呃，不對，」她說，「不全對。只有頭髮像。還有衣服。」

保羅受寵若驚地看著她，發覺他逾越了她的諸多界線之一，他對這些界線太了解了。「對，」他說，「說得沒錯。我喜歡他，」他又加了一句下台階。「他像是個好人。」

「嗯，」她乾脆地說，「現在說還太早。日久見人心，對吧？」

「對。」他微笑。「他還有很多時間可以證明他是個徹頭徹尾的變態。時間多著呢。」

她哈哈笑。能跟一個比任何人都還要了解她的人說話實在很棒。能跟保羅說話真棒。

「知道嗎，」他接著說，「妳知道妳值得的，對不對？妳知道自己是可以的？」

她聳肩，覺得鼻竇後面湧上了一股熱氣。「也許吧，」她勉強說，聲音很小。「也許吧。」

23

翌晨八點蘿柔從佛洛伊德的床上起來。他呻吟一聲，轉頭去看床頭的鬧鐘。「回來，」他低聲咆哮，伸長一隻手臂。「今天是週末。時間還早！」

「我需要回家。」她說，握住了他橫陳在皺巴巴床單上的手。

「妳不需要。」

她失笑。「不，我需要！我跟你說過了，忘了嗎？我要去朋友家吃午餐。」

他假裝被打敗，躺回枕頭上。「利用我上床，然後就始亂終棄，」他說，「哼，妳以為我在乎啊。」

「我可以晚一點再過來？」她說，「要是在我背叛你之後，你還願意寬宏大量接納我？」

他弓起赤裸的身體，兩手握住蘿柔的手，拉向他的嘴巴，吻了她的每一個指關節。「我非常非常願意妳晚一點再過來。妳知道，」他說，拿著她的手摩擦他軟軟的鬍碴。「我就快要到不能沒有妳的地步了。就差幾步了。是不是很可憐？」

他的這番表白既令人詫異又完全是在預料之中的。她處理得不夠快，所以出現了短暫卻明顯的沉默。

「天啊，」他說，「我是不是搞砸了？我是不是違反了某個人寫的什麼約會守則？」

「沒有，」蘿柔說，把他的兩隻手舉到唇邊，用力親吻。「只是——談到感情，我這個人有點憤世嫉俗。我雖然有感覺，卻從來不說出口。想要什麼又不想要什麼。我……」

「是個討厭鬼？」

「對。」她微笑，鬆了口氣。「對。我就是。不過你絕對可以不能沒有我，我一點也不反對。」

「那，」他說，「我八成會在這裡乖乖等妳回來，並且希望在妳回來時妳也不能沒有我。」

她哈哈笑，抽回了手。

「看，」他說，「妳把手抽回去了。難道我們兩個之間就注定是這樣嗎？妳把手抽回去？妳把門關上，頭也不回？妳先把電話放下？妳先離開？由妳說最後一句話？而我在後面逗留，跟在妳屁股後面？」

「也許，」她說，「我滿確定我是這樣子的。」

「那，妳能給我什麼我都照單全收，」他說，滾回他睡的那一邊，拉起鴨絨被蓋好。「妳能給我什麼我都照單全收。」

樓下靜悄悄的，到處都是一圈圈的陽光。蘿柔探頭到廚房裡，帕琵不在裡頭。她走進廚房，昨天穿的褲襪腳底踩到了木板的小刺，她打開了電水壺的開關。廚房窗外有隻貓坐在花園圍牆上在觀察她。流理台上有一條麵包，是一條手作白麵包，剩下一半。她切了一片，打開冰箱找奶油。裡頭是佛洛伊德和帕琵兩個人的生活證據：吃了一半的餐點，錫箔紙盒裝的外帶剩菜，拆封的火腿、起司、肝醬、一盒盒的優格。她拿出奶油，動作俐落地抹好麵包，再泡了杯茶，端著茶和麵包走向窗前的桌子。她獨自一人沉吟佛洛伊德的表白。她一直隱隱約約在等這一刻，她想聽這句話。可現在她得到了，她又擔起心來，又挑剔起來，又想太多。

為什麼，她納悶，他會要我？上個月他進入咖啡館，他是看見了什麼讓他那麼喜歡？而且他為什麼會不能沒有我？這句話究竟是什麼意思？孩子小時候有時會說：「要是我死了妳怎麼辦？」她會回說：「我也會死，因為沒有你我活不下去。」然後她的孩子死了，而她發現少了愛莉她居然活得下去，一百天、一千天、三千天，她每天早晨都會醒來，沒有愛莉她也活過來了。

所以佛洛伊德的意思可能是少了她他的生活會有缺憾，而如果他是這個意思，那麼，也許，也許她也有同樣的感覺。保羅就沒有說過這種話。簡單的一句「我愛妳」就是他表達深刻感情的方法。可她仍讓他等了幾個月才回報了他的愛。

她把盤子裡的麵包屑掃進垃圾桶裡，把茶杯放進洗碗槽，拿起皮包和大衣。在門廳找到了她的鞋子：昨晚的高跟鞋。她套上鞋子，後悔沒帶一雙平底鞋來。她正要離開，忽然想起了放在廚房的生日禮物：保羅的書，傑克和藍兒送的項鍊，漢娜送的一瓶她最愛的香水。她回到門廳時發現門外站了一個人，接著是金屬的鏘鎯聲，一束信件塞進了郵箱口，落在門墊上。她拿了起來，放在櫃子上。

她轉身要走，目光卻被最上面的一封信吸引住。信看來正常，可能是什麼金融郵件：扁扁的

A4大小白色信封。

「諾愛兒・唐納利小姐」。

這名字很耳熟。

她想了一會兒，為什麼寫著陌生人姓名的郵件會寄到這裡來。可是過一會兒她想通了。對了。諾愛兒・唐納利一定是帕琵的母親。

她走到前院花園裡抬頭看，看見佛洛伊德站在臥室窗前，嘴角向下撇，一臉的傷心，雙手貼著玻璃。她微笑，朝他揮手。他也微笑揮手，送她一個飛吻，呼了口氣在玻璃上，畫了一個心。

保羅說得對，她心裡想；她可以這樣。她只需要想辦法讓自己相信。

那天到傑奇和貝兒家，蘿柔收到更多禮物。雙胞胎為她做了一盒松露巧克力，不是每一顆都像松露，而傑奇和貝兒送給她幾張哈德利林的SPA禮券。他們還幫她烤了蛋糕，是她這個生日的第一個蛋糕，維多利亞海綿蛋糕，她的最愛。她吹熄蠟燭，笑盈盈聽著兩個男孩為她唱生日快樂歌。她喝了一杯香檳，跟朋友敘說了昨晚的經過，聽得他們急著追問下文。他們跟她說她容光煥發，頭髮也閃亮動人，眼珠晶瑩發亮，氣色沒有這麼好過。他們說下星期會邀請他們過來吃午餐——她和佛洛伊德，或許再加上帕琵——等不及要見一見這個把光明帶入他們朋友的世界的男人了。

而自始至終蘿柔都在想這一天感覺就像是在傑奇和貝兒家的一個普通的週六，卻又不是在傑奇和貝兒家的一個普通的週六。因為多年來第一次，她自己的身體之外有股能量，這股能量屬於她，又並非出自於她。它呼喚她，拉扯她，所以她並不像平常一樣留下來喝茶吃蛋糕，不像平常盡可能從她的時間中擠出正常狀態來和老朋友歡聚。她在五點時抓住了皮包，嘴裡吐出感激和道別的言語。她的朋友在門廳使勁擁抱她，大家都感覺到情況改變了，就像多年前傑奇和貝兒告訴她他們是一對，就像愛莉失蹤時，就像雙胞胎出生時，像保羅離開時。需求以及優先次序潮起又潮落，又一次推動著生活，而蘿柔知道她不會再像從前那麼需要把週六消磨在這裡了。

她坐上汽車，以最高速駛回佛洛伊德的家。

信件仍在原處，在她一進門就看得見的矮櫃上，但是有人把地址劃掉，寫上了「退回寄件人／查無此人」。

這個名字又在向她吶喊。

諾愛兒・唐納利。諾愛兒・唐納利。

她是在哪裡聽過這個名字的？

「午餐還愉快嗎？」佛洛伊德問。

「非常愉快，」她說，「真的非常愉快。你看，」——她秀出了那盒手工巧克力——「男孩們為我做的。是不是很可愛？而且我們受邀以情侶的身分下週末一起去。你要去嗎？」

「我很樂意。」他說，幫她掛好大衣，接著是她的圍巾。

帕琵一聽見蘿柔回來就從樓上衝下來，伸長手臂抱住了她。

「喔！」蘿柔說，「真熱情！」

「我今天早晨好想妳，」她說，「我還以為會看到妳呢。」

「對不起，」蘿柔說，「我得衝回家去為午餐之約做準備。」

佛洛伊德在廚房打開了一瓶酒，幫蘿柔倒了一大杯，放在流理台上等她。

「好奇怪，」她漫不經心地說，坐上了高腳凳。「我覺得我可能認識以前住在這裡的人。」

他把酒瓶放回冰箱，轉過來，揚起一道眉。「是嗎？」

「對。你的矮櫃上有封信，給諾愛兒·唐納利的。我怎麼也想不起來是怎麼知道這個名字的，可是我真的知道。我還以為……」她小心翼翼。「我有一瞬間還以為可能是帕琵的母親呢。」

佛洛伊德沒有動。過了一會兒，他轉向冰箱，說：「咳，確實是。」

蘿柔眨眼。她想起了帕琵描述她的母親紅髮、有油膩味。「她是不是愛爾蘭人？」她問。

「對，諾愛兒是愛爾蘭人。」

蘿柔瞪著酒杯，盯著鹵素燈在酒液表面的搖盪倒映。她的意識之下有什麼在蠕動，是那個姓名和髮色以及愛爾蘭腔結合起來的東西——而她認識這個女人。她認識諾愛兒。

「她還有別的孩子嗎？」她問。「大一點的孩子？」說不定她是哪個同校孩子的母親。

「沒有，只有帕琵。」

「她在這附近工作嗎？在本地？」

「算是吧，」佛洛伊德說，「她是家教，教數學。我想她教過很多這附近的孩子。」

「喔！」蘿柔說，「對了。就是這樣！她一定是教過愛莉。愛莉請過一陣子家教，時間很短。就在……」她漸漸沒了聲音。

「喔，」佛洛伊德說，「還真巧！真是巧合。我們的道路差一點就交會了，就差了一度分隔。」

「對，」蘿柔說，握緊了酒杯。「還真巧。」

她週一打電話向漢娜提起這件事。「記得嗎，」她說，「愛莉有過家教，她失蹤的那年？」

「不記得。」漢娜說。

「妳一定記得。她是愛爾蘭人——個子高，紅頭髮？她總是星期二下午來？」

「大概吧。」

蘿柔能聽見她一邊說話一邊打字。她嚥下了氣惱。「嗯，真奇怪，」她往下說，「她竟然是帕琵的媽媽。」

「誰？」

「那個家教！數學家教！」

短短的沉默，然後漢娜說：「喔，對了，對。我記得她。愛莉討厭她。」

蘿柔緊張地笑笑。「哪有，」她說，「她沒有討厭她。她覺得她很棒，是她的救星。」

「嗯，」漢娜說，「我記得的不是這樣。我記得她說她很古怪，讓人發毛，所以她才上一上又不想上了。」

「可是……」蘿柔開口說，又停下來搜尋記憶。「她什麼也沒跟我說。她說她需要更多時間讀別的科目，諸如此類的。」

「嘿，她跟我說她不喜歡她，說她讓人毛骨悚然。」漢娜的語氣帶著一絲得意，她和蘿柔總是爭相競逐愛莉的注意。

「反正，」蘿柔說，「這不是很奇怪嗎？這個世界還真小！」

她套用現成的俗語，使用的言詞都不足以概括她的心神不寧。自從發現諾愛兒・唐納利是帕琵的生母之後，蘿柔在幾小時之中想起了越來越多的事情：她微微駝背，連帽薄風衣散發出霉味，橡膠底皮鞋擦過門廳的地磚吱吱響，緊張兮兮的專橫態度，漂亮的紅髮沒梳理用髮夾向後夾住。她沒辦法把那個女人和佛洛伊德聯想在一起，佛洛伊德就算不是個傳統上的帥哥，也總是打理得很整齊，很有格調，氣味清新乾淨。他們是怎麼湊到一塊的？他們是怎麼遇見的？他們怎麼搭得起來？而且最重要的是，他們怎麼會一起生孩子？

但是她都沒有跟漢娜說。她嘆口氣。她又像平常一樣想太多了，而現在她突然洩了氣。「妳覺得星期五晚上好玩嗎？」她問。「很有趣，對不對？」

「對，對。很好。其實是滿不錯的。就大家都湊在一塊。謝謝妳。」

「謝什麼？」

「安排這件事。做這個提議。在愛莉失蹤以後，當這個家裡第一個做點勇敢的事情的人。」

「喔，」蘿柔說，嚇了一跳。「謝謝。可是我覺得妳要謝的是佛洛伊德，是他給了我勇氣，是他改變了我。」

「不，」漢娜說，「是妳改變了妳自己，否則的話妳也不會跟他約會。我真的為妳開心，媽。真的。這是妳應該得到的。」

「妳喜歡他嗎，娜娜？」

「佛洛伊德？」

「對。」

「是啊，」漢娜說，「對，他好像OK。」

這句話，出自漢娜之口，就是讚美了。

24

蘿柔那晚沒有和佛洛伊德見面，可是他在七點打電話來，果然沒有食言，但是蘿柔卻有點意外，因為她突然覺得煩。

「我七點打給妳。」他這麼說。而他果然打了，七點。她本來是想要享受幾分鐘的任性的。她想不接電話，逍遣他一番，可是她正經了起來。她又來了，太把什麼都往心裡藏，而這就是在愛莉失蹤之後她和保羅走不下去的原因，因為她，因為她從不允許自己妥妥當當地沉浸到她和他的關係之中，不贊成他愛她愛得那麼深、那麼沒有懸念，反而因為他對她的感情毫無縫隙而覺得窒息。在相互的絕望形成的第一時間，她就逃入了她多年來刻意保持淨空的內在密閉艙裡。

「嗨，」她輕快地說，「你好嗎？」

「我非常好。喔，當然是只除了少了妳在這裡心裡破了一個大洞。」

「少來。」她取笑他，不過也有一半是真心話。

「妳心裡沒有破了一個大洞嗎，蘿柔？」

「沒有，」她說，「沒有，不過我在想你。」

「唉，我也只能接受了，」佛洛伊德說，「妳在幹嘛？」

「唔，我當然是在喝酒啊。」

「妳穿著衣服嗎？」

「對，一件都不少。我甚至還穿著拖鞋呢。」

「拖鞋，對。繼續。還有呢？」

「大件的開襟毛衣。」

「喔，大件的開襟毛衣，究竟有多大？」

「很大。超級大。袖子很長，蓋住了我的手。摺邊還破了一個洞。」

「喔，那是很破爛嘍？破破爛爛的毛衣？」

「非常破爛。破爛得可怕。」她笑出聲。

「不，不，別停啊！」他開玩笑道，「再跟我說妳的破爛大毛衣！」

她又笑了，聽見有另一通電話進來，低頭看著手機。是傑克，而傑克只會在週三打給她，她立刻就擔心起來，說：「佛洛伊德，我再打給你。傑克在找我。」

「快點，快點！什麼顏色的？跟我說是褐色的？拜託。」

「不是，」她說，「是黑色的！好了，拜拜！我再打給你。」

「傑克。」她說，改接他的電話。

「不是，」女人的聲音說，「不是傑克，我是藍兒。」

「喔，」蘿柔說，「嗨。有什麼事嗎？傑克沒事吧？」

「傑克很好，他就坐在這裡。」

蘿柔的心跳放緩了，向後靠著沙發。

「有什麼事嗎，藍兒？」

「是這樣的，」她說，「我一整個週末都在掙扎，滿腦子只有這件事。妳的男朋友……？」

蘿柔的心跳又加快了。

「我有——嗯，就跟第六感一樣？妳的男朋友……他的氣場完全不對？很黑暗。」

「妳說什麼？」蘿柔輕輕搖頭，彷彿是想甩掉耳朵裡的東西。

「我有這種天賦，我可以看穿別人的心靈。看穿別人更高意識的圍牆，進入他們的潛意識。而且我真的很抱歉，可是我一坐下來看見他，他跟我的視線一接觸，我就知道了。」

「知道什麼？」

「他有所隱瞞。我知道妳跟我很陌生，蘿柔，我也知道主要是因為我，因為我太過自我保護，可是我真的關心妳，妳是我愛的男人的母親，我要妳平平安安的。」

蘿柔等了一分鐘才組織出回應的話來，可是話一出口卻是略微刺耳的冷笑。「我的老天啊，」她說，「可以叫傑克聽電話嗎，拜託。」

「傑克的看法和我一樣，」藍兒說，「我們整個週末都在討論這件事。他完全同意我的看法。他——」

「叫他來聽電話，藍兒。快點。」

她聽見藍兒發出咄咄聲，然後是她兒子說：「嗨，媽。」

「傑克，」她說，「拜託，這是怎麼回事？」

「我不知道。只是……」

「只是什麼，傑克？是什麼？」

「我實在說不清楚。就是藍兒說的。」

「得了，傑克。我是你媽，我知道你跟她不一樣。你不是那樣的人，你沒有……沒有什麼第六感。你連女孩子喜歡你都不知道。奶奶開始失智的時候全家只有你一點也沒發覺。你一向就不會看人，所以少來這套。究竟是怎麼回事？」

「沒什麼，媽。只是他給我們一種不好的感覺。佛洛伊德，或是，管他叫什麼。」

「不對！」她厲聲說，「是藍兒對他印象不好，而藍兒叫你有什麼感覺你就有什麼感覺，因為你是她的小哈巴狗。」

傑克沉默不語，蘿柔屏住呼吸。她從來沒有，在傑克和藍兒交往的期間，她從來沒有對他們變幻不定、失能的生活表達過一絲一毫的不滿。

「媽……」他開口，可是他是像小孩一樣哼哼唧唧，蘿柔不可能去聽她長大成人的兒子哼哼唧唧，現在不行，尤其是現在一切是那麼的圓滿，她終於、終於感到快樂了。

「不，傑克，我很抱歉，我知道她是你的女朋友，也是你的宇宙的中心，我也知道你非常非常愛她。她是你的磐石，我懂。可是我傷心了那麼久，創痛了那麼久，我終於找到了什麼美好的、特別的東西，我不會讓你和你的神經病女朋友跟我說一切都是錯的。你爸喜歡他，漢娜喜歡他，這樣對我就夠了。」

「對不起，媽。」傑克說。

可是她仍聽見他在哼哼唧唧，她受不了，所以她以非常平靜的聲音說：「我要掛掉了，傑克。我要掛了。告訴藍兒我知道她是好意，但是我不想再聽她的誇張推論了。」

她掛斷時全身發抖，覺得噁心。抓起酒杯，喝了一大口。她應該要打給佛洛伊德的，可是她沒辦法。她能怎麼說？喔，我兒子的伴侶剛才跟我說她覺得你的氣場很黑暗，而現在我太難過了，沒辦法跟你輕鬆的聊什麼毛衣？

所以她只是坐下來，坐了一個小時，喝著紅酒，緩慢地、刻意地冷靜下來，等到雙手不再抖得太厲害，這才給佛洛伊德發簡訊：抱歉。傑克有很多話要說，現在我累了，要睡了。我會穿柔軟的灰色睡衣，滿舊的。

他的回覆幾秒鐘後就傳來了：這給了我很多想像的空間，幫我度過這一夜。好好睡，我完美的女人。明天再聊 x。

她關掉了手機，打開電視，找到無須用腦的節目，又給自己斟了杯紅酒。至少一個小時，她在寂然無感中飄蕩，感覺到甜蜜的麻木擴散，像一件沉重的斗篷。等她什麼也感覺不到，她才終於上床。

隔天早晨蘿柔走進佛洛伊德家的廚房。「喔，」她說，「嗨，莎潔，我沒想到會遇見妳。」

莎拉潔站在洗碗槽前，手裡拿著一杯水。「我不應該來這裡的，」她說，「我跟我媽昨天晚上大吵了一架。」她聳聳肩，左腳擺在右腳上，然後又換腳。她穿著黑色蕾絲上衣，黑色運動褲，舊銀色網球鞋。耳垂上一堆圈圈，閃爍發光。她讓蘿柔想起了她在孩子小時候讀給他們聽的一本書裡的小精靈，小精靈叫「銀霧」，有銀色的頭髮、銀色的嘴唇，總是穿黑衣。那是一個悲傷的小精靈，不男不女，深藏著秘密。

佛洛伊德緊接著蘿柔身後走進來。嘆口氣。「說真的，」他說，當蘿柔沒說話似的。「凱特和莎拉潔合不來是很久很久的事情了。」

「我們沒有合不來。」莎拉潔厲聲說。

「那，吵架，隨便啦。」

「妳們為什麼吵架？」蘿柔問。「喔，妳當然不用跟我說……」

莎拉潔長長的睫毛下垂，盯著地板說：「她不喜歡我的新男朋友。」

佛洛伊德在蘿柔後面發出奇怪的聲音，她轉身投給他詢問的一眼。

「他四十九歲。」莎拉潔說。

佛洛伊德又發出奇怪的聲音，意有所指地看看莎拉潔再看著蘿柔，再回頭看女兒。

「他結婚了，」莎拉潔說，「嗯，算是結婚了。在一起很久了。」

「喔。」蘿柔說，真後悔自己多事。

「他有四個孩子。最小的八歲。」

「喔。」蘿柔又說。

「我就跟她說別想到這裡來討免死金牌，該遵守的社會規範就是得遵守。」

「對，」蘿柔說，「對。我……」她眼珠子亂轉，就是不知該看哪裡。

然後莎拉潔哭了起來，從廚房跑出去，細瘦的胳臂緊緊抱住身體。

蘿柔看著門，再看著佛洛伊德，再看著門。

「妳想追自己去追，」他跟她說，語氣舒緩鎮定。「在這件事情上，我能說的都說了。」

蘿柔轉頭看著走廊。莎拉潔很冷淡，就像漢娜，可是漢娜從來不哭。有時漢娜像是快哭的樣子，但是眼睛毫無淚光，而碰觸她、摟抱她、安慰她的機會就會和蘿柔擦身而過。所以讓她走出廚房的原因完全是一股長久以來派不上用場的母性渴望。莎拉潔正在門廳抓起衣架上的大衣，一邊哭得像個淚人兒。

「莎拉，」她開口說，「莎潔。跟我到客廳去。來，我們聊一聊。」

「有什麼好說的？」她哭著說，「我是賤女人。我是壞人。還有什麼好說的。」

「嗯，其實呢，」蘿柔說，「不是這樣的。我……」她吸了一口氣。「來陪我坐一坐。拜託。」

莎拉潔又把大衣掛好了，跟著蘿柔。進了客廳，她縮起腳坐在扶手椅上，從潮濕的睫毛間看著蘿柔。

蘿柔坐在她對面。「我跟一個已婚的男人談過一次不倫戀。在我非常年輕的時候。」

莎拉潔眨眼睛。

「說句公道話，他沒有孩子，而且剛結婚一年。我們交往了兩年，那時我正在念大學。」

「他是老師嗎？」

「不是，不是老師。只是一個朋友。」

「然後呢？他為妳離開了他太太？」

蘿柔微笑。「沒有。我畢了業，搬到倫敦，我們以為少了彼此就活不下去，以為我們會到鄉下旅館去浪漫幽會。不用說，不到六個星期浪漫的泡沫就全都破滅了。他和他太太也在同一年離婚了。主要是太年輕就結婚。我們全都太年輕了。妳知不知道大腦裡負責做決定的那個部位要等到年滿二十五歲才會完全成熟？」

莎潔聳肩。

「他是誰？」蘿柔問。

「是課程的主任，」莎拉潔說，「在我當模特兒的藝術學院。」

「你們在一起多久了？」

莎拉潔低頭，下巴抵著胸前，咕噥著說：「幾個月。」

「妳跟他多常見面？」

「一個星期好幾天。」

「在哪裡見？」

「他的辦公室。」她聳聳肩。「有時候到他哥哥家，他不在家的時候。」

「他有帶妳去過什麼地方嗎？去喝酒？吃飯？」

莎拉潔搖頭，扯著運動褲上的抽繩。

「所以純粹是性？」

莎拉潔猛地抬頭。「才不是！」她高聲叫。「才不是！不只是那樣！我們會聊天，聊個不停。而且他會畫我。我是他的……」

「繆思。」

「對，我是他的繆思。」

蘿柔嘆氣。永遠都是那一套。

「莎拉潔，」她小心翼翼地開口。「妳是個非常美麗的女孩子。」

「哼。」

「妳非常美麗，也非常特殊。這個人——他叫什麼名字？」

「賽門。」

「賽門的品味很高。遇見了出眾的人，他顯然一眼就能認出來。而且我相信他是個很棒的人。」

「他是，」莎拉潔說，「他真的是。」

「那是一定的。不然的話妳就不會跟他來往了。他說過他會離開他太太嗎？」

「伴侶。」

「伴侶、太太，無所謂。他們有孩子，他們有一個家。他說過會為了妳離開她嗎？」

她搖頭。

「妳要他離開她嗎？」

她點頭，接著又搖頭。「不要。當然不要。我是說，妳知道啊，他的孩子，尤其那一個那麼小。我自己有經驗，所以我知道是什麼感覺。」

「妳父母離婚時妳幾歲？」

「六歲，」她說，「差不多跟賽門的兒子一樣大。所以……」

「所以妳不想要他為了妳離開她？」

「對。只有在想像的世界裡，誰也不會受傷。」

「可是萬一她發現了呢？他的伴侶？萬一她知道了呢？然後就離開了他？」

「她不會發現的。」

「妳怎麼知道？」

「因為我們很小心。」

「莎潔，這是現代世界，沒有隱私了。大家什麼都知道。我是說，我們第一次見面之後妳上網一查就查到我了，查到愛莉了。早晚會有某個人發現這件事，他們可能會告訴賽門的伴侶，然後一切都會破碎，無法彌補。而唯一能夠避免這種遺憾的人是妳。妳應該走開，終止這件事。」

莎拉潔吸鼻子，褲子的抽繩打了一個又一個的結。

「妳愛他嗎？」

「愛。」

「妳對他的愛足以讓妳傷害許多不該受傷害的人嗎？」

「這種問題我要怎麼回答？」

「確實是很困難，可是妳還是需要回答。不是現在，但也得在幾小時之內、幾天之內回答。我不會跟妳說十年後妳再回顧妳會奇怪自己究竟是著了什麼魔，因為我記得我二十一歲的時候，我自認為我這個人是固體，我像岩石一樣堅定，我的感覺不會變，我相信的東西也不會變。可現在我知道了我是液體，而且會不斷變形。所以無論妳現在有什麼感覺，都是暫時的。可萬一那一家人發現了他們的父親不忠，後果是會持續的，傷害是無法癒合的。」

莎拉潔的眼角出現了豆大的淚珠，一顆顆落在臉頰上。蘿柔覺得看見她點頭，卻不是很有把握。

「妳跟妳先生為什麼離婚？」

「為了愛莉。因為我認為他不夠傷心，因為他想讓我相信一切都會恢復正常，而我不想要正常。」

「你們離婚的時候有傷到你的孩子嗎？他們現在恨妳嗎？」

這個問題問住了蘿柔。不是他們那時恨妳嗎，而是他們現在恨妳嗎。她想到了昨晚和藍兒及傑克的可怕電話。她想到了漢娜除了極其表面的互動之外，不肯和她有別的來往，想到了兩個孩子都跟她保持一定的距離。她總認為是因為他們在很脆弱的年齡失去了妹妹。她甚至不記得保羅搬出去時孩子們是什麼反應。這份疏離發展得那麼緩慢，很難確切判斷是在幾時結束的。她不記得有帶淚的交相指責，她不記得她的孩子傷心，至少不記得他們是在傷痛上再加上傷痛。

「我不知道，」她說，「也許吧。可那時我們已經是破碎的家庭了。」

莎拉潔點頭，然後她把腳放下，向前坐，以徹底不同的心態注意蘿柔。「我讀了很多東西。愛莉的事。在網路上。」

「是嗎？」

「對。我是說，二〇〇五年那時我只是小孩子，所以我根本沒聽過愛莉．麥克。而現在，妳在這裡，我爸的家裡，有點怪怪的，而且妳還發生過這件悲慘恐怖的事情，不是隨便哪個人會碰到的事。所以我一直在想……」她頓住。「妳相不相信她是離家出走？」

這個突如其來的問題，讓蘿柔覺得自己幾乎像被人狠狠推了一把。

「不，」她輕聲說，「我不相信。我是她母親，我了解她。我知道她要什麼，她要往哪裡去，知道什麼能讓她快樂。而且我知道她並沒有因為大考而壓力過大。所以，不，內心深處我不相信她會離家出走。可是我不得不信，因為所有的證據都這麼顯示。」

「妳是說竊盜案？」

「對，竊盜案。只不過我不認為是竊盜案。她用了她的鑰匙，她只是來拿東西，就這樣。」

「可是……袋子。妳難道都沒想過那個袋子？」

「那個袋子？」

「對，愛莉的背包。他們在森林裡找到的。妳不覺得，我不知道，可是離開了那麼多年，她的背包裡總會多出點別的東西吧？而不是只有她離家出走那時的東西？」

蘿柔一陣冷顫。她想到了過去她反覆問自己相同的問題，最後她接受了那個推論，是愛莉刻意把從家裡拿的東西放在背包裡，算是某種安心的保證，就像蘿柔在女兒失蹤的那幾年裡讓愛莉的臥室保持原狀一樣。

「還有妳知道嗎，」莎拉潔接著說，「還有一件事，一件真的很奇怪的事，帕琵的媽媽——」她停住不說，兩人聽見開門聲都轉過頭。是佛洛伊德，他端著兩杯茶，投給蘿柔感激的一眼。

「來，」他說，把馬克杯放在桌上，再坐到蘿柔旁邊。「藥草茶。安神消火。沒事吧？」

蘿柔碰了碰佛洛伊德的腿，說：「我們聊得滿好的。」

「對，」莎拉潔附和。「是滿好的。我會好好想一想。」

蘿柔和莎拉潔互換了一眼，她們剛才的話還沒說完，不過得等下一次了。

25

翌晨蘿柔起得晚，而且昨晚的夢境令人憂心忡忡。她花了一會兒才認出周遭環境來，不知怎地和她夢中的情境混合了。可是一秒之後她就想起來了，她是在佛洛伊德的床上，今天是星期三，而且現在快九點了，而她真的、真的需要回家了。

她沐浴更衣，發現佛洛伊德和帕琵在餐桌上，一塊看報紙。

「早安，」佛洛伊德說，「我沒叫醒妳，妳睡得好熟。」

「謝謝。我一定是需要睡眠。早安，帕琵。」

「早安，蘿柔。」

她又穿上典型的帕琵裝了：粉紅色燈芯絨長褲，黑色高領毛衣，頭髮往兩邊夾住。

「我來幫妳弄早餐。」佛洛伊德說，作勢欲起。

「其實我得回家了，今天我就讓你們父女倆自己消磨吧。我得在去漢娜家之前先收拾收拾。」

佛洛伊德送她到門口，給了她一記長吻，也預告了今晚的計畫。「我會幫妳弄美味可口的東西，」他說，「喜歡小牛肉嗎？」

「我確實喜歡小牛肉。」

「好極了，」他說，「晚上見了。」

蘿柔坐進汽車發動引擎，竟覺得鬆了一口氣。她想到佛洛伊德可能是想挑起她的罪惡感，讓她留久一點，很高興他沒這麼做。現在她覺得有一種逃脫的感覺。發現帕琵的媽媽教過愛莉數學，漢娜說愛莉覺得諾愛兒．唐納利陰森古怪，還有昨晚和莎拉潔的對話，在在都讓她覺得苦惱焦慮。她需要回家，在自己的空間裡呼吸。而且她還需要做一件事，一件她很久很久沒做的事。

蘿柔給自己泡了杯茶，端到客房。她坐在床沿，把一個紙箱拉過來。愛莉的箱子。她記得是在舊家裝的。她那時麻木無感，像個空殼子，花了太長的時間，一整天，東摸西摸，拿在手上，送到鼻端。她讀了愛莉的日記，內容零散雜亂，並沒有按日記錄，也極少寫下日期，所以有一半讓人看不出個所以然來。有些蘿柔跳了過去，看到愛莉幫西奧手淫的那一段，她嚇得連日記本都扔掉了。

當時日記裡沒有什麼重大的記錄，沒有暗示什麼秘密的生活，秘密的朋友，任何種類的不快樂等等。她之後就再沒看過了。

可現在她抽出了一些來，快速翻閱，尋找她失蹤前幾個月的日記。都是凌亂的記錄。隨手塗鴉和漫畫、作業、時不時記下訂正作業所需要的備忘錄、日期和數字，還有到牛津街要買的物品清單：

優質保濕霜

新運動鞋（不要黑色或白色）

書：贖罪、蘇西的世界

運動襪

給爸的生日卡

還有搽了唇膏印上的吻，墨漬和閃亮的貼紙。還有散布其間的，隨意的記錄。而在她離家之前的幾週，愛莉的世界只有兩件事。西奧和作業訂正。西奧和作業訂正。西奧和作業訂正。

蘿柔仔細端詳一篇似乎是一月的日記。愛莉在抱怨數學考試成績。B^+。她要的是A。西奧拿A。蘿柔嘆氣。愛莉老是要向西奧看齊，彷彿他是全世界唯一重要的標準。

「問媽請家教，」她寫道，「祈禱她會說好。我的數學好爛……」

然後，再幾篇之後：「家教來了！她有點怪怪的，可是很會教！我絕對會拿A！」

蘿柔越翻越快。她在尋找什麼，可又不能確定是什麼，某種能夠把她鬆散的夢境片段跟這幾天得到的線索連接起來的東西。

今天家教。她給我的考卷我得了九十七分。她給我一組護唇膏。真好！

五點家教。她送我一支有香味的筆。她真好！

五點家教。她說我是她教過最棒的學生！還用說！

五點家教。今天有點怪怪的，問我奇怪的問題，問我在這一生中想要什麼。覺得她可能有中年危機！

五點家教。一百分！我真的拿了一百分！老師說我是天才。她百分之百正確！

五點家教。覺得夠了。她有時候真的嚇死我了。她太偏激，而且她很臭。要叫媽取消了，我自己就可以了。我可不需要一個會記恨的壓力鍋。

之後就沒有再提到這位家教了。

愛莉就只是回到了自己的生活。她和西奧見面。她讀書。她期待暑假來臨。沒別的了。

可是蘿柔的指尖卻停在最後一句話上，「會記恨的壓力鍋」。這是什麼意思？她對這句話的了解是這是電影《致命的吸引力》中的一個女人跟蹤折磨那個拋棄了她的男人，不能接受拒絕。顯然愛莉的意思不是這個。那如果不是，又是什麼呢？難道諾愛兒對愛莉太緊迫盯人？對她產生了執迷嗎？甚至是生理上被她吸引？她碰過愛莉不該碰的地方？還是說她嫉妒愛莉，嫉妒她的青春美麗以及聰明才智？說不定是她貶低她，讓她覺得差勁？如果這些猜測都是對的，那代表了什麼？

她用力閉上眼睛，雙手握拳。這其中有蹊蹺，可是她想不通是什麼。再說了，怎麼可能會有蹊蹺呢？

過了一會兒黑暗退散，生活又恢復了常態。她緩緩把愛莉的日記放回箱子裡，塞進床底下。

「跟我說說諾愛兒。」當晚她邊吃晚餐邊跟佛洛伊德說。

她看到他的下巴肌肉抽動，在說話之前頓了頓。「天啊，非說不可嗎？」

「抱歉。我知道她不是你喜歡的人，可是我很好奇。」她把刀叉擺在盤子上，拿起酒杯。「我今天看了愛莉的舊日記，我想看她是怎麼寫諾愛兒的。她說她……希望你不會介意，可是她說她是個『會記恨的壓力鍋』。」

「哈，說得還真對。她是個非常黏人的女人，非常激烈。」

「你是怎麼認識她的？」

「啊。」他吞了一口酒，放下杯子。「唉，我也不是很願意提起。不過她是一個粉絲。」

「粉絲？你有粉絲？」

「嗯，也許說是熱情的讀者比較合適。數學追星族，這一類的。」

「沒想到啊，」蘿柔說，向後一靠，挖苦地評估佛洛伊德。「我沒想到我面對的競爭居然這麼激烈。」

「喔，放心吧，那種日子早就結束了。我有一本書很出風頭，我的『付帳單的書』，我是這麼叫的。可以說是寫給白痴看的數學，只不過我沒有開門見山地說。我寫那本書時帶點玩笑的心態，結果為我帶來了一小群有點古怪、對數學著了魔的女性粉絲。一點也不合我的品味。我很快就回去寫那些皇皇巨著，不是那些有浪漫情懷的人會想要買的。」

「那，諾愛兒，她也是一個追星族？」

「對，大概是吧。那時我剛和莎拉的母親分手，我很寂寞，她有點瘋狂，有點頑固，我由著她的性子，然後接下來的兩年都在後悔中度過。她像水蛭，我甩不掉她。後來她就懷孕了。」

「跟你？」

他嘆氣，眼光投在她的肩膀上方。他沒回答。「我其實並沒有覺得她很迷人。我只是……我只是不想當壞人吧。」

蘿柔乾笑。她這輩子從來就沒有做什麼事只為了「不想當壞人」。可是她知道這種人。保羅就是這樣，所有的本能和感覺都叫他不必為了讓某人感到五分鐘的舒坦而委曲自己，但他卻偏偏要刻意求全。

「之後你就跟她綁在一塊了？」

「對，的確是。」他用手指畫著杯口，若有所思的樣子很不像平常的他。

「是誰先叫停的？最後？」

「是我。然後那個會記恨的壓力鍋就爆開了。她可不想不大吵一架就讓我走。有些晚上很激烈，真的很激烈。後來有一天她說她受夠了，把帕琵丟在我家門口，就從地球表面消失了。」他聳肩。「很慘痛，真的，」他說，「真的很慘痛。慘痛的女人，慘痛的故事。妳知道。」

這晚的氣氛變得肅穆，微微讓人不舒服。

「對不起，」蘿柔說，「我不是故意害你傷心的。我只是……這樣的關係有點奇怪。你跟我。還有愛莉。我只是想多了解一點。」

他點頭。「我懂，」他說，「我百分之百了解。而我當然是為帕琵覺得難過，像那樣被拋棄。沒有一個孩子會想感覺他們沒人要，即使他們對於拋棄他們的人並不怎麼在意。可是——」他稍微開朗了一些——「現在帕琵有了妳。而妳真是一劑良藥。對我們都是。乾杯。」他把杯子伸過來，兩人的酒杯互碰，同時也四目交會。

她回頭去盯著盤子上的肉，被宰殺的小牛犢粉紅中帶灰色的肉。她切了一刀，酒紅色的肉汁流在盤子上。

她發現自己失去了胃口，卻不知道是為什麼。

26

隔天蘿柔把車子停在王十字路的停車大樓，朝葛瑞納利廣場的聖馬丁藝術學校而去。她在吃早餐時隨口問起莎拉潔，佛洛伊德說她今天在這裡工作。

這是個沒精打采的一天，葛瑞納利廣場寬敞安靜，散落著一些鴿子，只有寥寥幾人冒著寒冷坐在戶外喝咖啡抽菸。

她在服務處詢問莎拉潔・魏秋，得知她會工作到午餐時間，所以她就到隔壁的餐廳去，吃第二份早餐喝第二杯咖啡和一杯薄荷茶，十二點半才又回去，在外頭等她。

莎拉潔終於在一點十分出現了。她穿了一件極大的粉紅色人造皮草大衣，靴子看來也是過大。她看見蘿柔嚇了一跳。

「喔，」她說，「嗨。」

「嗨！很抱歉，妳知道，莫名其妙跑來。我只是……妳餓了嗎？我可以請妳去吃飯嗎？」

莎拉潔看著手腕，再抬頭看天空。「我應該要……」但是她沒說完。「好啊，」她說，「謝謝妳。」

兩人進了對街的酒吧，是新開張的，兩側都是厚玻璃窗，可以看見廣場和運河的風光。店裡坐滿了上班族和學生。兩人都點了魚餅和氣泡水，興致缺缺地戳著麵包籃裡的麵包。

「妳今天好嗎?」蘿柔問。

「我OK。」

「工作怎麼樣?」

「喔,也OK。有點冷。」

「是啊,這個時節不太適合當裸體模特兒。」

「人體素描。」

「對,抱歉。學生有多少?畫妳的?」

「今天大概十二個。可是有時候會多到三、四十個。」

「妳有什麼感覺?那麼久的時間,保持同一個姿勢?」

莎拉潔聳聳肩。「其實沒什麼。就跟在家裡差不多。我做過的事,去過的地方。有時做這種事會讓我的頭腦跳來跳去的,我發現自己到了有好幾年想都沒想過的地方,像是我以前學校附近的酒吧,或是十八歲時去過布拉格的一家餐廳,或是我去看我外公外婆時都會去走的鐵軌,還有那裡的峨參的香味……」她掰了一小塊麵包,放進嘴裡。「那些小鳥,叫什麼來著?斑尾林鴿。發出的噪音。」她微笑。「滿好玩的。」

「然後妳就突然想起了妳在一群陌生人面前一絲不掛?」

莎拉潔拋給她不解的一眼。嘴巴張開,彷彿是要回話,卻又閉上了。蘿柔想起了帕琵說過她沒有幽默感。

「那妳今天看見他了嗎？賽門？」

莎拉潔緊張地左看右看，警告地挑起一道眉毛。

「對不起，」蘿柔說，「我太不小心了。而且，坦白說，我不是為了這件事來找妳的。我只是……」她交叉雙腿。「那天晚上我們談的事。愛莉的……」

「對。我真的很抱歉，我實在是神經大條，我有時候就會那樣。」

「不，沒關係，我不介意。我不介意。那些事我以前就都想過，這整件事裡沒有一個地方不是我早想過一百萬次的了，真的。包括她的背包。可是妳正要說什麼，那天晚上，跟帕琵的媽媽有關的。諾愛兒的事。」

莎拉潔抬頭從濃密的睫毛底下看著她，又垂下眼皮。「對。」她說。

「那？」蘿柔鼓勵她。「是什麼？妳是要說什麼？」

「喔，沒什麼。只是她有點奇怪，有點讓人發毛。」

「知道嗎，」蘿柔說，「我昨晚看了愛莉的舊日記。她寫到了帕琵的媽媽。她說她是『會記恨的壓力鍋』。她還說諾愛兒會送她禮物，誇獎她是她最棒的學生。而我是覺得有點……」她搜索枯腸，努力要接上下一句話。「妳跟她常常見面嗎？」

「沒有，不算有。我小時候常常到爸那兒住，有時候她會在，可是不是每次都在，而且她表現得好像很討厭我。」

「怎麼說？」

「喔，就是對我的行為說些很刻薄的批評。說我沒教養。說如果是在她家，我這麼撒野絕對會被打得青一塊黑一塊的。而且我爸一離開房間，她就不理我，把我當空氣。她叫我『那個女孩』。妳知道。『那個女孩會來嗎？』『那個女孩幾時要回家？』之類的。她真是他媽的邪惡透了。」

「天啊，真可怕。她懷孕的時候妳一定嚇壞了。」

「我哭了。」

「我一點也不意外。」

兩人稍微分開，讓服務生放下她們的餐點。她們謝過他，再彼此互看一眼，意有所指。

「帕琵出生時妳有什麼感覺？」

莎拉潔拿起刀叉，從中間切開魚餅，熱氣升了上來。過了一兩秒，她又放下了刀叉，聳聳肩。「就，不知道……隨便啦。我十二歲。她只是個小寶寶。」

「可是她慢慢長大，變成了一個小人兒呢？妳跟她很親嗎？」

「大概吧。還可以吧。剛開始我不是很常看到她，因為……嗯，主要是因為我不想要。」

「喔，」蘿柔說，「因為妳吃醋？」

「不是，」她堅定地說，「不是，我太大了，不會吃醋。我不想要見她是因為我不相信……我不相信她是真的。」

蘿柔詢問地看著她。

「很難解釋，可是我以為她是個機器寶寶，或是異形寶寶。我不相信諾愛兒真的生了她。我怕她，怕死了。」

「哇，」蘿柔說，「這種反應還真奇怪。」

「對，有點反常。」

「妳覺得妳為什麼會有那種感覺？」

莎拉潔拿起刀子，翻來覆去地把玩。「有一件事——」她開口說，卻又猝然中斷。

「一件事？」

「對，一件事。一個時刻。直到今天我還是不知道是不是我自己想像出來的。我是個滿古怪的小孩。」她乾笑幾聲。「現在還是。這點我是知道的。我有一陣子在學校裡有個特別助理，因為情緒問題。我很容易會暴怒，有時會哭。而這件事，就發生在最激烈的時候，太多的事情在太多的方面都湊到一塊，亂到最高點。青春期、荷爾蒙、社交焦慮，我還在氣我爸媽離婚，那些狗屁倒灶的事。我不是個人見人愛的孩子，也不是個乖孩子。我簡直是一場惡夢，說真的。而就在這段期間，我覺得我看到了什麼。」她把刀子輕輕放在桌上，定睛看著蘿柔。「我從我爸臥室的門縫偷看，那時候諾愛兒大概懷孕八個月了。我看進去，然後……」她打住，視線落在桌上。「她沒穿衣服。可是她的肚子平平的。她沒穿衣服，」她重複說，「肚子卻平平的。我不知道我究竟是看見了什麼。我一直沒辦法理解。一直不知道是不是因為我這個有點瘋癲的怪小孩害怕會有寶寶到來，還是說我看到的是真的。可是三個星期以後寶寶就生下來了，我嚇壞了。我一直到她快一歲了才肯看她。」

從莎拉潔開始說之後，蘿柔就連一束肌肉都沒有動過。

「妳跟妳爸說了嗎？」

她搖頭。

「妳跟別人說過嗎？」

「我告訴了我媽。」

「她怎麼說？」

「她叫我不要再瘋瘋癲癲的了。」

「寶寶是在哪裡生的？」

「我不知道。我從來沒想過。」

蘿柔閉上眼睛，忽然間諾愛兒·唐納利的臉掠過了她意識的最前沿，清晰明確，彷彿像是昨天才見過。

第三部

27

喔，輪到我了是嗎？

好。好。

我們要像匿名戒酒會的聚會一樣嗎？我的名字是諾愛兒．唐納利，我做了一件壞事。

我不會給自己找藉口，可是我的成長過程很辛苦。上頭有兩個恐怖的哥哥，底下還有兩個弟弟。一個妹妹八歲就夭折了。我的父母對孩子的有限能力一點也不能體諒，他們相信孩子應該要在各方面都像個大人，只有一點例外，就是不能有自己的意見。我們家不是很虔誠，這一點在當時的時空背景是滿奇怪的。週日上教堂是個很好的機會去發現別人家的孩子都比他們的強。聖經裡有很不錯的經文可以用來播下恐懼的種子。我們都相信地獄和天堂，雖然我們別的什麼都不信。而性是只有噁心的人才會做的，無論結婚了沒有。我們絕不追問我們是怎麼來的，想像中是某種隔著磚牆的貞潔靈交。因為我的父親母親他們分房睡。

我們的家是山上一棟有十間臥室的別墅，四處是綿羊，得走一哩半才能到學校，下山去學校，上山回家。我爸媽有時會接納孤兒——緊急狀況發生的時候——他們在夜闌人靜的時候被送來，睡眼惺忪，一大批的兄弟姊妹，睡在閣樓上的宿舍裡。我們管它叫「孤兒室」，叫了很久，連裡頭已經沒有孤兒了我們還是這麼叫。所以他們不可能完全是壞人。可是整體來說，對，他們不是好人。

我們家是以聰明出名的。你知道那種家庭嗎？我們都知道那種家庭。到處是鋼琴，書多到讓人不敢相信，成績不到A就是失敗。我們開口閉口談的都是這個，課業上的表現。我父親是數學老師，我母親是醫學史作家。我們上的都是最好的學校，比別人都還要用功，囊括所有的獎項、獎牌、獎學金、獎盃。我發誓，我們連一點殘羹剩飯都沒留給別人。

我算聰明，總能名列前茅，這點毋庸置疑。可是我吃虧在我是中間的孩子，我是女生，我不是死掉的那個。茉凱樂。我不是她。茉凱樂比我瘦，比我個性好，而且對，想當然耳，比我聰明。而且當然不像我還有一口氣在。你會這麼想，對不對？我在父母親的心目中會更寶貝。唉，至少我們還有可愛的諾愛兒。但事實並非如此。

茉凱樂死於癌症。我們都以為是感冒。我們錯了。

反正，這就是我。沒那麼瘦，沒那麼聰明，只有死掉的姊姊加上四個恐怖的兄弟和批評多於慈愛的爸媽。

我還算不錯。我念了三一學院，拿到了數學學位，又在應用數學系拿到了博士。畢業後沒多久我就搬到倫敦，有一陣子我只當聰明的諾愛兒，而不是唐納利家的諾愛兒，是滿不錯的。我往財經方面放手一試，覺得我滿想要非常有錢的。想要一輛跑車，一間有陽台的公寓。可是那不是我，大家都知道那不是我，所以我在賺夠了一輛小機車的錢之前就離開了，更別想什麼汽車了。

知道嗎，回顧那段時光，我對自己感到驚訝，真的。我是那麼年輕，又天真得可以，一個人也不認識，然而我卻置身於大都會沸騰的大鍋之中，在荷蘭公園的公寓裡佔了一個房間。我完全不知道我在那個地區飛了有多高，我以為每個從愛爾蘭來到倫敦的人都住在一條房屋像結婚蛋糕的街上。我不知道還有沃爾瑟姆斯托這種郊區。而且我滿漂亮的，知道吧，回想起來，我有模特兒的外貌，幾乎是，是那種素顏、彎腰駝背的那一型，長腿，亂髮，水汪汪的大眼睛。不過沒有人說過我漂亮，一個也沒有，我真不懂是為什麼。

我有一陣子在一家高檔雜誌社的財經部門工作，而且有整整三年就像隱形人。然後我被裁員了，不得不放棄荷蘭公園的可愛小房間，告別了寬闊的大道，告別了大道上的有機肉販，那時甚至還沒什麼人了解什麼叫有機，告別了販賣裝在錫罐裡的龍蝦濃湯的食品店，告別了有橘子園和涼亭的公園。那時我才發現還有沃爾瑟姆斯托這個地方：E17區，小小的褐色房屋、欲振乏力的洗衣店、加窗板的辦公室和木板封死的大樓。

我決定去受訓當老師。

我不知道是哪根筋出了錯。我已經向自己證明了我沒有存在感，我無論如何也無法吸引別人注意。我是怎麼會覺得我能夠讓一班三十個張口結舌的青少年聽懂基本代數的，我不知道。

我獲得了教書資格，可是沒帶過自己的班。我失去了勇氣。光想到我就胃痛。所以在三十歲那年，我在當地報紙登了廣告，開始當家教。我非常稱職，而那些愛打果泥的媽媽就到處宣傳，把我當餐廳一樣推薦，所以我的荷包夠飽滿了，可以搬出沃爾瑟姆斯托的小房子裡的小房間，在斯特勞德格林路買一棟房子，這裡的房子稍微大一點，並沒大很多。就這樣。就這麼過了很長的時間。還有，喔——我說過嗎？——我到這時還是個處女。

我十四歲到十五歲時在愛爾蘭是有男朋友。他叫東尼。所以親吻那些事都做過，我以為其他的部分以後就會體驗到。唉，並沒有。

不，我沒開玩笑。

後來我在《泰晤士報教育副刊》上看到一本書，專為那些自認為「做不來數學」的人寫的；相信我，世界上有一大堆自認為做不來數學的人。這一點我是很難理解的，因為說真的，我並不是。怎麼會有人能夠了解走進一個滿滿是人的房間，找出什麼話題來談，可是這些人卻完全不懂數字是怎麼回事？我怎麼想都想不通。我現在忘了那本書叫什麼了，可能是「數學不好」。對，就是它，就是「數學不好」。我買了，也讀了。它幫我睜開了眼睛，看見了我想都沒想過的事。但是不止於此，它還逗我笑。基本上我不是一個愛看書的人，我會讀這本是因為《泰晤士報教育副刊》上提到它，所以我沒想到一本寫數學的書也能這麼幽默。但確實是，幽默，到處是幽默。而且內頁還有張照片，是一個可愛的男人，笑容滿面，一頭黑髮。

是你的照片。

在我讀你的書之前，我從來不是什麼粉絲。我有喜歡的電視節目，尤其喜歡《布魯克塞德》（Brookside），我看到最後一集。雖然我基本上是古典樂迷，廣播如果出現「接招」樂團的歌，我也會精神昂揚。而多年來我當然有暗戀的對象，一大堆。不過都不一樣。

你不一樣。

你記得嗎，我們的第一次相遇？我知道你記得。國家展覽中心的教育展，你在你出版社的攤位上簽書。我每年都去。家教是一個孤寂的世界，三不五時就得把自己插進主流裡，了解大家都在做什麼。說到北倫敦的這些媽咪，你不能只是昨天的本月特選，你得事事都出類拔萃。

但我會去主要是因為我知道你會去。我還特別打扮了一番：我換上了裙子、褲襪，搽上了太妃糖蘋果色的唇膏，襯托得我的頭髮更加紅豔、我的藍眸更加閃耀。我那時四十一歲。進入青春的秋天了。天啊，差不多是進入冬天了。而且，對，我仍是處女。

你坐在一張高桌後的高椅子上，面前堆了一小摞書。攤位前一個人也沒有，沒人排隊，你後方的牆上有個小廣告牌寫著「作家佛洛伊德．鄧恩會為他的書《數學不好》簽名，今天下午一點到三點」。旁邊是一幀相片，你的相片，和書裡的相片同一張，我目不轉睛看了好幾個小時，記憶住你的頭髮是如何的落在耳朵上，你努力露出的認真笑容，嘴巴形成什麼樣的線條。

我的目光從相片上移向你，再移向相片。你比我想像中要瘦。我本以為你會有點肚子的，我也說不上來是為什麼。

「哈囉！」你看我走近就出聲招呼，彷彿是有人把你的插頭插上，打開了開關。「哈囉！妳一定不知道我有多緊張。妳一定猜不到。我裝得非常、非常酷。」

「哈囉，」我回話，兩隻手緊緊抓著翻閱過太多次的你的書。「我自己帶書來了。你願意幫我簽名嗎？」

我把書拿給你，你露出那種笑容，像是你用眼睛在我的靈魂中放煙火，砰砰砰。

「啊，」你說，「這本書深受喜愛呢。」

我是可以跟你說我看過了三十次；我是可以跟你說你的書逗我笑的次數多過了沒讀之前的一年的總和；我是可以跟你說我太佩服你了。可是我要你把我當作是平等的人，所以我只是說：「這是一個非常有用的工具。我是數學家教。」

「喔，」你說，「真是太好了。」你接過書，筆停在標題頁上。「要我寫上妳的名字嗎？」

「要，」我說，「諾愛兒。謝謝。」

「諾愛兒，」你說，「很可愛的名字。妳是聖誕節出生的嗎？」

「對，十二月二十四日。」

「最好的聖誕禮物？」

「不，」我說，「顯然不是。顯然我毀了每一個人的聖誕節。」

你笑了，我沒想到你是會呵呵大笑的那種人。在你的相片中你就像是一個就算被人搔癢到快忍不住了也頂多是會哈哈大笑的人。可是，不，你會開懷大笑，你的嘴巴張得很大，頭向後仰，雷鳴似的笑聲爆發。我喜歡，非常喜歡。

你在我的名字之後寫了什麼，我想看，可是我不想顯得猴急。

「你是美國人。」我說。

「某種程度上是，」你說，「而妳是愛爾蘭人？」

「對，無論是用什麼尺度來量。」

你喜歡我的小笑話，你又笑了。感覺像是有人戴著天鵝絨手套在按摩我的胃。

「妳是哪裡人？」

「都柏林附近，」我說，「威克洛郡。養綿羊的地方。」

你又笑了，我覺得膽子變大了，這輩子從沒有過的事。我望望後面，看是否有人排隊，但是我仍然可以獨佔你。

「你明天還會來嗎？」我問。

「不，不，今天結束後他們就會把我弄上回倫敦的火車。火車是，喔，」——你看著手錶——「大約兩小時。我可能馬上就應該要收拾了。」

「你簽了很多書嗎？」

「是啊，好幾百本呢。」你把鋼筆蓋套回去，側著臉對我微笑。「開玩笑的啦，」你說，「大概二十本。」

「大老遠跑來，就為了簽二十本書。」

「我也有同感。」

你把筆插進外套口袋裡，轉過了身，無疑是在尋找一個能把你解救出苦海的人。

「那，」我說，「我就不耽誤你了。希望你回倫敦一路平安。你住在哪裡？」

「北倫敦。」

「喔，」我說，演技媲美奧斯卡影后。「真巧。我也是。」

「喔！」你說，「哪裡？」

「斯特勞德格林路。」

「哎呀呀，真是無巧不成書，我也是。」

「你住在斯特勞德格林路？」這一點我倒是很意外。打死我我也不可能會相信。

「對！拉提默路。妳知道嗎？」

「知道，」我說，喜悅終於從我的耳朵、我的眼珠、我的鼻孔滿溢出來。「我知道。離我那兒只有幾條街。」

「哎呀呀。那說不定有一天我們的道路會交會呢。」

「對。」我說，輕巧得就像是真有那麼一天的話也不過就是個有趣的巧合，而不是我所有的希望和世俗的美夢成真了。「說不定喔。」

兩星期後，成真了。

28

要說我一直在跟蹤你，那就太誇張了。我們的住處畢竟只隔了兩百呎。不過，若是說我比平常更勤於出門，那倒是滿中肯的。冰箱裡若是有瓶牛奶快空了，我就會充滿喜悅。哎呀，我又得跑一趟街角的商店了。要是我回家來才發現我剛才應該順便買報紙的，我也不會懊惱得像世界末日。披上外套，回到大街上，一隻眼睛看著這邊尋找你，另一隻眼睛看著那邊尋找你。但凡能讓我經過拉提默路路口的藉口，都是額外的紅利。

然後有一晚我終於看到你了，你在便利商店，穿著藍色連帽薄風衣和牛仔褲，手裡握著一瓶紅酒，專心地研究著早餐穀片。我說：「佛洛伊德．鄧恩。」

你轉頭，立刻就想起我來。我知道你一眼就認出了我，出乎我的意料。從來沒有人一眼就認出我來過。可是你微笑，說：「我認識妳。妳去過國家展覽中心。」

「對，我去過。我是諾愛兒。」

我伸出手，你跟我握手。

「諾愛兒，對嘛。那個沒人要的聖誕禮物。妳好嗎？」

「非常好，謝謝。你呢？」

「我中等的好，有這種說法的話。」

「有啊，」我說，「好有很多等級。」

我想起來了，當時有一點小停頓。很可能是彆扭，不過我這一生差不多都很彆扭，所以由我來評斷的話就太不合適了。不過你出面打圓場，拯救了那一刻，那時我才知道。

你說——而我永遠也忘不了，因為對我而言太特別了——你說：「米脆片或是迷你小麥片？」

這句話聽起來可能沒有什麼，但就是這句話沒有的意思才對我無比重要。它沒有排斥。不是瞥一眼手錶，然後說：喔，這麼晚了啊，我看我得走了。沒有暗示我佔用了你太多的人生；沒有說我擋住了什麼好風景。而是發出了閒話家常的邀請。

所以我當然抓住了機會。「米脆片，」我說，「很好吃，可是吃完五分鐘就又餓了。一肚子空氣……」

你笑了。我喜歡你歪斜的牙齒。

「一肚子空氣，」你重複說，「妳真好玩。」

「不，我只是愛爾蘭人。」

「沒錯，」他說，「說到幽默，妳確實是有一種天生的優勢。那，」你轉頭去看早餐穀片。「七歲大的女孩，母親是健康魔人，所以不能買任何含糖的東西。妳會選擇什麼？」

七歲的女孩？嗯，在你的自傳裡沒有提到七歲的女孩。我不能說我有多喜歡小女孩。「我們說的是你的女兒嗎？」

「對，莎拉。她母親和我最近分居了，現在我是週末爸爸。所以我可不能犯太多錯。我太太已經認為我會把孩子丟在哪個地方，或是任由她把手放進果汁機裡。諸如此類的。」

「那就選維多麥，」我說，「這一牌的糖分最少。」

你的神色變軟，又笑了。「看吧，」你說，「我就知道問對人了。我就知道妳會知道。妳有孩子嗎？」

「沒有，連影子都沒有。」

就在這時你看著我，我看得出你在納悶是否該說什麼，什麼特別的話。

我表現得好像我不計較，而你也決定了什麼都不說。我看得出你把話——無論是什麼話——吞了回去。「妳真是幫了我一個大忙，謝謝妳，諾愛兒。」

你拿起了維多麥。就這樣。

不過這樣就夠了，下一次我再遇見你，一週之後，我們有了一點點尚未結束的東西，一點點的交情。這一次我們稍微聊了聊天氣。再下一次，我們聊了當天早晨在報紙上看到的會毀掉所有學校的政府政策。直到第四次，教育展後的一個月，你才說：「妳去過那家厄利垂亞餐廳嗎？地鐵站旁邊的？」

「事實上，並沒有。」

「喔，那家好極了。我吃了好幾年了。妳應該試一試的……其實呢……」

來了，你的晚餐邀約。

對，佛洛伊德。你的晚餐邀約。我知道你會想要扭轉這件事，重寫它，就如扭轉重寫別的事情一樣，可是你知我知，是你開始的。你看見了我，佛洛伊德。你看見了我，而且你要我。你請我吃飯。你準時出現，並且衣著光鮮。你沒有看著我說：這是個可怕的錯誤，然後掉頭就跑。你看見我走進來時露出笑容，站了起來，按住我的肩膀，跟我臉貼臉。你說：「妳的樣子真漂亮。」你等到我坐下來你才坐。你保持穩定的視線接觸。

你就是這樣。你百分之百是這樣的。

後來也是你。幾天之後你打電話給我（時間剛好夠讓我緊張，剛好夠讓我想要先打給你，但是我沒有。我沒有）。你邀請我去你家。

沒錯，就是你。

你那晚的目標顯而易見。你想要跟我上床。不過沒關係，因為我想要跟你上床。我不在乎晚餐有些馬虎——是什麼來著？麵條吧，我覺得，配上了店裡買的醬汁，你大概只花了五分鐘就把食物搞定了。不過倒是有一瓶很不錯的酒，我沒記錯的話。一個小時後我們倒在你的沙發上，你拉扯我的衣服，趴在我身上氣喘吁吁，我說：「不管你信不信，我還是處女，可能是全世界絕無僅有的一個。」而你非常有風度地聽了進去。你沒有哈哈笑，也沒說，愛說笑。你沒有退縮或是嘆氣或是叫我回家。你很溫柔。你又重新愛撫了我一遍，把我化成了一灘水，而且你的動作非常慢、非常有耐性。可是還是痛。是的，還是痛。但是我早有準備，而且坦白說，你並不是班上最粗獷的男生，你了解我的意思吧。其實是算我走運。

而且我知道。我以為我真的知道從那時開始你我的關係就是砲友。我無所謂。

可是幾個月後我習慣了你，習慣了你的枕頭和你的麥片碗，你在沐浴之前的頭皮味道，你打電話或是傳簡訊在我的手機上出現的姓名。你佔據了我人生中的一大部分：要以數字來表達的話，是超過了百分之三十。而百分之三十中的百分之三十全是性。剩下的就是躺在你的床上聽你洗澡，等待你的電話，看著你煮飯，看著你吃，坐在你的沙發上跟你一塊看電視，偶爾去上館子，偶爾走在公園裡，約定見面的日子。對於一段以性為基礎的關係來說，我倆有許多共同的存在，有許多不性交的時間。足以形成一種牽絆了。我沒說過我愛你，你沒說過你愛我。有的人會說這樣就可以讓我們之間疏遠淡薄了，但是我不同意。

我強烈地不同意。

29

你跟我在一起一年之後我才和莎拉潔初見面。在那之前她只是每隔一週就來你家度週末，很輕易就能讓我們區隔開來。可是你的前妻找到了工作，突然就把莎拉丟在你家門口，而且常常沒有及早通知，常常是在你請我來過夜的時候。

唉，你是說過她是個難搞的孩子；她對離婚的事反應很差，你說的。我也說過，我從來不喜歡小女孩，她們看你的表情，有時候就像是她們的心裡裝滿了恨。

而莎拉潔，她簡直不像人類。皮膚那麼薄、那麼蒼白，連血管都看得到。還有一頭驚人的白髮。不是金色的，不，是白色的，像老阿嬤。她的個頭也太袖珍了，像五歲，而不像八歲。

我盡量示好。我真的試過了。你知道的。你也在，記得嗎？

「喔，妳一定是莎拉潔。真高興認識妳。」我想跟她握手。我總是會和孩子握手，因為你說不準他們是不是那種喜歡你把他們當成人的類型。有些孩子會因此而成長茁壯，眼睛看著你，也同樣示好：看著我，認為我了不起，告訴我我比其他的孩子優秀。有些則連甩都不甩，只想以最快速度脫離。所以我發現握手是介於哄著他們與忽略他們之間的一個很好的妥協，有時候你會發現你是第一個跟他們握手的人，而無論你怎麼看，都是一件好事。

莎拉潔沒握住我的手，她一轉身就哭著跑出了房間。

老天。

你去追她。我聽見你的聲音，站在你的門廳內，一手重重地垂在身側。我覺得自己像個怪物。我記得我照著掛在你家牆上的鏡子，就在門邊的桌子上方。那時我對自己的喜愛多了很多。我逐漸聚焦在正面而不是負面的部分。要是像你這樣的男人會想要碰觸我，想抱住我，那我當然不算那麼差勁吧？但是那天鏡中的那張臉，那一刻你正在緊閉的門後安撫你哭泣的女兒，那不是一張我想要看到的臉。我看見了眼睛底下的黑眼圈，我的皮膚緊緊繃著顴骨，往下巴耷拉，頭髮像生鏽的水一樣的顏色，留得太長不適合我的臉型。我不漂亮。我不漂亮。

你的女兒提醒了我這一點。

之後，唉，就很難喜歡她了。

之後，有一陣子，我也很難喜歡我自己。

我不應該放在心上的，我現在知道了。莎拉潔是個極其情緒化的孩子，什麼都怕，不僅僅是她家門廳裡的女人。可是我確實放在心上，再也沒辦法對這個孩子和和氣氣的了。公平一點，你自己也發現她難搞。她是個冷漠的孩子，動不動就耍脾氣。耍脾氣根本就不足以形容。要是我迷信，可能會認為她是被魔鬼附身了。她亂丟東西，打破東西，尖聲叫罵要殺了你，要刺你幾百刀，要切掉你的頭。她恨你；天啊，她恨你。別的時候她會退縮黏人，要你陪她去上廁所，因為她一個人不敢去，要你坐在她房間外唱一首特別的歌，唱到她入睡，有時得耗上半個多小時。

那幾個月我們常常談論她，在夜裡枕邊細語，納悶該怎麼辦，該如何處理。我沒有意見。我對小孩子一無所知。我在老家有一千個姪子姪女，可是一個也沒見過，甚至不感一丁點的興趣。可是我提出了適當的建議。「去治療如何？」我建議。「你考慮過嗎？」

但是，不，顯然凱特，完美的小凱特，世上最煩人的前妻（對不起，佛洛伊德，可是她就是，而你也知道，那種氣喘似的聲音、玩偶般的眼睛，每次你跟她說莎拉潔的不良行為，她的下巴就往下掉，說：「喔，小潔潔。可憐的小把戲。把拔又太晚讓妳上床睡覺了嗎？」天啊，我真想一刀把她切成兩半，真的），不，凱特不能接受。「吃了太多糖」、「睡眠不足」、「這星期在學校裡太辛苦了」。沒完沒了的。她看不出她的孩子簡直就是反社會人格。

不過我應該更努力的，我應該更和氣的。如果說在這件事上我也有錯的話，這些就是我的錯。我害你不喜歡她。是我。我們摧毀了她，我們兩個。我們因為彼此的沮喪，彼此的無力而聯合陣線。而你越是不喜歡她，你就越會和我一個鼻孔出氣。我變成了正常人。我變成了神智正常的人。而我擁抱這種新的動力。百分之百。

而現在，佛洛伊德．鄧恩，看著我，看著我的眼睛，跟我說不是你。說啊。你敢嗎？跟我說不是你先說的，不是你在某天晚上在床上轉過頭來，在我們性交之後，你握住了我的兩隻手，親熱悠長地吻我的手，說：「要是妳跟我生個孩子，說不定會像我。」

30

蘿柔直接從王十字路駕車到漢娜的公寓，比平常更賣力打掃。再也沒有地方可整理之後，她走進漢娜恐怖的後院，花園裡散發出令人失望的夏日霉味，她拿一把剪枝刀剪光了所有的枝葉，只留下發黑的樹幹和泥巴，以及漢娜從沒用過的生鏽的烤肉架。她沒戴手套，事後她的手又是割傷又是擦傷，可是她不在乎。她搽了些漢娜的護手霜，享受著乳霜滲入肌膚時的刺痛感。

今天沒有花。不過坦白說，蘿柔不再關心女兒的神秘愛情生活了。就讓她有個神秘的愛情生活吧。讓她有女朋友，男朋友，老男人，年輕女人，兩個年輕女人和一隻狗。隨便。讓她要她要的人。時候到了漢娜自然會告訴她。

昨天重要的事情都不再重要了。此時此刻對蘿柔最重要的事是把目前堵在她心裡的新資訊揉散掉，它打了好幾個結，她確信有什麼意義，可是又太不可能了，太怪誕了，她連線頭都找不到。

她把漢娜的三十鎊鈔票塞進皮包裡，鎖好公寓門，回去開車，飛快開回家。

把諾愛兒·唐納利這幾個字鍵入電腦並沒能給她什麼結果。天底下的諾愛兒·唐納利多得嚇人，蘿柔很確定如果諾愛兒故意搞失蹤，然後又以物理治療師之姿出現在芝加哥，她當然不會在網路上大聲張揚。她鍵入諾愛兒・唐納利　數學家教。搜尋的結果多了點，有幾個是和諸如「找家教」和「我的完美家教」網站連結的。可是逐一核對之後都是死胡同，也沒有新的推薦函。

她改打諾愛兒・唐納利　愛爾蘭。有許多，卻沒有一個是她要找的諾愛兒。最後她打了諾愛兒・唐納利　失蹤。半個小時後，她的結論是世人並不在乎諾愛兒・唐納利失蹤了。似乎沒有人注意到。什麼也沒有。

她合上筆電，抓著手腕。竭力回想是誰推薦諾愛兒的。是個鄰居。她能看見那個女人的臉，她能看見她養的狗——一對愛爾蘭長毛獵犬，老是往她身上撲，在她的牛仔褲上留下泥巴爪痕。可是她想不起她的名字。她走向空房的衣櫃，拉出一個箱子，從搬家後就沒打開過。她希望她的舊通訊錄放在這裡，當年會把聯絡電話寫下來，而不是鍵入手機裡。

她在箱內深處找到了通訊錄，翻閱時微微感覺震驚，她從前居然認識這麼多人，而現在卻連想都不會想到。

是蘇西，或是莎莉，或是珊蒂之類的。她越翻越快，翻著翻著驀然停住。粉紅色的便利貼，黏在「S」的那一頁。是她自己潦草寫下的。寫的是諾愛兒・唐納利，還有電話。她想起來了。莎莉——對，是莎莉——她想起來有天早晨打電話給她，說：「愛莉想找家教。妳請過的那個很不錯，對不對？妳有她的電話嗎？」當時草草抄下，撕下來，貼在上頭。「謝了，莎莉，妳是我的救星。改天見！」她的狗在後院裡吠叫。

她撥了電話。驚奇的是，居然有人接。是個年輕男人，帶著愛爾蘭口音。

「哈囉，」蘿柔說，「抱歉打擾了。我在找以前住在這裡的人？諾愛兒．唐納利？」

「啊，對，對，」年輕人說，「諾愛兒是我姑媽，可是沒有人知道她在哪裡。」

蘿柔有片刻無言。她本以為會聽到電話無法使用的聲音，最多也是一個沒聽過諾愛兒．唐納利的陌生人。想不到接聽的人卻是她的血親。

「喔，」她說，「那，她是失蹤了嗎？」

「他們是這樣說的，」男孩子說，「他們是這樣說的。」

「是這樣的，」蘿柔說，「我認識了諾愛兒的女兒，還有諾愛兒的前夫。嗯，有些事……」

她該怎麼說呢？「有些事我想請教一下。關於她離開的事。我能過去拜訪嗎？」

「妳說妳是誰？」

「我是帕琵的朋友。」

「喔，對，她那個女兒。我奶奶有時會說起她。」

一陣短暫的沉默，蘿柔在猜他是否聽見了她說要過去拜訪，不過他接著說：「好啊，有何不可？地址是哈羅路十二號。就在斯特勞德格林路那邊。」

「現在嗎？」她確認。「我可以現在過去嗎？」

「好啊，」他說，「對了，我叫約書亞。約書亞．唐納利。」

「我是蘿柔．麥克，」她說，「我大概半個小時就到。」

哈羅路就在主街轉彎的附近，這段街道蘿柔在看過電視新聞報導愛莉失蹤那天的監視畫面無數次之後更加熟悉了。就是那輛汽車停放的正對面，愛莉用車窗照鏡子的那輛車。

十二號靠近轉角。是一棟小房子，一整排小房子的其中一棟，前院有一小株櫻花樹。房屋的狀況不佳，看來就像沒有人住。

約書亞．唐納利打開了門，站到一邊。「請進，蘿拉，」他說，「請進。」

「是蘿柔，」她說，「意思是桂冠。」

「喔，對，桂冠，對。」他關上了門。他個子不高，精神飽滿，穿著過大的束口運動褲和一件紅白雙色足球衫。頭髮剪得非常短，從髮際線那兒剃了一小條線。他有一張討喜的臉，幾乎可以算漂亮，而且睫毛非常長。

「這地方還要請妳多多包涵，」他說，帶領她到小小的前廳。「只有我跟我哥哥住，我們不是居家型的男人。」

房間裡有兩張褐色皮沙發，許多松木家具。牆上掛著現代藝術的海報。衣服掛在後門邊和椅背上風乾。到處都可見馬克杯和一堆堆像是大學書籍的東西。但是整體而言屋況並不破敗。

「那，你是諾愛兒的……？」

「弟弟的兒子。對。他們一共四個，四個兄弟。還有兩個女兒，但是一個很小的時候就死了，另一個就是諾愛兒，而誰也不知道她怎麼了。」他拿開沙發上的一些教科書，以掌緣把麵包屑拂到地上，請蘿柔坐下。「妳要喝點什麼嗎？茶？可樂？」

她坐下。「不用了，謝謝。」

「妳確定？不麻煩的。」

「真的不用。謝謝你。」

他為自己在另一張沙發上清出空位來，也坐下了，膝蓋分得很開，一條腿上下抖動。

「你是從諾愛兒那兒繼承這棟房子的嗎？」她問。

「不是的，我不會說是繼承的。家裡算是接收了它，知道吧？這裡就像是我們的小旅館，誰來倫敦需要地方住就會過來。現在是我和山姆，我哥哥。」

「你們在這裡住多久了？」

「從十月開始。我剛入學，在金匠學院念書。我還會待上幾年。不過在我之前還有別人。我是說，我們一共有十三個堂兄弟。不過我們不准搬走什麼或是亂碰什麼，妳懂我的意思吧？我們得保持原狀。多多少少啦。」

「以防她回來？」

「對，當然是以防她回來。沒錯。」

「你覺得她會回來嗎？」

「啊。」他聳聳肩。「問題就在這兒了。知道嗎？我沒見過她。我們這些堂兄弟沒人見過。她就像是我們家的幽靈成員。我們會聽說她的事，聽說她給自己買了棟房子，聽說她跟一位有名的作家在一起，聽說她懷孕了，等等等等。可是我們從來，從來沒有見過她。是不是很奇怪？」

他朝蘿柔眨眼，嘴巴笑成了一個圓，蘿柔也同意。「對，」她說，「對，很奇怪。」

她環顧四周，看到松木架上滿滿的書，以及牆上被陽光照得泛白的海報。「那這一些，」她說，「家具、書，都是諾愛兒的？」

「對，對。全都是。我是說，樓上衣櫃裡，她的衣服都還在。真的。她的內衣和她的小東西。」

「沒有人來收拾打掃過？完全就是她當初離開時的樣子？」

「對，差不多。」

蘿柔覺得有一股驚人的衝動，想要跑上樓去東翻西找，拉開抽屜翻揀文件。找什麼呢？她心裡想。她是覺得自己會找到什麼呢？

「你覺得你姑姑是出了什麼事？」她問。

「我真的一點也不知道。我是說，她是應該要回愛爾蘭的，我是這麼聽說的。她帶了她的東西：她的護照、她的信用卡，她收拾了一個袋子、一些照片。她顯然是要出遠門。可是無論她是要去哪裡，看起來她好像一直沒去？她的護照沒使用，也有許多年沒有使用提款卡了。」他把掌心朝上，再放到膝蓋上。「真是奇怪。」

「知道嗎，」蘿柔輕聲說，「我女兒失蹤了。」

「是嗎？」約書亞向前坐，興趣被挑起來了。

「她在二〇〇五年失蹤的。我女兒最後一個現身的地方就是這裡。」她指著斯特勞德格林路。「就在那裡。在紅十字商店對面。在監視畫面上。」

他瞇起了眼睛，兩人默默坐了一會兒。

蘿柔在衡量，能向這名討喜的青年刺探多少他才不會起戒心。「帕琵，」她說，「你表妹。你見過她嗎？」

「沒有，我們都沒見過。她是唯一我們沒見過的表妹。說起來還真可惜，因為我有個跟她一樣年紀的堂妹，珂蕾拉——她很寶，真的，活寶一個——說不定她們可以當朋友。可是那個傢伙，那個寫作的傢伙……」

「佛洛伊德？」

「對，就是他。他很孤僻，老把她關在家裡。我們說可以幫忙照顧她，他根本就不理我們。我的一個伯父好像來過一趟，大概是諾愛兒失蹤之後一年，想跟他打好關係。」他搖頭。「他顯然是很不客氣，表示得很清楚他不想跟我們有瓜葛。」

蘿柔在猜帕琵是否知道她有愛爾蘭親戚。

「那妳是怎麼認識他們的，帕琵和佛洛伊德？」約書亞問。

「我……喔，其實是我跟佛洛伊德在交往。他是我男朋友。」

「喔。」他揚起了眉毛。「這樣啊。」

「而且說來也湊巧，諾愛兒以前教過我女兒愛莉。事實上，她在我女兒失蹤前的幾個星期是她的家教。」

「嗄——在這裡？」他指著地板。

「不是的。諾愛兒到我家來，距離這裡大約半哩路。」

「這樣啊，」他說，「這樣啊。」

蘿柔凝視了他一會兒，暗自希望他能提供她線索，讓她能夠解開心頭的千千結。

「那，妳的意思是發生了什麼不幸的事嗎？」他終於說，「妳就是要說這個？」

「我不知道，」蘿柔說，「我真的不知道。」

「聽起來確實是有點奇怪，」他說，「這點我同意。」他兩隻手肘架在大腿上，瞪著地板一會兒。「聽妳一說倒讓我想起來了，我的腦子慢慢動起來了。」他以指尖畫著太陽穴。「妳有個謎團，我有個謎團，而妳覺得兩個謎團可能是有關聯的？」

「你翻過諾愛兒的東西嗎？」她問。「她的私人物品？日記之類的？」

「沒有，從來沒有。可是……」他頓住。「有一樣東西，一個真的很奇怪的東西。我們一直搞不懂。」他看著門，又把視線轉回來。嘆口氣。「我帶妳去看好嗎？」

「什麼東西？」

「妳得相信我，因為妳不認識我，而我可能會是壞人。」

「什麼意思？」

「嗯，東西在地下室。」

「什麼東西？」

「那個奇怪的東西。我們找到的。在地下室裡。」

蘿柔感覺腎上腺素激增。她看著對面這個長相討喜的男孩子。

「如果妳不想下去，我完全能理解。換作是我就不會下去。可能是恐怖電影看太多了——知道吧，就是那種大白痴，不要到地下室去！的。」

他微笑，而且樣子就像個從愛爾蘭來讀書的正直年輕人。

「妳願意的話，我可以描述給妳聽。不然我下去用手機拍張相片給妳看？這樣會不會比較好？」

她微笑。「沒關係。我下去看。」

「傳簡訊給某個人，」他說，仍然焦慮地看著她。「傳簡訊給誰說妳在哪裡。換作是我就會這麼做。」

她失聲而笑。「帶我去看就對了。」她說。

通往地下室的門在廚房。約書亞從抽屜拿了手電筒，帶她走下幾級木梯。底下是一扇門，他推開門，門後是一間小小的斗室，牆面全部覆蓋著上過清漆的松木板，跟客廳和廚房一樣。牆上高處有扇窗，望出去正好是前院的那株櫻花樹的光禿枝椏。有張小沙發拉開來變成一張床，一台電視，一張椅子。最遠的牆邊桌上堆疊著像是倉鼠籠的東西。

約書亞用手電筒掃過。「我伯父來的時候，籠子裡大概有二十幾隻倉鼠。都死了，知道嗎？四腳朝天。」他模擬死倉鼠仰天躺著，四腳朝天的樣子。「有些顯然吃掉了別隻。我們一點也摸不透是怎麼回事。我們以為說不定是她在養倉鼠，賣給小孩子？可是我們找不到證據。不然的話，為什麼會有這麼多動物？還養在地下室裡？然後又丟下牠們自生自滅？」

蘿柔看著籠子，打了個冷顫。然後她再次環顧四周。除了蜂蜜色的牆面之外，房間感覺空蕩蕩、冰涼涼的。而且還有別的，房間的空氣讓人覺得不寒而慄。

「你覺得這個房間是做什麼用的？」她問，轉身檢查門鎖，一共三道鎖，接著又轉身查看高處的窗子、光禿的樹枝、打開的沙發床及電視。

「我猜是客房。」

「不是很舒適吧？」

「對。我不認為她有許多客人。不管從哪個標準來看，她都不愛交際應酬。」

「那她何必在這下面放一張沙發床呢？還有電視？還有這麼多她丟下不管的動物？」

「我說過了，不是嗎？我說過很古怪。老實說，我覺得我的諾愛兒姑姑可能就是一個大怪人，就這樣。我們覺得是她在年紀很小的時候失去了妹妹，所以她才完全變了一個人，知道吧。」

蘿柔又打了個冷顫。她想到了漢娜失去愛莉。她想到了漢娜黑暗的、毫無靈魂的公寓。她想到了她沒有幽默感的表面形象、她彆扭的擁抱。她覺得一陣驚慌，生怕女兒最後會落得和諾愛兒・唐納利一樣，囤積倉鼠，最後杳然無蹤，身後只留下了一道道的陰影。而在她想著這些時，她的眼睛卻被沙發床下突出來的東西吸引住了。是個小小的塑膠管狀物。她彎腰去拿，是護唇膏，粉紅和綠色相間的外殼。西瓜口味的。

她在手掌裡翻來覆去，隨即放進了口袋裡。不知為何，她覺得這是她的。

蘿柔駕車回家，握著方向盤的手在發抖。她仍能聞到諾愛兒・唐納利地下室房間的氣味，潮濕的木頭、腐爛的地毯。每次她閉上眼睛，就會看到那張醜陋的沙發床、那堆倉鼠籠、牆上高處的骯髒窗戶。

她回家後立刻到客房去把愛莉的箱子從床底下拉出來。她翻找筆、繃帶、戒指、髮夾。愛莉的牙刷在箱子裡，愛莉的梳子，還有幾團橡皮筋，鑰匙環和面霜。有了，在這堆雜物中有一些護唇膏。一共三條。一條是木瓜口味的，一條是芒果口味，一條是哈密瓜口味。她從大衣口袋裡掏出了從諾愛兒的地下室找到的那條西瓜風味的護唇膏，跟其他的擺在一起。

剛好是一組。

31

對，我跟你說我在服用避孕藥，不過嚴格說起來不是的。天地良心，我以為我太老了，在我們不再使用保險套之後兩個月，我已經死心了，不再以為能懷孕。當時報紙上成天在報導卵子在妳三十五歲生日那天就會全部乾涸脫落，而且——天地良心——我的月經遲了，我還以為我枯竭了，以為我停經了。一直到我的牛仔褲變得有點緊我才想到要檢查。所以我買了驗孕棒，看見了粉紅色的線，我坐在家裡的馬桶上，前後搖晃，小哭了一場，因為第一時間我以為我真的想要孩子。突然之間我了解了自己是個白痴，是傻子。我要怎麼養大孩子，我一點母性本能都沒有，我生了一張小孩看了就會怕的臉？而我又怎麼知道你會想要？對，你是說了那些話，可是我猜不到你會作何反應。不算猜得到。

可是我告訴了你，你很開心。至少，你沒有不開心。

「哎呀呀，」你說，「真想不到。」然後你又說：「妳想留著嗎？」彷彿那是條我給自己買的項鍊，還可以拿到店裡去退錢似的。我說：「我當然想留著。它是我們的。」而你點頭。那就決定了。只是你也說：「唉，我不能請妳和我同居，妳知道的吧？」

這句話傷了我，但是我不動聲色。我只是說：「當然，沒關係。」好像這種念頭從來沒有在我心中浮現過。而且說實話，我真的以為你在看見寶寶之後就會改變心意。所以我從來不說我真正的想法，就是我絕不可能一個人養大孩子。

我錯過了兩次經期，但我不確定懷孕多久了。你來陪我去掃描。我記得那一天；風和日麗。你在候診室裡牽著我的手。我們都有點頭暈目眩，當然是因為緊張，我覺得也是因為興奮。感覺就像人生中的有些時光，你覺得你走到了分岔口上，你要邁上全新的旅程，行李箱裝滿了，既期待又擔心。那天感覺清爽嶄新，跟之前的日子和之後的日子分割開來。我從來都沒感覺過跟另一個人類那麼的親近，佛洛伊德，只有那一天。

然後是螢幕，那隻小蝌蚪，我感覺到你的手緊緊握著我的手，你很興奮，我知道你很興奮。那是你的孩子，在我的體內，是一個人，會來到我們的人生中，而且絕不會跟你說討厭你。一個重新開始的機會。一個做對一切的機會。你在那一刻很開心。你是的，佛洛伊德。你很開心。

可是卻沒有聲音。沒有聲音。我沒有懷過孕。我以為也許心臟還沒有成形，也許是我的心跳讓小蝌蚪活著。我不知道即使才這麼點大——醫生說十週了——也應該要有心跳。我怎麼會知道？可是你看著醫生，看著她拿超音波探頭在我的肚子上移動，臉上的笑意褪去，你說：「是不是有問題？」她說：「我有點找不到心跳。」

那時我也知道了。我知道應該要有聲音的，可是卻沒有。

你放開了我的手。

你嘆氣。

而且不是傷心的哀嘆，甚至不是失望的嘆息。是惱怒的一嘆。這聲嘆息說的是妳連這個都做不好，是不是？

比起失掉的胎兒來，這聲嘆息幾乎殺了我。

之後你就表示得很清楚，這可能是我們分手的機會，不傷感情。可是你不夠堅決跟我一刀兩斷，而我抓住了這一點。我陰魂不散，對，我承認。我死皮賴臉。我回復了懷孕之前的老樣子。我在你要求性交時到你家來。我甚至在我家做防潮工程時還搬進來幾個月。我知道你不想要我待在你家裡。「他們有說還要多久嗎？」你這麼問。「建築工。妳知道完工日了嗎？」

所以我知道其實一切都沒變，我也不假裝對你的人和你的時間有什麼佔用的權利了，因為我的子宮曾經招待過你的小蝌蚪。

還有你可怕的女兒莎拉潔，她恨你，又同樣需要你，令你困惑、害你難過，打你，吐你口水，又在你需要做事時打死也不肯從你的腿上下來。還有我的子宮，那麼短暫、那麼意外地有過動靜，迴響著我們死掉的孩子無聲的心跳。而我完全想不明白。

你又回頭去用保險套了，我顯然是不值得信任。所以不會有你和我的孩子，而我需要接受現實。

我真的很努力去接受，佛洛伊德。真的很努力。我努力了兩年。我四十三歲了。然後我四十四了。然後你開始冒險，心裡想或許我已經不會排卵了，有天晚上你的保險套用完了，你說：「算了，我會抽出來。」

哼，顯然你抽出來得不夠快，不然就是不夠早，結果又重來了一遍。我的月經沒來。我驗孕。兩條粉紅色。我有三天覺得是坐在浪頭上，陽光照耀著我的臉，風吹著我的頭髮，無論我去哪裡都有天使在彈豎琴。我預約了超音波，但是這一次我沒告訴你：我受不了那種寂靜的房間，那聲懊惱的嘆息，那隻放開的手。可是還沒撐到看醫生的那一天孩子就死了，流掉了。失了一點血。要不是我驗過孕，我會以為是流量超多的月經呢。

我取消了預約。

我沒跟你說過有第二隻蝌蚪。

而就是那一天，佛洛伊德，就是那一天我第一次去愛莉・麥克的家。你的孩子在我體內死去的同一天。我不得不換上笑臉，換上友善的性情，坐在房間裡陪一個被寵壞的漂亮女孩和一隻毛茸茸的貓，被家庭生活的各式各樣用品包圍：照片、亂踢的鞋子、翻爛的平裝小說，絕對是從「棲息地」（Habitat）買來的家具，而我必須教導這個被寵壞的漂亮女孩，她頭腦太過聰明，該知道的早就知道了，而我真正想要做的事是哭泣，並且說：今天我又失去了一個寶寶！

可是我沒有。不。我喝了她母親的茶，茶杯上寫著「保持鎮定，整理我的廚房」。我吃了她的巧克力碎片餅乾，是由查理王子親手製作的❷。我認認真真教了她女兒一堂課。我為我的三十五鎊努力工作。

那晚我離開愛莉・麥克家時覺得平靜了下來。我走了半哩路回家，那晚寒冷刺骨，風中夾著冰塊，刺痛了我的手背。我走得很慢，沉浸在黑暗以及痛苦中。我一邊走一邊感覺到心裡慢慢凝結了一股篤定，一股把一切都連結起來的篤定，失去的寶寶和這個被寵壞的女孩，合併了，說不定兩相平衡了。

我回到家，我沒打電話給你，也沒查看你是否打來。我看了電視節目，剪了腳趾甲。我喝了一杯酒。洗了長長的一個澡。我讓水流過我的腿間，洗去了你的孩子最後的痕跡。

然後我想著那個叫愛莉・麥克的女孩子，想著她聰明的頭腦和她完美的五官，蜂蜜色的頭髮胡亂地盤了個髻，穿著襪子的腳塞在身下，優美的手套進袖子裡，她的氣味——像蘋果和牙膏，一個有著乾淨頭髮的女孩子——熱衷學習，她的溫和，她的完美。她有種光芒，籠罩著光圈。我敢說她從來不會跟她父母說她討厭他們。我敢說她從來不會朝他們吐口水，或是捏他們，或是亂丟食物。

她相當、相當可愛，相當、相當、相當聰明。

而且我不得不承認，我變得不只一點點走火入魔。

❷ 英國王室的有機食品「Duchy Originals」其中的一款餅乾。由查理王子在一九九二年創立，提倡有機農作，永續發展。

32

那天稍晚蘿柔去探望她母親茹比。

「還在啊？」她問，把皮包放到地上，脫掉大衣。

茹比發出嘖嘖聲，嘆了口氣。「ㄎ、ㄎ、ㄎ、看來是。」

蘿柔微笑，握住她的手。「我們在星期五為妳乾杯，」她說，「在生日派對上。我們都非常想念妳。」

茹比的眼珠轉了轉，彷彿是在說聽妳亂蓋。

「真的。猜猜看有什麼事？我跟邦妮見面了！」

茹比的眼睛倏地瞪大，指尖碰著嘴唇。「ㄨ、哇！」

「對，哇。她人很好。我一直知道。讓人很想擁抱她。」

「ㄆ、ㄆ、胖乎乎的？」

蘿柔失聲而笑。「沒有，才不胖，只是胸部很大。」

茹比低頭看著她自己平坦的胸部，她也同樣傳給了女兒，兩人同聲而笑。

「男ㄆ、朋友？都快樂？」

「對！」她回答，正面的情緒比她真正的感覺要多。她母親把悲慘的生命延續下去，超過了舒適點，就為了看女兒快樂。「真的很快樂。一切都很順利！」

她看見母親的眼睛閃過疑問，她趕緊把話題往前帶，問候她的健康、她的胃口，是否有她無望的兄弟的消息，茹比搬進老人之家的那一天他就搬到杜拜去了。

「我不會再看到妳了。」茹比在蘿柔穿上大衣時說。

蘿柔看著她，深深凝視她的眼睛。然後俯身，抱住了她，附在她的耳朵說：「下星期見，媽。要是我沒見到妳，那我要妳知道妳是天底下最棒、最神奇的母親，我能陪妳這麼久是我莫大的福氣。而且我愛妳。我們都愛妳。妳一直好得沒話說。OK？」

她感覺到她母親抵著她點頭，她軟軟的頭髮就像是拂過她臉頰的一絲呼吸。「好，」她母親說，「好。好。好。」

蘿柔擦掉了臉上的淚，換上笑臉，這才抽身退開。

「拜了，媽，」她說，「我愛妳。」

「我也、也ㄞ、愛妳。」

蘿柔在門口停了一秒，看著母親，記住她的形貌以及她存在於人世間的那份精緻的感覺。稍後她坐進汽車，在停車場裡，放任自己哭了三十秒，再勸自己止淚。想死和垂死通常是兩碼子事。可是這次感覺她母親並不僅是想死，這一次感覺像是發自她的內心，來自於一個無法解釋的地方，像是幾分鐘前才剛想到一個老朋友，然後就碰到他們，像是能覺察到暴風雨來襲，把狗送到房子漆黑的一角去死的地方。

她拿出皮包裡的手機，瞪著一會兒。她想跟某人說話，某個比任何人都要了解她的人。她差點打給保羅，只是差點。

33

我從前迷戀過女孩子。我以前上班的那家雜誌社就有些女生。高雅的女生。我全都討厭，真的。但是同時我又渴望她們，尤其是有趣的那些、友善的那些。那些高傲討厭的我可以愛理不理；她們不過就是我，只是基因比較好。可是那些有趣的、可愛的女孩子，那些會感謝我幫忙開門的，或是差旅費有問題時會露出呆瓜臉的，天啊，我想要她們。當然不是在性的方面。可是我想要知道當她們是什麼滋味，走在路上一切都到位，陽光灑落在她們蜂蜜色的頭髮上，進門時有人為她們開門，男人會轉過頭來，她們一現身派對就開始。

我在許多方面對自己的反社會形象都保護有加。當隱形人感覺比較安全。誰對我都沒有期望，在我父母家生活了十八年，不必符合別人的期待實在是一大解脫。所以這種感覺很曖昧。一方面我想要當這些黃金女郎，一方面我覺得自己比她們優越多了。

而愛莉．麥克可能是我遇見過最金黃耀眼的女孩子。

後來我發現她戀愛了。她有個男孩，西奧。我見過他一次。他也非常的金黃耀眼。非常非常甜蜜，這個男生，而且帥得沒天理。他跟我握手，和我視線接觸，而且他非常聰明，我發現自己在想：這兩隻愛情鳥生出來的寶寶，絕對會令人驚嘆。

這種想法可能就是一切的根源。

可是你也有錯：你那隻放開的手和懊惱的嘆氣。你跟你的唉，我不能請妳和我同居，妳知道的吧？你跟你那坐在你大腿上的小女兒，一隻手勾著你的脖子，用那雙恐怖電影裡的白眼睛瞪著我，好像她是一隻鬼，而我是那個殺害她的人。

還有愛莉．麥克，我吃力不討好的幾週的亮點。我送她禮物。我誇獎她很棒。我分享了生活中的小片段，而她也分享了她生活中的小片段。她的母親是個親切友善的人。我想她喜歡我。我每週都用同一只馬克杯喝茶。我後來把那只杯子當作我的杯子。而且餅乾每次都好吃。

愛莉的家就像一種繭：外頭黑，裡頭溫馨；我、愛莉、貓、她的家人弄出的聲響、茶、餅乾、我們兩人之間令人安心的數字。我喜愛週二下午。在那短短的幾週，我和我自己的小世界只有週二下午。而且即使是在那時我就已經知道，我自己的小世界不是一個我應該花太多時間消磨的地方。

我看見我陪著愛莉一起搭火車去參加大考，去贏取勝利。我想像自己八月時站在她家門口，帶著一小瓶香檳，可能還有一個閃亮的氣球，她伸開臂膀抱住我的脖子，她親切的母親站在後面笑得慈祥，等著輪到她來擁抱我，不停地感激道謝。喔，諾愛兒，沒有妳我們絕對辦不到。請進，請進，我們一塊乾一杯。

結果卻來了那通電話。那個親切的母親沒那麼親切了。知道嗎，我幾乎想不起她說什麼了，我沒在聽，我滿腦子在喊不、不、不。那是我的星期二。那是我的星期二。所以我語氣簡潔，很可能近似粗魯。我跟她說太不方便了。其實壓根不是那回事。是他媽的扭曲，這個才對。他媽的扭曲。

我放下了電話，然後大聲尖叫。

我聚焦在我為愛莉做的那些好事上。我送她的禮物。我特地為她找到的考古題，還為她印出來。我有時會多上十分鐘的家教，如果今天上課的狀態很好。

我氣得冒煙，怒火悶燒，心裡滿是怨恨。

這個階段持續了一兩週，接著我進入了懷念期。那時每件事都比較好——我告訴自己，在我和愛莉．麥克共度週二午後時——我跟你的關係比較好，我的教學比較好，我的人生比較好。而且我心裡想：嘿，說不定我可以去看看她，就只看看她的臉，說不定我會有一點點那時候的感覺。

我接下來做的事是有個詞可以形容的，那就是跟蹤。我知道愛莉上哪一所學校，我當然知道；巧的是，距我家並不遠，所以很容易就能在早晨九點和下午三點半經過，盯著她上學放學，那個和她勾肩搭背的男孩，兩個人散發的光芒他媽的耀眼金黃，他們居然還能看得見路，真是奇蹟。他們可以說是集所有青少年愛情片之大成，就在這裡，就在真實人生中。

接著是期中假期，我不再知道她的行蹤。所以我不得不變得鬼鬼祟祟。不容易啊，因為顯然我所有的時間都在忙別的家教，還有跟你見面，迎合你的性需求，像個乖女孩。可是我還是摸清楚了，她常去圖書館，而且她會經過我家這條街，要是我坐進街角的咖啡館就能看到她走過去。所以只要我不上家教，我就泡在那兒，街角的咖啡店裡，等著瞧一眼水瀑似的金髮。而且知道嗎，佛洛伊德，我發誓我沒有別的念頭，我只是想看她。

可是那天也不知是為了什麼，我發現自己站了起來。她就站在兩輛汽車之間，等著過馬路。她的金髮綁在後面，藏在她的兜帽或是外套的後面，而我想……我發誓，我只是想要她看見我，跟我打個招呼。我接近她，然後，就像肚子挨了一拳：老天，她不認識我。頭一兩秒沒認出來。我看著回憶像幻燈片一樣就定位，像從前那種旋轉式放映機，然後她當然滿臉是笑，親切有禮。可是太遲了。她在確認我的存在上完全失敗了。

要是她知道就好了，佛洛伊德，要是她知道我有多需要她確認我的存在就好了，那後來的事說不定就壓根不會發生了。說不定愛莉．麥克就會去圖書館，會坐下來準備大考，會嫁給西奧，活出她的一生。

遺憾的是，事情不是那樣的。

34

週五晚上帕琵為佛洛伊德和蘿柔弄晚餐。她點了蠟燭，以亞麻餐巾包了一瓶酒，端著瓶底斟酒，跟侍酒師一樣。她沒跟他們一塊吃，因為會毀了她的人設，她只是徘徊在一定的距離之外，在上菜前清理桌面，詢問他們食物如何。她的頭髮，蘿柔注意到，在頭頂盤了一個髻，而不是她平常最愛的正式髮型，而且她的腰上綁了一條茶巾，權充服務生的圍裙。她的樣子非常像大人。非常漂亮。比任何時候都更像愛莉。蘿柔幾乎無法把視線從她身上移開。

她那晚和佛洛伊德做愛。

事後躺在他的懷中，她認定她錯了，她全弄錯了。護唇膏根本就沒有什麼。很可能是諾愛兒為自己買的水果味護唇膏。說不定她整個屋子裡都是水果味護唇膏。而帕琵長得和愛莉很像也只是巧合。很多人都長得很像，事實就是如此。或許莎拉潔說諾愛兒的肚子是扁的，純粹是她自己想像出來的。

而這個人，這個躺在她身邊，穿著可愛的毛線衣，溫柔的撫觸，送她笑臉表情符號，沒有她活不下去的人，如果他涉入了愛莉的失蹤事件，他為什麼還要邀她進入他的人生？一點道理也沒有啊。

她在他的臂彎裡睡著了，雙手與他的手交纏，感覺安全。

「我愛妳，蘿柔．麥克，」她以為自己聽見他在半夜三更時低喃。「我好愛妳。」

隔天早晨不確定感又回來了。她先起床，地板吱嘎響，維多利亞式房屋都這樣。廚房滿溢著清晨的冷光，昨晚的蠟燭和背景音樂已是遙遠的記憶。她很快弄了兩杯咖啡，端上樓去佛洛伊德溫暖的臥室。

「我今天得出門。」他說。

「去哪裡？」她說，「聽起來滿神秘的。」

他微笑，把她拉過去。兩人並肩坐在床上，腳和足踝交纏。「其實不會，」他說，「我要去找我的理財專員。」

「星期六？」

他聳聳肩。「我都是星期六去找他，我也不知道為什麼。不過我只去幾小時。不知道妳是不是能留下來陪帕琵？我不在的時候。」

「我很樂意。」她說。兩人喝了咖啡。他們聽見樓上帕琵醒來的聲音，聽見她的足聲落在樓梯上，然後她敲臥室房門。蘿柔把佛洛伊德的晨袍拉緊，遮住前胸，佛洛伊德出聲讓她進來。帕琵跑進來，撲到兩人之間，就撲在他們昨晚翻雲覆雨的床單上，在蘿柔緊緊抓住，臉埋進去的枕頭上。

帕琵把頭靠著佛洛伊德的肩，然後找到蘿柔的手，用力抓住，蘿柔覺得很不對勁，沒穿胸罩，沒盥洗，握著一個小女孩的手，在這個成人的慾望之巢裡。

「我等會兒要出去。蘿柔會留下來陪妳。」佛洛伊德說。

「耶！」帕琵說，「我們也出去。」

她現在把臉貼著蘿柔的肩，蘿柔點頭，微笑，說：「好啊，出去滿不錯的。」說話時，她低頭吻了帕琵的頭頂，就像她對自己兒時的孩子一樣。她的頭皮、她的頭髮有個味道，這味道把她拋回了過去：愛莉的味道。

「我們去吃蛋糕，」她說，一間特別的咖啡店立刻浮上心頭。「我們一定會玩得很開心的。」

咖啡店就在諾愛兒家那條馬路的轉角。蘿柔星期四來時發現的，叫「轉角咖啡店」，而且生意做很久了，她很確定她有一次帶孩子們過來喝茶，那時他們很小，剛上玩游泳課或是剛看完牙醫。

帕琵點了胡桃楓糖辮子麵包，蘿柔點了燕麥棒，兩人分享一壺茶。蘿柔緊張地瞧著帕琵。她很清楚她嚴重逾越了她和佛洛伊德關係的界線，請他的女兒背著他跟她串謀，但是得到解答的需要壓過了她對佛洛伊德的忠心。

「妳來過這裡嗎？」蘿柔問。

帕琵越過超大茶杯的邊緣環顧四周。「沒有。」

「妳知道嗎，」蘿柔謹慎地說，「妳以前住在這條街上？」她指著肩膀後方。

「有嗎？」

「有，跟妳媽媽。」

帕琵抬眼瞄她。「妳怎麼知道？」

蘿柔謹慎地笑笑。「說來話長。麵包好吃嗎？」

「好吃極了，」帕琵說，「要不要吃？」

「要，」蘿柔說，「有何不可。謝謝。」她接受了帕琵撕下來的一塊。「知道嗎，」她繼續小心翼翼地說，「我有一天還進去了。」她朝諾愛兒的房子點頭。

「哪裡？」

「那棟妳以前住過的房子。跟妳的……」她用手指彈彈下巴，假裝苦苦思索。「……嗯，我猜他是妳的表哥。」

「我表哥？我沒有表哥。」

「喔，其實妳有。妳有一大堆的表哥。他們大都住在愛爾蘭。」

「才沒有。」她不服氣地看著蘿柔。「我跟妳保證，我沒有表哥。」

「絕對不是真的，」蘿柔說，「現在就有兩個住在妳媽媽的家裡，就在那邊。約書亞和山姆。他們都很年輕。約書亞在念大學，主修歷史。他很可愛，妳會喜歡他的。」

帕琵兇巴巴瞪著她。「妳為什麼會跟他們說話？」

「喔，就是因為啊，就是因為人生中的奇妙緣分啊。因為我後來發現……」蘿柔吸了口氣，裝出笑臉。「……我以前認識妳媽媽，很久很久以前。後來妳爸跟我說她失蹤了，嗯，我有點好奇。所以我就打了她的舊電話號碼，結果是這個可愛的男孩子來接電話，他請我過去喝茶。他不知道妳媽媽去了哪裡，他現在是在幫她照顧房子，等她回來。」

帕琵打了個冷顫。「我不要她回來。」

「對，」蘿柔說，「對，我知道妳不要。可是約書亞說，」——她把笑容加大了幾分——「還有一個跟妳一樣大的堂妹。叫珂蕾拉。他說她真的很活潑很聰明。他說妳會喜歡她。」

「珂蕾拉？」帕琵說，眼睛亮了起來。「她是我表姊？」

「顯然是，」蘿柔說，「而且妳媽媽的家人都跟妳的看法一樣，妳母親有點古怪。可是她小時候有個妹妹死掉了，害她有點不對勁。不過聽起來其他家人都很正常。」

「她的妹妹死了？」帕琵若有所思地重複。「真的很可憐。」

「我知道，」蘿柔說，「真的很可憐。」

「可是也不能拿來當壞媽媽的藉口。」

「對，」她同意。「當然不能。」

蘿柔暫時不說話，讓帕琵有機會消化。

「妳說他叫什麼名字？」

「約書亞。」

「滿好聽的。」

「是啊，是滿好聽的。」

又一次沉默。蘿柔很做作地假裝忙著吃燕麥棒，心臟卻因為即將要做的事而緊張得加快。

「我有他的電話，」她過了一會兒說，「我可以打給他？看他在不在？去打個招呼？」

帕琵抬頭看她，說：「妳覺得爸爸會不高興嗎？」

「我不知道，」她說，「妳覺得他會不高興嗎？」

帕琵聳肩。「可能會。可是……」她的臉上露出了微微刻意表現的決斷。「……我不必告訴他，對吧？他又沒有什麼事都跟我說。」

「妳想騙妳父親的話，我不想幫妳擔責任，帕琵。」

「可是我又沒有騙他，對不對？我只跟他說我們來喝茶，這又不是假的。」

「對，不是假的。」

「而且他反正也不會問妳還做了什麼？對不對？」

「是不太可能。」

「再說他說不定不在呢。我的表哥。」

「對，他可能不在。可是我可以打電話給他，以防萬一。妳要我打嗎？」

帕琵點了一下頭。

蘿柔按了他的號碼，按下呼叫。

她們走上前院小徑，帕琵的步伐遲緩。

「我們可能不應該這樣。」她說。

「我們不是非去不可。沒關係。」

可是她們還沒有機會變卦，前門就打開了，約書亞站在那兒，穿著帽T和牛仔褲，另一個年輕人站在後面，一身螢光綠T恤，兩人同聲說：「我的天啊。帕琵！帕琵！快進來！進來暖和一下。我的天啊，這不是小帕琵嗎！」諸如此類的話，而帕琵轉頭看了蘿柔一下，蘿柔鼓勵地微笑，兩人就被一陣微微嚇人的好客與喜悅的狂風捲進了屋子裡。

「啊，」約書亞說，兩手插在口袋裡，跳上跳下的，眉飛色舞。「妳就是帕琵啊。哇！坐，帕琵，坐，蘿柔，請坐。喝茶？咖啡？還是別的？」

帕琵拘謹地坐著，搖頭。「不用了，」她說，「我們剛喝過茶吃過蛋糕。」

山姆和約書亞對看了一眼，歡聲怪叫，約書亞說：

「英國表妹！我們終於有英國表妹了！我們已經有一個加拿大堂哥，兩個美國堂弟和一個德國堂哥。現在我們終於有了一個英國表妹了。哇。看看妳。我可以看到妳和祖母相像的地方，真的。」

帕琵冷冷地笑，微微有些招架不住。

「那，這裡以前是妳家啊？是嗎？」

「有可能，」她回答，東張西望。「我不記得了。」

「我們應該帶妳參觀一下，對不對？妳覺得呢？」

帕琵又瞄了瞄蘿柔，蘿柔點頭，於是她們就跟著約書亞和山姆去參觀。帕琵起初安靜得很不尋常，緊張地注視每個房間。

約書亞推開了平台頂的一扇門。「這一定是妳的房間。看，壁紙都還一樣。」

帕琵在門檻遲疑了片刻，等她踏進去，她瞪大眼睛，兩手摸著壁紙。壁紙是淡灰色的，重複著粉紅色兔子和綠色烏龜圖案，龜兔正在賽跑，烏龜一律戴著吸汗帶，而兔子則穿著跑鞋。

「我記得這個壁紙，」她喘不過氣似地說，「兔子，還有烏龜。我以前都在晚上看到牠們跑，我會瞪著牠們，然後我會閉上眼睛，牠們就會跑。幾百隻。在我的夢裡。我記得。我真的記得。」

「還有呢，妳要看嗎？」約書亞說，投給蘿柔會心的一眼。「樓下還有房間，不知道妳記不記得？」

他們靜靜回到一樓，穿過了廚房，再進入地下室。

帕琵又一次在門口停住不動，緊握著門的外框。她倒吸口氣，說：「我不想進去那裡。」

「喔，沒關係的，」約書亞說，「只是一個房間啊。」

「可是……可是……」她的眼睛瞪得很大，呼吸變粗。「我不准進來這裡。我媽說絕對不可以進去。」

蘿柔輕碰她的肩膀。「哇，這種回憶還真有趣。妳覺得是為什麼呢？」

「我不知道，」帕琵說，隱約帶著哭音。「我不知道。我只記得我以為底下有隻怪物。一隻很可怕的大怪物。可是那樣很傻，對不對？底下沒有怪物，對不對？」

「妳養過寵物嗎？」蘿柔問，「妳很小的時候？妳記不記得養過倉鼠？」

帕琵緩緩搖頭，從廚房走出來，筆直走向前門。

35

造訪過諾愛兒的家之後，蘿柔帶帕琵回家。兩人默默走了一會兒。蘿柔從來不知道帕琵能這麼安靜。

「妳還好吧？」她問，她們在等紅燈過馬路。

「不好，」她說，「我覺得很奇怪。」

「妳覺得是為什麼？」

「我不知道。」她聳肩。「就只是想起了我以前沒想到的事情。想起了我媽，我好久好久都沒想過她了。看見我不認識的表哥。一下子有點太多了。」

「對，」蘿柔說，一手按著帕琵的頭頂。「對，一定是的。」

蘿柔嚥下了喉頭的硬塊。她需要專心，她不能驟然做出匪夷所思的結論來。照情況看，諾愛兒地下室裡的怪物真的就是二十隻死倉鼠，而不是愛莉。她需要這麼假設，然後找出反證來。她需要保持神志清明。

她們到家時佛洛伊德已經回來了。帕琵立刻就嘰嘰喳喳說吃蛋糕喝茶的事，說完就一陣風似地回房間了，蘿柔猜想她是怕佛洛伊德會問她別的。

蘿柔看著佛洛伊德打開一個個購物袋，伸手到高處的櫥櫃裡把一盒茶包放進去，襯衫向上拉，露出了他的褲腰和一片雪白的肌膚，她覺得自己回到了從前，就像她上週跟帕琵在南多烤雞店一樣。她回到了在斯特勞德格林路的家，她站在廚房裡，而在她面前的是保羅，穿著同樣的襯衫，下襬從褲腰往上提，他把茶放進櫥櫃裡，轉過來面對她。他微笑。一瞬間，兩個時刻在她的心中混融，兩個男人合而為一。

「妳沒事吧？」佛洛伊德問。

她搖搖頭，甩掉小小的當機。「沒事，」她說，「我沒事。」

「妳的樣子好像心神不知飄到哪裡了。」

她露出最歡快的笑容，卻疑心還不夠。她知道她該說她帶著帕琵去了諾愛兒的家，可是她說不出口。而且她也不能提出她想要問他的問題——你知道莎拉潔說看見諾愛兒懷孕八個月的肚子是扁平的嗎？你難道不想知道諾愛兒的下落？你不想找到她？你可否問過自己這一切都非常古怪？——因為一旦問出口，和他們有關的一切，和佛洛伊德以及蘿柔的一切，都會被粉碎重塑，像拉坏機上的陶土。而她是多麼努力才做出這麼可愛的壺來，必須讓它保持原狀才不會讓一切走樣。

「跟我說說看，」她說，把話題轉了個一百八十度，回到醞釀親暱和成長的地方。「說說看你的第一次婚姻。你跟凱特是怎麼認識的？」

他微笑，不出她所料，說了一個美麗的女孩在公車站，完全是他高不可攀的典型，生動卻迷人的對話和參加派對的邀請變成了在荒廢的停車場狂歡，霓虹燈和毒品助興，一輪滿月，一件皮草。蘿柔聽著聽著就忘掉了細節，滿腦子只想著從內心深處滲出的妒意，黑暗蕭瑟的痛苦，至少在一時間壓過了她的不安感，阻止了她發問。

蘿柔第二天早晨才離開。佛洛伊德想勸她留下，以美食酒吧的週日午餐和河濱漫步來引誘她，可是她的心思在別處，她沒辦法再勉強自己專心搞浪漫，她需要獨處。

她昨天把車子停在隔壁街上，因為佛洛伊德家這條街找不到停車位。要去開車她得繞回大街上，再左轉。她瞥見了一個男人站在轉角的「特易購」超市的分店外，牽著一隻黑狗。他個子頗高，二十五、六歲吧，蘿柔猜想。他穿著連帽長大衣，兜帽鑲著皮草，暗色牛仔褲配運動鞋。他長得非常好看，四肢修長，非常吸睛。可是看著他蘿柔才明白不是他的俊帥吸引了她的目光，她知道是她認出了他來，而細節過了一會兒才全部湊齊，組成一個結結實實的回憶。是西奧。西奧·古德曼。愛莉的男朋友。

她在那年十月愛莉的葬禮上匆匆瞥見過他。他站在後面，跟愛莉的老同學說話，因為哀傷而神情憔悴。她記得她覺得意外，他那天居然沒有來跟她說話，沒有來向她致哀，而只是就這麼消失了。

她琢磨著是否要過街去打聲招呼，可是眼前她的大腦無法應付閒聊，於是她決定繼續走。她正要轉身走開，就看到一個女人從超市出來，拎著兩帆布袋的雜貨，她是個高個子的金髮女郎，也穿著連帽長大衣，寬鬆的束口褲和黑色雪靴，戴著一頂綠色毛帽，臉上掛著大大的笑容。她把一個袋子分給西奧，然後停下來拍拍小狗，小狗看到她似乎極其快樂。然後他們就走了，可愛的一對情侶和他們的狗。直到這時蘿柔才真正了解自己看見了什麼。

是那個笑容讓她的心裡震顫了一下。

她有好久沒有看見漢娜的笑臉了，都快忘記了。

第四部

36

當時

諾愛兒．唐納利的房子小而整潔，味道就和諾愛兒．唐納利一模一樣。

「我去拿果汁汽水給妳，」諾愛兒在門廳裡說，「妳去坐下。」她指著小小的客廳。

愛莉從客廳門口看著裡面，禮貌地笑。「我覺得我還是別留下的好，」她說，「我有一大堆的書要念。」

「胡說，」諾愛兒說，「兩分鐘總耽誤不了。再說了，我也需要兩分鐘把東西找出來。妳乾脆就坐下來喝個飲料。橘子還是接骨木花？」

愛莉笑得很僵，她進退維谷。「接骨木花，」她說，「麻煩妳了。」

諾愛兒笑得怪怪的。「好，」她說，「接骨木花。沒問題。我馬上就回來，妳坐啊。」

愛莉慢吞吞走進客廳，坐在褐色皮沙發最遠的一角上。房間裡的盆栽多到不能再多了，充滿了泥土味和微微的酸味。壁爐周圍的牆壁是磚砌的，爐心裡丟滿了枯花和一些陶製動物，看樣子倒像是諾愛兒自己做的。頭頂上有電燈泡罩在球形的紙燈罩裡，窗戶被木頭百葉簾遮住，不過少了一片木板，所以能看見一小塊的櫻花和陽光，讓人比較安心。愛莉瞪著百葉簾的縫隙，想像著諾愛兒・唐納利的客廳之外的世界。

「來了。」諾愛兒說，放了一杯汽水在她面前。汽水看來不錯。杯子漂亮，透明的，還有綠色圓點。她很渴。諾愛兒盯著她拿起杯子喝了起來。「謝謝。」她說，放下杯子，幾乎快喝完了。

諾愛兒瞧了瞧杯子，再看著愛莉。「喔，可愛的孩子，我很歡迎妳。好，妳在這兒等著，我去找考卷，一會兒就回來。」

她離開了房間，愛莉聽見她沉重的腳步向樓上走。*就像大象寶寶*，愛莉的媽媽都這麼說。

砰砰砰砰……

諾愛兒還沒走到平台，她就不省人事了。

愛莉聽見聲音，小小的木頭吱嘎聲。一張椅子在動。然後她聽見有人呼吸。

「妳醒了啊？」諾愛兒從漆黑的某處說，「好，聽著。我真的想跟妳道歉。這件事很糟糕。我對妳做的事。完全不可原諒。可是我希望妳能了解我的理由，假以時日。我希望妳會了解。」

假以時日。

愛莉奮力擊退迷糊的感覺，卻沒有效果。

「藥效很快就會退了。嗯，」——諾愛兒哈的一聲笑——「起碼我*希望*是這樣。網路上說藥效維持三到十二小時。妳已經睡了十二小時了。」她又笑了，愛莉心裡想現在是晚上十一點了。

我今天早晨十點出門的。

她的眼皮漸漸變輕了，她現在能分辨出房間的布置。清涼的月光從一面覆蓋著木板的牆壁高處的一道窄窗射進來，帘子後有馬桶和洗手台，一面牆上有空的書架，一個小衣櫃。而在緊閉的門前就是諾愛兒・唐納利的輪廓，盤著腿，兩手放在大腿上。

愛莉想抬頭，這一次真的抬高了一兩公分。

「喔，看吧，」諾愛兒說，「妳快清醒了。太好了。我就坐在這兒再陪妳一會兒，然後等妳能坐起來，我再給妳東西吃。妳沒吃午餐和晚餐，一定餓壞了。妳想吃什麼？三明治如何？我有很不錯的火腿，我可以幫妳做。」

這時諾愛兒站了起來，從床邊的桌上拿起一個杯子。「來，」她把一根吸管對準愛莉的嘴。「喝點水。妳一定很渴。」

愛莉含住吸管，感覺到白開水漫過了她的舌頭和像紙一樣乾的口腔。

「我媽，」她沙啞地說，「我媽。」

「啊，好了，別擔心妳媽，她八成以為妳跟妳的那個男朋友在哪裡親熱呢。今晚天氣真好，就跟昨晚一樣。夏季的天氣，知道嗎，那種讓妳不想叫停的夜晚。」

「不，」愛莉從焦乾的喉嚨裡出聲。「她會擔心。我媽。」

這時愛莉感到心口像扎了一根針，想起她母親老是在說的那種愛：等妳自己當了媽媽之後才會了解我有多愛妳。

可是她現在就感覺到了，心裡的痛是為了她的母親，她知道她的母親現在在哭泣擔憂，感覺到生命的意義一點一點流失。她受不了。她真的受不了。

「她當然不會擔心。別傻了。好了，看能不能讓妳坐起來。妳的手指能動了嗎？妳的腳趾？妳的手臂？啊，好，行了。乖孩子。太好了，真是太好了。」

然後諾愛兒・唐納利的胳臂圈住了她的腰，她被輕輕拉起身，她現在能看見更多，她看見自己在低於地平面的一個房間裡，牆壁都覆蓋著骯髒的金黃色松木板。

「這裡是哪裡？」

「地下室。聽起來很可怕，其實並沒有。這裡其實是我的客房。不過我是沒有請過客人來的。可是我都把多餘的東西擺在這裡，知道吧，一些小玩意，可是知道妳要來，我特地清理了一番，全都送到紅十字商店了。所以現在我們非常的精簡。好，」她幫愛莉調整好枕頭。「舒舒服服了。我去幫妳弄三明治。妳得吃一點。不過別想爬起來，妳可能會摔下床，把自己摔傷了，妳還有點暈眩。」

她寵愛地對她笑，像個親切的護士。「乖孩子，」她說，撫摸愛莉的頭髮。「乖孩子。」

說完她就轉身離開了房間。

愛莉聽見上鎖聲，然後又是上鎖聲，然後又是上鎖聲。

愛莉沒吃三明治。雖然空腹害她胃痛，她一點也不餓。諾愛兒默默拿走了食物，說：「唉，明天妳一定會肚子餓，到時候再吃一點，好嗎？」

接著她愛憐地看著愛莉，說：「喔，妳能來這裡實在是太好了，真的。好了，乖乖睡覺，明天一大早見。」

「我要回家！」愛莉對著諾愛兒的背大喊。「我真的真的想回家！」

諾愛兒沒有回答，三道鎖又鎖上了。房間一片漆黑。

37

當時

太陽很早就升起了。愛莉搬了諾愛兒昨晚坐的椅子，拖到窗下，爬上去，從髒污的玻璃望出去。她看見了亂七八糟的植物，一道漆成乳白色的磚牆，一條有綠色斑紋的水管。如果她向上看，會看到那一樹粉紅色的櫻花，藍色的天空，此外就什麼也看不見了。她立刻就明白了，外面的人除非是刻意在尋找，否則是看不見她的，而且她得在泥巴上寫下「救命」和「愛莉」。她在椅子上站了一個多小時，臉貼著玻璃。因為一定有人在找她，一定有。

聽到開鎖聲，她立刻從椅子上跳下來，用雙手舉起椅子。一看見諾愛兒穿著綠色高領衫和褪色牛仔褲，一股驚恐和憤怒貫穿她全身，她抓緊了椅子就往諾愛兒的身上砸，椅子擦過了諾愛兒的頭，愛莉還沒有時間再瞄準，椅子就被她抓住了，搶下來丟到一旁。愛莉撲了過去，跳上她的背，胳臂勒住諾愛兒的喉嚨，想要把她的頭抓去撞牆。可是諾愛兒並沒有表面上那麼柔弱，反而是她把愛莉往牆上推，掐住了愛莉的脖子，掐得她喘不過氣來，頭重腳輕，眼冒金星，這時她才鬆手，任由她摔在地上。

「不准妳再這樣子，」諾愛兒說，把愛莉頭下腳上丟在沙發床上，拿束線帶綁住了愛莉的腳踝。「我們兩個是一起的，妳跟我。我們得團隊合作。我不想把妳當犯人一樣綁起來，我真的不想。我在心裡想要好好招待妳，我有好多美好的事想要為妳做，讓這裡更舒適。要是妳再有這種行為，我就不能再招待妳了。」

愛莉奮力想掙脫束線帶，兩腳用力蹬著床尾。她大吼，兩手亂揮，諾愛兒站在那兒盯著她，雙臂抱胸，緩緩搖頭。「好了，好了，」她說，「這樣子不行。妳越是不乖，結果就會越糟，妳在這裡的時間也會越長。」

這句話讓愛莉安靜了下來。原來是有目的的。諾愛兒有個目的。她的肌肉鬆弛，呼吸平穩了。

「乖孩子，」諾愛兒說，「乖孩子。要是今天妳都能像這樣子，我會把第一樣好東西拿給妳。這樣好嗎？」

愛莉點頭，眼淚落了下來。

好東西是一條巧克力棒。一大條。她五分鐘就吃完了。

愛莉想到從前；她想到吃吐司加果醬，罵漢娜是死豬因為她吃掉了最後一包鹽醋炸薯條，愛莉在心裡把最後一包留下來給自己。她想到把自己的袋子裝滿書和一包鹽味洋芋片和一根香蕉。她想到她爸爸因為感冒發燒而請假，穿著家居袍，在樓梯上探頭說：「我晚一點再幫妳解數學好嗎？」而她笑望著爸爸說：「好！待會兒見！」

她想到離開家時連頭也沒回。

她想到她的家。

她哭了。

38

當時

又一晚過去了。現在是星期六早晨，愛莉剛想起來她的經期就是明天。

「早安啊，親愛的孩子。」諾愛兒說，迅速鎖上了身後的門，兩手扠在臀上，打量著愛莉，笑容令人背脊發涼。

愛莉跳起來，諾愛兒稍微退後，雙臂抱胸。「乖，」她說，「乖。記不記得我們昨天說的話。我不想妳給我惹麻煩。」

「我沒有要做什麼，」愛莉說，「我只是需要告訴妳一件事。一件重要的事。我需要棉條之類的，我的經期在明天。」

「明天？」諾愛兒瞇起了眼睛。

「對，而且我的經血真的很多，非常多。我需要一大堆棉條。」

諾愛兒嘖嘖出聲，嘆了口氣，彷彿愛莉是故意在被關押在地窖期間經血很多似的。「妳有什麼偏好的品牌嗎？」

「沒有，」愛莉說，「只要是吸力特強的就好。」

「好，」她說，「我會去幫妳買。我猜妳也需要乾淨的新內衣、體香劑，那一類的。」

「對，」愛莉說，「那樣更好。」然後她坐在床上，坐在兩手上，抬頭看著諾愛兒，說：「我為什麼會在這裡？」

諾愛兒微笑。「唉呀，是這樣的，」她說，「我有個計畫。一個美妙的計畫。我只是在等一些事情就位。」她模仿一件物品落入定位，笑了起來。「所以，妳別心急，很快就會水落石出了。」她的眼睛閃啊閃的。愛莉好想咬她。

「新聞報導了嗎？」她問。

「喔，我敢說有。不過我是沒有特意去看啦。」她不以為意地聳聳肩，彷彿大家忙著找一個失蹤的少女只是一件蠢事。「好吧，我看我得到商店跑一趟了，買妳需要的東西。天啊，妳會害我破產，小姐，妳真的會！」

她轉身要走。在她轉動門把之前，她又回頭看著愛莉，說：「我幫妳準備了一個驚喜。等一會兒。一個真正的驚喜。妳等著。妳一定會愛死我的。」

她臨走前還心情愉快地揮了揮手。

愛莉瞪著門板，聽著三道鎖鎖上，聽見諾愛兒的大象寶寶腳步聲上樓，砰砰砰。

她把椅子搬到窗下，站上去，以腳尖平衡。

她等到聽見前門關上才開始捶玻璃，非常用力，手都捶痛了。她捶了又捶，還放聲尖叫：「救命啊，救命啊，救命！」然後她捶打每一面牆壁，牆壁的對面一定有鄰居，鄰居現在可能就在地下室裡，尋找電池，或是一瓶酒。

愛莉捶打牆壁和窗戶超過了一個小時。等她聽見諾愛兒回來時，她的兩隻手都瘀青了。

「準備好了嗎？」

愛莉一聽到綁匪的聲音在上鎖的門後響起就坐直了。

「好了。」她說。

「妳坐在床上嗎？像個乖孩子？」

「對。」

「好，那我要進來了。媽媽咪喲，我拿最棒的驚喜來給妳了！妳會愛死我！」

愛莉坐在手上，屏氣凝神看著門打開。

「嗒－噠！」

愛莉愣了愣才完全明白她看見的是什麼。一個小塑膠箱子，有金屬欄杆，底部是粉紅色的，頂層是白色的，有把手。諾愛兒的另一隻手上拿著一個紙箱，很像在健康食品店外帶沙拉的盒子。

諾愛兒把塑膠箱拎到房間對面的桌子上，再回去搬紙箱。她坐在愛莉的旁邊，打開盒蓋，突然湧出一股農場的味道，溫熱的肥料和潮濕的乾草。諾愛兒以長手指分開乾草，說：「看看這些小東西。妳看！」

盒子裡頭有兩隻小動物凝視著上方的愛莉，蜂蜜色的毛，黑色的眼珠，兩對緊張地抽動的鬍鬚。

「倉鼠！」諾愛兒得意地說，「看！妳說妳一直都想要養倉鼠！記得嗎？所以我為妳買了兩隻。妳有沒有見過這麼可愛的小東西？看看牠們可愛的小鼻子。看！」

愛莉點頭。她完全不知道該作何反應。莫名其妙。她根本就沒說過她想要養倉鼠。事實上，她說的是她從來也不想要養倉鼠。她不懂諾愛兒為什麼要買倉鼠給她。

「看，」諾愛兒說，把盒子拿到籠子邊，小心地打開了鎖。「我們把牠們關在這裡。牠們一定已經受不了擠在小盒子裡了。而且，我的媽呀，牠們還真不便宜呢，這些玩意。倉鼠差不多是不用錢，可是這些器具，我的媽呀。」

她抓起了一隻倉鼠，小心放進籠子裡，然後再抓另一隻。「現在妳可以給牠們取名字了，愛莉。來。來看看牠們，給牠們找個好名字。不過，說真的，我是不知道妳要怎麼分辨這兩隻的，牠們長得一模一樣。來，過來呀。」

愛莉聳聳肩。

「喔，馬上過來，愛莉，」諾愛兒斥責她。「妳好像不怎麼興奮。我還以為妳一看到就會高興得蹦起來呢。」

「妳做了這種事還指望我會興奮？」

諾愛兒冷靜地打量她。「唉呀，也沒有那麼糟嘛。知道嗎，愛莉，其實還可以更糟呢。我可能是個男人。我可能是個滿身臭汗的大胖子，隨時都會進來對妳做些上帝才知道的事。我可以一整天把妳綁起來，或是塞進我床底下的箱子裡。唉呀，我讀過一本書這麼寫呢。一對夫婦。從街上偷了一個女孩子，藏在床底下二十年。親愛的耶穌啊。妳想想。」她輕輕掐住喉嚨。「不，妳在這裡過得很好，小姐。現在呢，」——她轉向倉鼠籠——「妳過得更好了。好了，過來，讓我們給這些小怪物取名字。過來。」

她的聲音少了唱歌似的語調，變得嚴厲固執。

愛莉望進籠子裡，瞪著兩團毛球。她不在乎。叫牠們一號二號，A和B，隨便。

「來嘛，取兩個好聽的女孩名，不然我就把牠們拿去沖進馬桶裡。」

愛莉覺得呼吸猛地拔高又停住，一陣頭暈。她讓思緒在腦子裡劇烈地來回繞圈，一股腦兒衝向過去的時刻，盲目抓住找到的東西。她的思緒找到了一個玩偶，粉紅色的頭髮和方格棉布裝，一雙粉紅色大布靴。

「楚笛。」她說。

「哈！」諾愛兒說，頭向後仰。「我喜歡！」

然後是那個托兒所裡的女孩子，那麼、那麼漂亮。別的女生都會圍繞著她，想要摸她的白金色頭髮，想要當她的朋友。愛莉有多年沒有想起過她了。她叫愛咪。

「愛咪。」她說，像喘不過氣來。

諾愛兒笑得燦爛。「喔，喔，太完美了。楚笛和愛咪。太完美了。乖孩子！好，妳需要什麼我都會供應，乾草啊玩具啊飼料的，隨妳說。妳的工作就是養牠們。妳需要讓牠們保持乾淨，給牠們愛，餵牠們吃飯。」她哈哈笑。「就有點像我對妳一樣。懂了吧？我讓妳乾淨，我餵妳吃飯。妳也讓牠們乾淨，餵牠們吃飯。唉呀，我們是一個關愛的小圈子呢。」

她一手按著愛莉的頭頂，愛撫她。「唉唷，」她說，迅速挪開了手。「妳的頭有點油膩了，妳需要洗個頭髮了。」她嘆氣。「我好像有個小零件什麼的，就是有個小蓮蓬頭裝在水龍頭上的那個。我看能不能找得著。」

「妳知道嗎，諾愛兒，我會錯過我的大考。」

諾愛兒同情地咂舌。「我知道，可愛的孩子，我知道。真可惜，我很遺憾。可是，反正還有明年。」

明年。愛莉緊揪著這個想法。她看見自己，明年，在家裡，盤著腿，坐在床上，筆記本攤放在四周，家人的動靜穿透了牆壁和地板，陽光照耀著她最愛的靠枕上頭的亮片。她會比別人大一歲，不過她會在家裡。

「知道嗎，」諾愛兒說，「我今天在報紙上看到了消息。妳的。妳知道他們是怎麼說的嗎，愛莉？」她看著愛莉，一臉難過。「他們說妳是離家出走了，說妳受不了考試可能會失敗，因為妳對自己的要求太高。他們說妳會逃家是因為壓力太大，精神無法負擔。」

愛莉覺得一股怒火猛地竄上了腦門，但是一想到她的言下之意，火焰立刻又落到了胃袋裡。沒有人看見她和諾愛兒・唐納利走進了斯特勞德格林路。沒有人在追蹤和諾愛兒・唐納利有關的線索。人人都像無頭蒼蠅一樣瞎推論，因為他們一籌莫展。

「可是……」她開口說，「可是那不是真的！我很喜歡考試。我一點也沒有覺得壓力大！」

「我知道，親愛的，我知道。我知道妳是多麼優秀的學生。可是顯然其他人不像我這麼了解妳。」

「是誰說的？是誰說我壓力大的？」

「唉，是妳母親。大概吧。對，是妳母親。」

愛莉覺得胸口裡憤怒、委屈、悲哀在層層積累。她母親怎麼能覺得她逃家了？她自己的母親？比誰都愛她，比誰都了解她的母親？她怎麼能這麼簡單就放棄她了？

「別想太多了，親愛的。就專心照顧這兩隻。」她比了比倉鼠籠。「親愛的小楚笛和愛咪。牠們會讓妳不胡思亂想，我保證。」

諾愛兒離開了，去找沐浴的零件去了，腳步聲漸漸上樓，房間裡一片寂靜。一會兒之後，寂靜被倉鼠籠裡金屬輪子轉個不停的聲音打斷了。愛莉撲到床上，兩手摀住了耳朵。

39

唉，想當然耳，我得稍微籌劃一番。有些事情我得事先考慮。首先，我清理房間。必須確定安全：沒有尖銳的物品之類的。而且我為她買了一些優質的果汁，因為我知道他們是什麼家庭，我知道他們講究這個有機那個有機的。我知道她會想要好東西，不然她八成只會喝個一小口就不喝了。就跟你的莎拉潔一樣。新生代的麻煩。所以我幫她買了高價的接骨木花糖漿。當然也買了藥，小事一樁。我以前就跟醫生開過安眠藥，我只需要出現在診所，一臉要死不活，裝出深受失眠所苦的德性就行了。真是太感激你了，康醫師。

所以，知道吧，是需要計畫的。可是憑良心說，回顧起來，我還真不敢相信我做到了，不敢相信我有這個本事。尤其是暴力。我的天啊，那種暴力！我掐住了那個可憐女孩的喉嚨，掐了又掐。我是說，她很可能會死呢！

可是整體來說，時間過去，我覺得我們磨合得挺好的，我跟愛莉，只要她了解了我們是團隊，只要她知道我不想傷害她，她跟我在一起很安全。

而給她那些動物簡直就是大師級的策略。給了她一個目的，給她一個焦點。她對牠們很好，充滿了母性和關懷，我就知道。看著她的樣子我的心都暖洋洋的。牠們叫什麼來著，頭兩隻？我不記得了。不過後來才發現牠們不是兩個女孩子。不，不是的。後來生了那麼多，那麼多簡直是讓人記不住。不過，她倒是能記得全部的名字。即使已經一大堆籠子了。她知道每一隻的名字。她就是那麼神奇。能怪我對她著迷嗎？能怪我做了這種事嗎？

而且，對，我非常清楚我做了什麼。我當然還有個大計畫，當然有。我有一個真正大膽的計畫。

而且，嘿嘿，成功了，我可不簡單吧。

40

當時

日子失去了結構，失去了邊緣，失去了中間。起初她知道時間流逝，她能清楚感覺到形狀改變，一天天過去。星期五感覺像星期五。星期六像星期六。週一感覺就像是她會坐下來寫大考的歷史與西班牙語試卷的那天。週二是她應該要考數學的那天。之後的週末來了又走，她仍然有時間概念。是下一個週日。她在這裡十一天了。然後是十二天。十三天。是她的十六歲生日。她沒跟諾愛兒說。

但是十四天之後，她就數不清了。她問諾愛兒：「今天星期幾？」諾愛兒說：「星期五。」

「幾號？」

「十號吧。也可能是九號。可能是星期四。唉呀，我的腦袋糊塗了。」

那時時間就越轉越遠了，她用來在時間地圖上定位的圖釘找不回來了。

諾愛兒仍然送她禮物。水果糖片。上層沾滿糖的甜甜圈。一小包動物造型的小橡皮擦。會發光的唇膏。

她也幫倉鼠買東西。一袋袋的乾草和小玩具，飼料和餅乾。「寶寶們，」她這麼稱呼。「寶寶們今天如何啊？」然後她從籠子裡拿出一隻來，放在掌心上，指尖輕撫牠小小的腦袋，發出親吻的聲音，說：「咳，我從來沒看過像你這麼漂亮的小東西，真的。」然後就為牠唱首歌。

不過，諾愛兒．唐納利還是不肯跟愛莉說她為什麼把她關在這裡，幾時才會放她走。她還是會逍遣她、揶揄她，說什麼她的驚人計畫，說什麼一切都會棒得不得了，妳等著瞧。

愛莉仍隨時帶著胸口裡那個皮開肉綻的傷口，她母親就停駐在那裡。她時常想像她母親單獨在家裡，撫摸愛莉的東西，躺在床上，把臉埋進愛莉的枕頭裡，在超市推著推車繞來繞去，一臉沉重，不停納悶為什麼她完美的女兒——因為蘿柔總是時時刻刻跟愛莉說她在她的心目中就是這樣子——離開了他們。

她也想像漢娜，她氣人的姊姊，老是想要沾她的光，老是想要偷偷破壞愛莉的光環，所以牙尖嘴利，不過都只是說氣話，不是真心的。她現在是什麼感覺，現在愛莉不見了，她再也沒有人可以玩幼稚的權力遊戲了？她會很傷心。她會責怪自己。愛莉好想穿過他們家的牆壁，找到她，兩手抱住姊姊，抱得緊緊的，說：*我知道妳愛我。我知道妳愛我。拜託不要怪自己。*

而她的父親呢？她不敢去想像。每次他浮現在心頭，就是穿著家常服，頭髮因為臥床而凌亂不堪。她看見他早晨冒出來的軟軟的鬍子，他的光腳，他一隻手伸到上方去把廚房架上的咖啡罐拿下來。她的父親現在就是這樣存在著，困在他的琥珀色晨袍裡。還有傑克——她眼裡的傑克是自由不羈的靈魂，她眼裡的他是個年輕的男孩，在花園裡踢足球，穿著特大號運動衣懶洋洋地上學，沉重的書包掛在小小的身體上，一看見朋友在前面就加快腳步。

而在被囚禁的頭幾天，愛莉鮮少想到西奧，倒是讓她意外。在諾愛兒綁走她之前，她幾乎是活著的每一刻都想著他。可現在她的家人佔據了舞台的中央。她想念西奧，可是她需要她的家人。需要得心痛。她把身體縮成球，兩手用力按住肚子，為他們哭泣。

愛莉的每一天不止二十四小時。每一個小時感覺都像二十四小時。每一分鐘感覺都像三十分鐘。這個時節天黑得很晚，天亮得很早，而介於其間的時間都花在混亂激烈的夢與惡夢的糾纏、扭絞的床單、汗濕的枕頭上。

「我要回家。」她有天早晨跟送早餐進來的諾愛兒說。

「我知道，我知道。」諾愛兒捏捏愛莉的肩膀。「我很抱歉，真的。我盡量讓妳可以舒服一點，妳看得出來的，對不對？妳看得出來我的努力？我花的錢？知道嗎，我自己很節省，錢都花在妳身上了。」

「妳讓我回家就不必為我花錢了啊。妳可以到別的地方去，我絕不會跟別人說是妳。只要能讓我回家我就很開心了，我只在乎這個。我不會跟警察說，我不會——」

接著是很響的一個巴掌。

諾愛兒的手背甩過愛莉的臉頰。

「夠了，」她說，聲音嚴厲。「夠了。我讓妳回家妳才能回家。不准妳再說什麼回家的事了，聽清楚了沒有？」

愛莉以手背貼著臉頰，用清涼的肌膚來撫平諾愛兒的指節造成的刺痛。她點點頭。

「乖孩子。」

諾愛兒那晚出門去了。愛莉在黑暗中醒來，很困惑地下室的樓梯居然會有沉重的腳步聲。

「啊，我吵醒妳了嗎？」

諾愛兒在房間裡。她在門口微微搖晃，然後才關上門鎖好。

愛莉坐起來，按著狂跳的心臟。諾愛兒的樣子怪怪的，她化了大濃妝，有些妝花了。一隻眼睛的眼影比另一隻濃，一邊顴骨有一大塊污漬。而且她的穿著很時髦：閃亮的黑上衣加緊身黑長褲，還有高跟鞋。一邊耳朵戴了一個金色的圈形耳環。

「對不起，」她說，朝愛莉移動。「我不知道這麼晚了。我喝了一點酒，妳也知道，幾瓶酒下肚時間一下子就過了。」

愛莉搖頭。

「對，」諾愛兒說，坐在愛莉的床沿。「妳當然不知道，妳還是個小女生。」

她微笑，愛莉看到她的牙齒染上了什麼黑黑的東西。

「那，」她說，「妳不想問我去了哪裡嗎？」

愛莉聳肩。

「我去我男朋友的公寓，」她說，「我跟妳說過我有男朋友嗎？」

「沒有。」

「我敢說妳一定不相信，對不對？無聊的老家教諾愛兒有男朋友。我是說，他對你們這些人來說不算什麼，顯然不算。可是他是我心裡的神，最聰明的人類。當然，他是怎麼看我的，我不知道。」

「妳今天晚上很漂亮。」愛莉說，因為早先諾愛兒的那一巴掌而故意拍她馬屁。

諾愛兒瞧了她一眼。「呀，小嘴真甜。我不漂亮，不過還是謝了。」

愛莉笑得很僵。

「那妳今晚怎麼樣啊？」

愛莉聳聳肩說：「還好。」

諾愛兒瞧了瞧房間，嘆口氣。「我在想也許可以幫妳弄個電視機和DVD播放機。現在可以不花多少錢就弄一組那種全套的玩意。那以後可能就沒有那麼多小禮物了。可是總比一天到晚盯著牆壁強。妳覺得呢？」

愛莉眨眼。DVD播放機、電影、紀錄片。「好，拜託，謝謝妳。」

「還有書呢？妳想不想看書？」

「想，我想。我很想看書。」

諾愛兒寵愛地對她微笑。「那就書。」她說，「我會去紅十字商店買一些，還有一些DVD。我們會幫妳弄得舒舒服服的，我們會弄得像個家。」

她站了起來，俯視愛莉，說：「現在就快水到渠成了。我能感覺得出來。就快水到渠成了。妳等著。」

愛莉看著她笨拙地拿鑰匙開鎖，她察覺到一瞬間的脆弱。她衡量著襲擊她的可能。撲上去，抓著她酒醉、妝花了的臉去撞牆，一次、兩次、三次，奪走鑰匙，用力插入鎖眼，轉動，打開，逃跑，逃跑，逃跑。但是這些畫面還在她的腦海中閃現時，門就已經開了，諾愛兒・唐納利走到了門外，然後又重重關上，然後她就走掉了。

「媽咪，」愛莉對著手掌低聲喊。「媽咪。」

愛莉無論如何也不會知道那天晚上發生了什麼事。她可以猜，根據之後的情況，可是真正的事實，那些細節，只有一個人知道，而她絕對不會跟她說。

諾愛兒六點送來她的晚餐，是炸雞塊和薯條，外加一匙豌豆玉米，聊備一格。盤子上有一個大奶油餐包、一小碗雷根糖和一杯可樂，可樂裡還有一片檸檬。諾愛兒當她是五歲小孩一樣為她準備餐點。愛莉好想吃壽司，或是這條街前面那家豪華中國館子的香蒜蝦加米飯。

那晚諾愛兒陪了她一會兒。她為愛莉帶來一本新書和一些高檔的洗髮精。她好像心情極好。

「晚餐好吃嗎？」她問。

「很好，謝謝。」

「妳真幸運，」她說，「妳這個年紀可以一直吃一直吃，一點也不會胖。」

「妳很苗條啊。」

「嗯，對，可完全是因為我差不多都沒吃。我四十歲的時候。喔，」——她把嘴巴噘成〇形——「簡直是嚇人。不能再吃奶油餐包了。而且年紀越大，情況就越糟。照這個樣子，到五十歲時我就只能喝白開水了。」

「妳幾歲？」

「很老了，」她說，「太老了。我四十五了。這個年紀一聽就很蠢。」

「沒那麼老啦。」

「唉，妳能這麼說真好，不過還是一樣，就是那麼老。尤其是在某些事情上。」

愛莉點頭。她不知道某些事情指的是什麼，也絕對不想問。

「唉，能為年輕人做飯真是愉快，我可以買一堆好吃的東西，而不是只能用看的。」她微笑，那種小小的牙齒害愛莉從骨子裡發冷。

然後就走樣了。

諾愛兒．唐納利的輪廓開始模糊顫動，房間的牆壁變黑色，四處溢流，有那麼一瞬間只剩下諾愛兒的牙齒，孤懸在漆黑之海中，像夜空中的幽浮。

之後就是早晨了。雖然一切感覺正常，愛莉卻知道並不正常，有什麼事發生了。

41

當時

夏季漸漸沉寂，一切如舊。夜晚變得更長，氣溫降了五度。諾愛兒幫愛莉買了一件毛呢襯裡的帽T和暖和的睡衣。地下室窗戶周邊的樹葉仍然是綠色的。愛莉猜想現在是秋天了。也許是十月初。諾愛兒不肯告訴她。

「喔，親愛的，妳不用知道。知道了也沒用。一點用也沒有。」

然後，有天早晨，躺在床上，愛莉覺得非常奇怪。一陣小小的顫抖，像啵的一聲，貫穿了她的身體中段，彷彿是有個人住在她的床墊下，剛才推了她的背。在驚恐的瞬間，愛莉還以為自己睡在一隻倉鼠的身上，趕緊跳下床來檢查。可是什麼也沒有。

她戰戰兢兢坐在床沿，等著看那種感覺是否會回來。並沒有，所以她又躺下來。可是她一躺下就又來了。這一次她能確認是哪個部位。是從她的體內來的。她的胃裡有泡沫迸破。她按摩著胃，想要把氣泡揉掉。最後氣泡消散了，她自己的身體不再出現什麼意外的事，到了那天晚上，愛莉完全忘了那種不像人世的感覺，那種被附身，不再是一個人的感覺。

42

你或許記得是哪一個晚上受孕的。就是我精心打扮，穿著我的絲綢上衣和高跟鞋到你家的那一晚，那一晚我們喝了兩瓶紅酒，做愛了三次。

我本以為我的計畫得拖上個一年半載的。這麼說吧，我的冰箱裡還有更多的塑膠管，結果全沒派上用場。我幫愛莉的排卵期記錄了兩個月，衛生棉條按日發給她，確認她的經血量。而我第一次就中了頭獎。我準備了棉條，等著愛莉跟我要。可是兩週過去了，三週過去了，然後是四週。然後她每天早晨都不舒服，我就知道了。

我等著愛莉懷了四、五個月之後才告訴你。我盡量拖延，才能讓我的詭計立刻奏效，因為如果要讓孩子是你的，當然就得讓你相信是我懷孕了。而我要是想假裝有孕，那我們的性生活也就得結束。所以我跟你說醫生說我是低位性胎盤，不可以有房事，所以**沒有房事**，可是你大概記得我們做了不少別的事，因為我勢必得留住你，比之前更需要，我勢必得留住你。

我說我自己去照過超音波，我表演得很過火，記得嗎？「喔，要是寶寶又沒了，我會受不了。我受不了又害你空歡喜一場。」你很體貼，不過我看得出你的心思不在這上頭。我看得出少了性，少了跟我同床共枕的親密，沒讓你的手撫遍我的身體，沒有共飲作樂，沒有週六早晨賴在床上，我就不是你的好伴侶。你並沒有把寶寶放在心上。我看得出來。我總感覺你希望我會把寶寶當作一個安慰獎，帶著它消失無蹤，像一頭低階的獅子偷吃獵物的一塊老皮，然後夾著尾巴溜走。我們一直都不親近，不像別人的那種親近，而這些年來維繫住我倆的東西逐漸瓦解了，像磚塊之間的灰泥。我能感覺到我們漸行漸遠，而我完全不知道應該怎麼辦。

我唯一的希望就是等孩子落了地你會愛上我，你會離不開它，我們倆就會密不可分。一生一世。

43

當時

她的胃擴張得像兒童玩具「跳跳球」一樣大，遍布藍色血管，被一條褐色長線分成兩半。有時她能清楚看見一隻腳的輪廓貼著如紙薄的皮膚，手肘和膝蓋，有一次她甚至看見了一隻耳朵的素描。她身體裡的小人滾動退縮，舞蹈踢踹。她身體裡的小人緊緊抵著她的肺和她的食道，然後小人翻個身，用力抵著她的膀胱和腸子。

諾愛兒買了懷孕的書給她看，還有治療消化不良、便秘、背痛的藥品。她幫她買了一個特殊的枕頭，形狀像香蕉，讓她晚上能夾住，讓膝蓋分開。愛莉喜歡這個枕頭：感覺像個人；有時她會抱住枕頭，把臉頰貼上去。諾愛兒買了一本給寶寶取名的書，她會坐下來讀給她聽。她買了一個聽診器，兩人一起聽胎兒的心跳。諾愛兒會用雙手撫摸她隆起的肚子，說出她感覺到的東西。「啊，對，寶寶在動，」她會說，「它翻動得好順利。唉，過不了多久它就會來報到了。」

愛莉在第一次感覺到胎動之後幾週就曾懷疑她不是發胖了，而是懷孕了。她說不出確切的時間點，但就是一天天過去，變得越來越明顯。她有天下午瞪著諾愛兒，想找出一個方法問她，但同時又不想要知道答案。最後她說：「我的胃裡有東西在動。我很害怕。」

諾愛兒放下了她的茶，含笑看著她。「沒什麼好怕的，小甜甜。不，不，不。妳只是有了孩子，就這樣。」

愛莉凝視著肚子，漫不經心地撫摸。「我也是這麼猜的，」她說，「可是怎麼可能？」

「是奇蹟，就是奇蹟，愛莉。而現在妳知道了。現在妳知道我為什麼會挑選妳了。因為我自己不能生孩子，所以我請天主幫我找個孩子，而天主告訴我就是妳！說妳很特別！說妳會生我的孩子！」諾愛兒一臉欣喜若狂，興高采烈，雙手緊緊按住心臟。「看，」她說，「看看妳。完美無瑕的懷孕了。聖父送的孩子。奇蹟。」

「可是妳又不信上帝。」

諾愛兒的動作很快，而愛莉肚子太大無法靈巧地避開來。

啪。

諾愛兒用手背甩了她一耳光。

然後諾愛兒就離開了房間，把門鎖得牢牢的。

接下來幾週諾愛兒不肯回答愛莉肚子裡的孩子是從哪裡來的，她只是一個勁微笑，說什麼「我們的奇蹟」，飄進愛莉的房間裡，手裡攥著阿斯達超市買來的小小睡衣和紅十字商店買來的小小針織鞋，還有一個柳條編的籃子，鋪了小小的白色床墊，有方格布罩，一本棉做的小書，翻頁時會吱吱吱、沙沙沙地響。她為愛莉腫脹的雙腳買乳液，對著她的肚子唱搖籃曲。

後來有一天，是剛開春的時候，愛莉醒來，感覺很怪。她睡得很差，找不到舒服的姿勢，胎兒總是壓著她哪裡。而在她睡著的片刻，她作的夢生動又驚人。在她的夢裡，她生下了一隻小狗，沒有毛，小不啦嘰的。小狗很快就長成了大狗，是一隻地獄犬，獠牙外露，兩眼通紅。狗恨她，在她的門外盤桓，咆哮、流口水，等著諾愛兒來開門，以便跳進來攻擊她。她三度被這個夢驚醒，冷汗直流，換氣過度，可是每一次她再睡著那隻狗都會在那裡，在她的門外。

她那天早上急著想見諾愛兒。那一夜感覺很漫長，彷彿等不到天亮似的。她想要有個人來打破她自己給自己施下的奇怪咒語。可是諾愛兒早餐時間沒有來，午餐時間也沒來。每一分鐘過去，愛莉都變得更加心焦、更加惶恐。等她終於聽見了諾愛兒的鑰匙聲，已是傍晚了，她已經巴不得投進她的懷抱，抱住她的脖子了。

可是門一開她看見諾愛兒的表情，愛莉立刻就縮進了軟軟的被窩裡。

「來，」諾愛兒說，把一碗家樂氏可可米、一包Wotsits玉米酥和半包奧利奧重重放在床頭几上。「我沒時間做飯。」

愛莉盤腿而坐，雙手抱著肚子，驚恐交加看著諾愛兒。

「喔，少來那副可憐兮兮的樣子。我沒那個心情。吃就對了。」

「這個很不營養。」她大著膽子悄聲說。從愛莉懷孕之後，諾愛兒就一直努力供應愛莉蔬果。

「他媽的，」她嘟囔著說，「只吃一餐妳也死不了，寶寶也死不了。」她一屁股坐在椅子上，氣得冒煙。

愛莉等了幾分鐘才又開口。「妳去哪裡了？」她問，撕開了那包玉米酥。

「關妳屁事。」

「我很擔心，」她大著膽子說，「我是說，我忍不住想，要是妳不在的時候出了什麼事怎麼辦？比如，妳可能出了車禍或是生病了。那我會怎麼樣？」

「我不會出事的，別傻了。」

「對，可是也不是沒有可能啊。妳可能會腦震盪，忘了妳的住址。那我就會被關在這裡，肚子裡還有個寶寶，誰也不知道我們在這裡，我們都會死掉。」

「喂，」諾愛兒氣惱地說，「我不會腦震盪。要是發生了什麼事，我會告訴某個人妳在這裡，可以嗎？」

愛莉看出諾愛兒漸漸沒有耐性了，她應該立刻就拋下這個話題，默默進食，可是她剛才說會告訴某個人她在這裡，這倒是新鮮神秘，而且極不尋常。這一點可不能忽略了。

「妳真的會嗎？」她問，微微喘不過氣來。

「當然會。妳以為我會丟下妳自生自滅嗎？」

「可如果……」她小心選詞用字。「妳不會擔心嗎？警察會來？妳會被逮捕什麼的？」

「喔，幫幫忙，孩子。閉嘴行不行。不要再胡說八道了。我今天已經受夠鳥氣了，夠我他媽的一輩子消受不完了。我不需要妳再給我添麻煩。我就是把妳寵壞了，而妳就只會坐在妳的大屁股上，想一些蠢事來瞎操心。我這一輩子都為了妳跟寶寶耽擱了。夠了，少在那裡唉聲嘆氣的，全都交給我來操心。拜託。」

愛莉點頭，瞪著橘色的玉米酥碎屑，淚眼盈眶。

「對了，那些東西臭死了，」諾愛兒咆哮，頭朝倉鼠籠擺動。「清理乾淨，不然就都送進馬桶裡。」

說完她就走了，只剩下愛莉一個人。高高的窗戶外一陣狂風吹動了光禿的樹枝，很像頭髮亂甩。愛莉吃著玉米酥，祈禱下次諾愛兒．唐納利去商店時，會有一輛公車撞上她，祈禱她會住院很久，久到讓她不得不告訴別人她的地下室裡關了一個女孩子，肚子裡還懷了一個神蹟寶寶。

諾愛兒似乎不再對孩子感到興奮了。愛莉的肚子越大，諾愛兒就越漠不關心。禮物沒有了，也不唸寶寶的名字了，不再有小睡衣可以欣賞，不再觸診她的肚子看胎兒的位置。諾愛兒仍然一天來看愛莉三次，送來食物——不再是健康的、對懷孕初期的胎兒好的食物，不再有蒸煮袋蔬菜和胡亂擺盤的番茄和小黃瓜，只有油炸食物，顏色是各種的白色和淡褐色，偶爾是橘色的——而她經常會留下來說話。

有時候這些閒聊都是家常瑣事，有時候會透露珍貴的訊息——比方說外頭的天氣，從中可知季節轉換了；或是她的家教變多了，因為外面世界的孩子開始為大考讀書了，由此可知現在是哪個時節。其他時候這種閒聊對諾愛兒而言是一種情緒的抒發，卸下心裡的負擔。起初愛莉發現她的心情擺盪很可怕，始終沒辦法預料是哪一種版本的諾愛兒會打開那扇門。但是時間越久，她也對諾愛兒的心理狀態摸出了一個大概，甚至在諾愛兒開門之前就能覺察到今天的閒談會是什麼，只憑她落腳在房外木梯上的節奏，鑰匙插入鎖孔的聲音，開門的速度，她的頭髮落在臉上的角度，她吸口氣然後出聲招呼的聲音。

今天她立刻就知道諾愛兒是處於自憐自哀的心情。

叭噠、叭噠、叭噠，她的八號半腳走下樓梯。

唉，然後鑰匙插入鎖孔。

吱，門緩緩打開。

又一聲唉，她關上了門。

「那，」她說，把愛莉的午餐拿給她：兩片白吐司，上頭覆蓋著一罐豆子和迷你香腸，一份包著保鮮膜的巧克力夾心煎餅捲，一罐葡萄糖能量飲和一碗雷根糖。

愛莉坐起來，接下了諾愛兒的托盤。「謝謝。」

她默默地吃了起來，很清楚諾愛兒在一旁沉思。

最後她聽見諾愛兒深吸一口氣，喃喃說：「我在想，愛莉，這一切是為了什麼。妳呢？」

愛莉注視她，隨後把視線移回吐司上的豆子。她清楚得很，像這種狀態的諾愛兒，沉默是金。她的角色就是純粹當一個人類白老鼠。

「我們做的每件事，每一天。每天早晨光是從該死的床上爬起來費的那個力氣。每天都做同樣的事。打開電水壺……」她做出打開開關的動作。「刷牙，」她模仿刷牙。「挑衣服，梳頭，做飯，洗碗，倒垃圾，買更多食物，接電話，洗衣服，曬衣服，摺衣服，把衣服放回去，對著外面那些混帳王八蛋微笑，每一天，重複個不停，沒有別的選擇。我是說，妳可以了解為什麼有的人寧可流落街頭，對不對？我有時就會看到遊民躺在紙板上，蓋著骯髒的舊毯子，喝烈酒，我會羡慕他們，真的。不必對誰負責，不必對什麼負責。

「妳知道嗎，我一定是瘋了，以為我做得到。」她指著房間，指著愛莉和她的肚子，指著籠子裡的倉鼠。「更多的嘴要吃飯，更多的苦工要做，更多的事情得花錢，又得洗又得煮又得摺又得收拾。我不知道我在想什麼，我真的不知道。」

她重重嘆氣，然後站起來，就要離開前又回頭好奇地瞧著愛莉。「妳還好吧？」這句話只是隨口一問，諾愛兒不想聽答案，她不想聽愛莉說她幾天來幾乎沒睡，因為她晚上太不舒服了。她不想知道愛莉的牙酸，或是她快沒有乾淨的內衣褲了，現在是在洗臉台用手洗內褲，說她需要新的胸罩因為她的乳房大得像西瓜，或是她好想念她媽媽，想得她都心痛，還有她聞得到夏天接近了，感覺得到白晝變長了，她一想到新鮮青草和後院烤肉的味道，想到傑克在蹦床上跳，想到泰迪熊在射在木地板上的陽光中伸懶腰就會哭。她不想知道愛莉也不再知道愛莉是誰，更別說她怎麼樣，不想知道她融化了自己，變成了一個水坑，一池水，形狀像原生質。不想知道有時候她覺得她愛諾愛兒，有時候她想要諾愛兒摟住她，像抱寶寶一樣慢慢搖晃她，而有些時候她只想要割開諾愛兒的喉嚨，站在那裡看著她的鮮血噴出來，緩緩地，大量的，流過諾愛兒的指頭，看著她癱倒，再看著她死亡。

愛莉知道斯德哥爾摩症候群，她讀過派蒂・赫斯特綁架案。她知道被囚禁的人在一段漫長的時間之後會發生什麼事。她知道她的感覺很正常，可是她也知道她一定不能允許這種依戀，不能有這種渴望諾愛兒注意或是期待她的讚許的時刻，她一定不能讓這種時刻主宰了她。她需要緊緊抓著想看諾愛兒死的那個自己。那才是堅強健康的自己，那才是有一天能讓她逃出這裡的自己。

44

你叫停的時候愛莉已經懷孕八個月了，也許應該說是我已經懷孕八個月了。

我只是覺得為了胎兒著想，我們現在應該要劃清界線了。

你他媽的王八蛋。你說這段關係已經到了自然結束的時候，你想要在孩子的生活中佔有一個角色，可是你覺得我們最好是各行其是。我們應該能在孩子出生之前想出「如何分割」。

如何分割！哈！這話是什麼意思，佛洛伊德？

我想你不是很知道，說真的。我想你只是厭倦了不能性交，我想你是想跟我脫鉤，去找別人上床。我就是這麼想的。

我硬生生忍住了哀求。我硬生生忍住了懇求。反正我還握著王牌呢。寶寶。我非常鎮定，記得嗎？我上樓到你的房間收拾了多年來我搬過來的東西。我的牙刷、我的體香膏、我的梳子、我的內褲……諸如此類的。我把東西丟進了一個提袋裡，我往裡一看就覺得悽慘。我穿著你的上衣，一件過大的T恤，下襬正好掠過我的假肚子。我想到要偷走它，可後來我想要是我把T恤披在你的床上，等你晚上爬上床來看見，或許你會想：喔，諾愛兒，我做了什麼！那樣就會更淒美。我離開房間時，你恐怖的女兒站在樓梯平台上，看著我，用那雙恐怖電影裡的眼睛看著我。去妳的，我掠過她面前時心裡這麼想。去妳的。

因為我知道我家地下室裡有什麼，而且我知道它比她強多了。只要比她強，那它就可能會讓我們倆又在一起。

我並沒有失去希望。

45

咳，我不會說是順產。不，我不會。我讀遍了在家生產的每一份資料，對於所有可能的情況都有了心理準備，大概只除了那些最可怕的情況，非得讓我們上醫院不可（我把說詞都編好了：走投無路的外甥女，因為太羞愧而不敢告訴她在愛爾蘭的家人——其他的你自己猜得到）。幸好沒有到那一步。我順利接生了孩子，完全不需要醫療介入。我不會說過程很愉快，跟愉快差得遠了，可是孩子生下來了，生氣勃勃，而且呼吸自如。這一天的最後最要緊的就是這一點。

她是個甜蜜的寶寶。一頭褐色頭髮。小小的紅色嘴巴。我讓那個女孩子幫她取名。她辛苦了一番，起碼我該表示表示。

帕琵，她說。

我是偏愛比較經典一點的名字的。比方說海倫，或是露易絲。不過，算了吧，不可能事事盡如人意。

頭幾天我把寶寶留給那女孩。反正目前我也做不了什麼，對不對？等寶寶兩週大了，我就把她帶到診所去量體重、檢查身體，給她報戶口，才能讓她是一個真正的人，而不是我的地下室裡的一隻小鬼。

我得回答一堆彆扭的問題，不過我是有備而來的：不知道我懷孕了，還以為是更年期了，身形幾乎沒變，在家裡生產，由我的伴侶陪產，一切都發生得太快，沒有時間叫救護車，一眨眼孩子就生出來了，所以，不，我們沒上醫院。不，孩子並沒有做過阿普伽新生兒評分。我跟他們說我是因為太緊張，所以不敢把孩子帶出屋子，我以為寶寶看起來沒事應該就OK。我坐在那裡聽他們責備，讓他們拍打我的手腕。喔，我說，我真的真的很抱歉。可是是這樣的，我一直到幾個月之前都還是處女（我用了最重的愛爾蘭口音），我過的是一種備受保護的生活，我其實知道的並不多。

他們嘆氣，一臉驚嚇，無疑是加了幾句評語：「可能是傻子，要特別注意。」但是他們給了我需要到市政廳去給孩子登記的所有文件，幫我約好了時間，五週之後再回去做產後檢查（我當然沒去。要是我去了，他們發現我的下面幾乎原封未動，一定會非常吃驚），又告訴我過幾天會有一名助產士來做家庭訪問。她來時我就假裝不在家，躲在後面房間裡，任由她按我的門鈴。她幾天之後又來了，還打了大約一百通電話，可是最後她放棄了。我乖乖按照預約時間帶寶寶去診所；該打的預防針，量體重，各種測試，一樣沒少。我只使出最少的本事就瞞天過海了。按照社工的說法，我們就是漏網之魚。認真想想，其實還挺叫人擔心的。

可那個女孩……嗯，我覺得我已經盡全力待她了，真的，可是她似乎不太好。其實是一件事接著另一件。首先是下體感染，後來似乎自行復元了，可是接著她又一邊乳房感染，至少我是這麼認為的。我讀了網路上的資料，跟她說她得用另一邊乳房餵寶寶，一直餵一直餵。她發燒，然後又全身冰冷。我給她買了成藥，卻不見效。她對寶寶失去了興趣，我只得接手餵孩子。後來她又不吃不喝，一天到晚喊她的母親，喊個不停，白天晚上沒有一刻消停。我連一分鐘都受不了。

後來有一天，大約是在寶寶五個月大時，我關上了地下室的門，很久一段時間沒有再回去。

46

約書亞給了蘿柔他祖父母在都柏林的電話。亨利與布芮妲．唐納利。兩人都還健在，而且都還在上班。

「他們很棒，」約書亞說，「真的很棒。可是很嚇人——你不會想惹火他們。可是真的是不可思議的人。充滿自然的力量，他們兩個。」

蘿柔在某個週日從佛洛伊德家回來後就打電話給他們。

一個女人接電話，聲音大到蘿柔嚇了一跳。

「喂，請問是唐納利太太嗎？」

「我就是。」

「布芮妲．唐納利？」

「對，我就是。」

「抱歉在星期日打來打擾，沒打擾你們吃飯吧？」

「沒有，沒有，我們沒在吃飯。謝謝妳。有什麼事嗎？」

「我剛認識妳的孫子約書亞。」

「啊，對，小約書亞。他好嗎？」

「很好。真的很好。我去妳女兒家拜訪他，諾愛兒的家。」

線路一陣沉默，然後布芮妲．唐納利說：「妳是哪位啊？妳剛才沒說。」

「對不起，我叫蘿柔．麥克。我女兒以前是諾愛兒的學生，大概在十年前。說來也真巧，我現在的男朋友以前是諾愛兒的伴侶。佛洛伊德．鄧恩？帕琵的父親？」

又一陣沉默，蘿柔屏住呼吸。

終於，布芮妲說：「這樣啊。」聲音拉得長長的，暗示她需要更多資訊才能打開話匣子。

蘿柔嘆氣。「唉，」她說，「我也不知道為什麼會打電話來，只是我女兒在結束了諾愛兒的家教課之後不久就失蹤了，而且她就在諾愛兒的房子附近失蹤的。而且諾愛兒也失蹤了，在幾年之後。」

「所以呢？」

「我只是想問問妳諾愛兒的消息，想問問妳覺得她是怎麼了。」

布芮妲．唐納利嘆氣。「妳真的不是記者？」

「真的，我發誓。妳願意的話可以上網調查我。蘿柔．麥克，或是查我的女兒，愛莉．麥克。網路上都有。我保證。」

「她本來是要回家來的。」

蘿柔眨眼。「什麼？」

「諾愛兒。那一個禮拜。她要回來，帶著她的小女兒。」

「喔，」她說，「我都不知道。佛洛伊德只說她失蹤了，他沒說她打算要回愛爾蘭。」

「那，大概是她沒跟他說吧。可是她是要回來的。那些記者根本就不在乎。警察也不在乎。一個中年婦女，獨來獨往的，前一個伴侶說她心理不穩定。我跟他們說她要回家來，可是他們不覺得是要緊的線索。可能真的不是吧。」

「她說她要帶著女兒回去？」

「對。她要帶著女兒回來。帶著帕琵，而且她們會留下來。住在家裡。我們都預備好了，真的。床都鋪好了。我們給孩子買了一隻大熊。買優格和果汁。結果突然間她把孩子給了做父親的，收拾了行李就沒了蹤影。我們大概也都不覺得意外。我們從一開始就一直都不太相信她有孩子，更別說她還一個人撫養孩子了。」

「那妳是覺得她改變了主意嗎？她本來是要帶著帕琵來跟你們開始一段新生活的，可是最後一分鐘又臨陣退縮了？」

「嗯，對，好像就是這個樣子。」

「唐納利太太，那妳覺得她上哪兒去了呢？妳不介意我問吧？」

「唉，憑良心說，我覺得她死了。」

蘿柔愣住，消化布芮妲的話帶來的衝擊。

「唐納利太太，妳最後一次跟諾愛兒見面是在何時？」

「一九八四年。」

蘿柔又陷入沉默。

「她拿到博士學位之後回來了幾個禮拜，然後就去倫敦了。那是我們最後一次見面。她的兄弟去倫敦找過她，她老是避不見面，老是找藉口。我們沒收到過她的耶誕節卡片或生日卡片。我們傳遞消息給她：添了姪子姪女，孩子畢業了，妳怎麼樣啊？可是她從來不回。她真的、真的一點也不在乎我們，一個也不在乎。到最後我們也不在乎她了。」

47

寶寶六個月大時我第一次帶她去看你。我把她精心裝扮了一番：皮草領的毛衣之類的，是「季風」服裝店的特價品，還有一件芭蕾舞裙，還有鞋子！寶寶的！相當荒謬。可是這個寶寶是你見過最漂亮的寶貝，我要你一見到她魂魄就被勾了去。

那天我帶她來看你，我的心裡七上八下的。我事先打電話跟你說我要去。我要我們受歡迎，友善地喝杯你為我倒的茶，讓你有心理準備。

那是陽光普照的早晨，充滿了希望的一天，我覺得。你來應門，穿著恐怖的毛衣。對不起，可是真的很恐怖。你在穿衣服方面始終都不算時尚，這一點我們倒是相同，可是真的，這一件實在是恐怖。不用說，一定是你恐怖的女兒送的耶誕禮物。

你沒看我。你的眼睛立刻就被我拎著的汽車兒童椅上的寶寶吸引住了。我盯著你的臉，我看見你打量她，這個四肢胖嘟嘟、皮膚黃褐色、暗色頭髮的小傢伙，跟你太太幫你生的那個皮包骨、人不像人的東西有天壤之別。你微笑了，然後，上帝祝福這個漂亮健康的孩子，她也立刻就對你微笑。她踢了踢穿著綢緞鞋的小腳。她朝你咕噥說話。她彷彿是知道，知道這一刻就是關鍵。

你招呼我們進門，我把汽車兒童椅放在你可愛的廚房地上，東張西望，立刻就被回到你私人空間的那種神聖與美好的氛圍包圍住。說也奇怪，我覺得在那一刻比我是你女朋友的時候更屬於這裡。你幫我泡了茶，在我的夢想中你就會幫我泡茶。你把茶遞給我，然後蹲在汽車兒童椅旁，抬頭看我，說：「可以嗎？」

我說：「請便。她畢竟是你的女兒。」

你解開了她的安全帶，她踢了踢小腳，舉高臂膀迎接你。你輕輕穩穩地把她抱起來，抱到肩上。我想你大概是覺得她比實際年齡要小，因為她剛出生時你沒見過她。可是她讓你知道她沒有那麼小，她在你的懷裡轉身，一隻手貼著你的臉頰，拉扯你散亂的鬍子。你對她做鬼臉，她咯咯笑。

「哇，」你說，「她好可愛，對不對？」

「嗯，我當然是有偏見的……」

「她六個月大了？」

「對，星期二就六個月了。」

「帕琵。很好聽的名字。」

「對吧，」我說，「我覺得很適合她。」

「對，」你同意。「真的適合。」

你給她哈癢，她歡喜地看著你。

「妳好嗎？」你問，「妳最近好嗎？」

「我……」我臉上掛著傻笑，沒有提到我在她的房間裡，兩次、三次、四次拿著奶瓶餵她，沒完沒了，夜晚就像是沒有盡頭的惡夢。我沒有提到有時候我把她放在小床裡一個小時，坐在廚房把收音機開到最大，以免聽見她哭。我當然也沒提到那次我認真思考是不是該把她丟在醫院的大門口，像你的父母對你的做法。

「很美妙，」我脫口而出。「她非常非常乖。她晚上睡得很安穩，而且她會微笑，她會吃。說真的，佛洛伊德，我真不知道為什麼沒有早一點生，真的。」

你非常喜歡我的回應，我看得出來。可能在你的心目中你把我想像成可怕恐怖、沒有性別、年華老去的老太婆，最好是能甩掉就趕緊甩掉。而突然之間，我在你的廚房裡，氣色很好（我去做了頭髮，把頭髮恢復成原來的紅銅色。這是我二十年來第一次不是為了剪頭髮去髮廊），還帶著這個可愛到不行的寶寶，而我顯然深愛著她，像隨便一個正常的女人。而我能感覺到你，真的能夠，在重新評估我，重新修正你的偏見。我能感覺到我們仍然有機會。

我停留了一個半小時，等我離開時（我主動求去，捏造了一個朋友的飯局），你陪我走出門，抱著坐在汽車兒童椅裡的孩子。你堅持要親手把椅子固定在後座上。我看著你調整帶子，確認不會勒住她胖胖的小手臂。

「拜拜，可愛的帕琵，」你說，吻了你的指尖，按在她的臉頰上。「希望很快、很快會再見面。」

我笑得莫測高深，駕車離開了，丟下你站在人行道上卻渾然不覺站在哪裡。正中我的下懷。

48

星期一蘿柔在上班時接到邦妮的電話，蘿柔立刻就聽出了她那種世故圓融的聲音。

「我們一直在談，」她開口就說，「聖誕節的事。」

蘿柔阻止自己呻吟。她沒辦法讓自己去想聖誕節，即使是就在一週之後，全世界都點亮了燈，音樂飄揚，就連五金行的櫥窗都掛滿了小飾品。她還沒準備好。

「可惜的是，我們聖誕節當天會去我繼母家，她八十四歲了，身體太虛弱，不能勞動她長途跋涉到倫敦來，我們會到牛津去。所以我想在這裡熱熱鬧鬧過平安夜。我們可以交換禮物，玩遊戲，喝雞尾酒，什麼都可以。而且我有地方能容納幾千個人，所以孩子們，伴侶們全都來。妳當然可以把妳的大帥哥和他可愛的女兒帶來。」她停下來吸口氣；蘿柔能聽見她的呼吸中帶著咳嗽。「妳覺得怎麼樣？」

蘿柔把玩著鎖骨上的鍊墜。

「妳問過傑克了嗎？」她在停頓一下之後問。

「問了。」她說得乾脆俐落，讓蘿柔馬上就明白保羅和邦妮也知道了母子間的僵局。

「他要來？」

「他說是的。」

「那漢娜呢？」

「她也說好。她會來。」

蘿柔的胃翻攪。漢娜在她的心目中徹底改頭換面，從一個絕不會解凍的冰山美人變成了一個火熱的女人，對別人的男朋友投懷送抱，完全不考慮別人，只想到她自己。蘿柔不再知道該怎麼看女兒了。

「喔，」她停頓了很久之後才說，「聽起來是滿不錯的。我會問問佛洛伊德。他確實說過他和帕琵通常平安夜都待在家裡，不過我確定要說服他們也沒有什麼問題。我再打給妳好嗎？」

「當然好！沒問題。不過要早一點打，方便的話。我最晚明天就得要跟維特羅斯訂貨了。」維特羅斯。蘿柔想像不出在她的一生中幾時訂過維特羅斯超市的聖誕大餐。

她放下了電話，喟嘆一聲。

那晚到佛洛伊德家，她問他諾愛兒把帕琵留在他家門口，從此不見影蹤，帕琵有何反應。

「她開心嗎？」她問，「她難過嗎？她會不會想念媽媽？情況是怎麼樣？」

「嗯，一開始，」他說，「她的樣子很糟糕。體重過重，不肯讓人幫她梳頭髮，洗澡、刷牙。所以她一團糟。基本上這就是諾愛兒把她丟給我的原因。她生了這個完美的小寶寶，又因為她不知道怎麼當媽媽而把孩子養壞了，結果四年後養出個怪物來。

「不過，帕琵可不難過。帕琵愛死了跟我住。她跟我在一起的時候都很乖，不發脾氣。也不會什麼食物都要抹上巧克力醬。她乖乖坐著，我們聊天，她學習閱讀，諾愛兒把她送來這裡，她很開心。真的開心。不過當然啦，」——他聳聳肩——「我們兩個都沒想到諾愛兒把她丟給我之後會一去不回。我們以為她會回來，可是等情勢明朗了，她是不會回來了，那時帕琵跟我已經合作無間了。我真的不認為她因為諾愛兒不在了而心裡有陰影，我認為……」他瞧了她一眼。「我認為反倒是福氣。」

蘿柔的眼神飄向佛洛伊德，又躲開了。她的腦子裡掠過一個想法，速度太快、太不討喜，她掌握不住。

帕琵站在樓梯口，俯在欄杆上，歪著頭，頭髮來回搖晃。

「蘿柔，」她以舞台上的低語說，「快點，上來！」

蘿柔不解地看著她，說：「好。」

「進來，快點！」帕琵拉著她的手把她拖進臥室。

蘿柔沒進過帕琵的臥室。

是個小小的方形房間，俯瞰花園。她有張四柱床，掛著白色平紋細布帘，牆壁也漆成白色。她的鴨絨被是白色的，窗帘是白底細灰條紋。白色床頭几上有鍍鉻檯燈，白色書架上擺滿了小說。

「哇，」蘿柔說，走了進去。「妳的房間好簡單。」

「對，」她說，「我喜歡簡單。坐，」她說，拉出一張白色木椅。「嘿，我送爸爸的聖誕禮物送來了。妳覺得怎麼樣？」

她打開了白色衣櫃的門，拿出一個亞馬遜快遞盒。

然後她從裡面拿出一只大馬克杯，上頭寫著「讓人受不了的咖啡挑剔鬼」。

「喔！」蘿柔說，「好棒！他一定會喜歡的！」

「因為，他就是，對不對？他對咖啡簡直是挑剔到家了。他非喝哪一種的不可，不然就寧可喝白開水。在衣索比亞長大，水是天使的眼淚……」

蘿柔微笑，說對，現在有很多人對咖啡都太講究，她就分不出有什麼不同，葡萄酒也是，喝起來都一樣，除非是很差的酒。說話時她的視線掠過帕琵房間的每個小地方，忽而頓住，握緊胸口。

「帕琵，」她說，站了起來，走了幾步。「這對燭台是從哪兒來的？」

帕琵抬頭看著書架的最上層，那兒擺著一對幾何形大銀燭台。

「不知道，」她說，「本來就在那裡的。」

蘿柔伸長手去拿下一只，感覺極沉，她早就知道。因為這是她的燭台，在愛莉失蹤四年之後從他們家被偷走的燭台，她一直認定是愛莉拿走的燭台。

「我不是很喜歡，」帕琵說，「我覺得那是媽媽的。妳要的話就送給妳。」

「不，」蘿柔說，把燭台放回書架上，胃不停地翻攪。「不，這是妳的，妳自己留著。」

49

當時

愛莉躺在床上。月光照在她的身上，微微閃爍的藍色；外頭的枝葉在一陣急促的微風中窸窸窣窣，劈啪嗶剝，像遠處的煙火。她想把腿弄下床，卻太虛弱了。她記不起上次是幾時吃東西。六天前？或是七天？

她快要譫妄了，潛意識的某個恐怖的層面卻仍清楚她被遺棄了。她不時會聽見她的寶寶在樓上哭，她的心臟會輻射出痛苦，貫穿身體的每一處。可是她沒有聲音可以呼喊，也沒有活下去的意志。她的頭在搏動，在發痛，浮現出奇怪的畫面，閃過許多想像，像是晚上閃電照亮天空。她看見了她母親，攪著馬克杯裡的茶包。她看見了她的父親，拉上外套拉鍊。她看見了西奧，拋球給他的小白狗追。她看見了諾愛兒，翻閱她的作業，把眼鏡推到鼻梁上。她看見了有一年她們在懷特島租的房子。她看見了淡棕色的小馬站在花園底的原野上，吃他們手上的蘋果。她看見了帕琵，仰躺在愛莉的床上，小小的紅色嘴巴張開成○形。她看見了漢娜，頭不停地轉，及腰的馬尾在頭頂旋轉，像螺旋槳。她看見了她自己的葬禮。她看見了她母親哭，她父親哭。她看見了她死掉的倉鼠的屍體撒落在她自己的棺木上，像一塊塊的泥巴。

她看見自己飄浮在棺材之上。

她看見自己越飄越高。她看見底下她的房間。她的沙發床。污穢沒洗的床單，糾結的鴨絨被。塑膠籠裡裝滿了死亡。垃圾桶裡的空玉米片包裝袋溢了出來。堵住的馬桶流出一條條的褐色髒水，充滿了鐵鏽和細菌。

她交抱雙臂，放在胸口上。

她閉上了眼睛。

她讓自己飄浮得更高更高，最後她感覺到雲朵貼著她的皮膚，她感覺到她母親的手臂緊緊抱著她，她的呼吸輕拂過她的臉頰。

50

帕琵兩三歲時，我決定把房子賣掉。你不時給我一點孩子的撫養費，可是我太有骨氣，不肯跟你多要，再說，本來就不是為了錢，從來都不是。可是我那時很窮，佛洛伊德。窮得可以。我只有在把帕琵送給你暫時照顧的時候才能工作，而她只有一半的時間在你那兒。所以我決定要釋出一些資產。我們不需要三樓的大房子，我們可以住一間小公寓。

不過我當然記得整樁計畫中的絆腳石。

那個女孩。那個可惡的女孩。

她在某個時候死了。我不知道確切的時間點。死了最好，對，死了最好。報上說尋找她的人力已經減少了，我的解讀是他們把她當成了失蹤人口，所以我決定要讓她就像個離家出走的孩子。

我一直留著她當初帶的背包。這不就表示我至少有一半的意願會在時機成熟的時候放她回家嗎？不就表示我不是個壞透了的人嗎？我拿了她背包裡的鑰匙，有天我看見她的母親帶著游泳用具出了門，我就從後門開門進去，拿了一些我認為那女孩若想逃出國會帶走的東西：一台老舊的筆電，一些現金，她或許會想轉賣換現金的一對燭台。我一直都很喜歡這對燭台——就擺在我們上課的那張桌子旁邊的鋼琴上。我有一次表示欣賞，那女孩說有一天要帶去《鑑寶路秀》節目去鑑定價值。

我也拿了一個蛋糕。我是想起了有一天看見那個性情和善的母親端了兩片仍溫熱的巧克力蛋糕來，而不是平常的那種高級餅乾，而那女孩說：「是漢娜做的嗎？」她母親說：「對，剛烤好的。」那女孩轉頭跟我說：「我姊姊烤的蛋糕世界第一，不會有比這個更好吃的巧克力蛋糕了。」我不會說我特別記得那個蛋糕，也不記得是不是世界第一，不過我倒記得那女孩說這話時的表情，眼裡閃耀著期待，吃蛋糕時的那種無限的愉悅和滿足。

很奇怪，知道吧，因為我回顧當她家教的那些日子，我覺得一切一定是我自己夢到的，因為到最後我發誓我一點也不知道我究竟是看上了她哪一點。真的。

說來說去，她也不過就是一個女孩。

我到處找她的護照。護照是關鍵。可是怎麼找就是找不著。然後我有了一個其妙無比的點子。我監視他們家時看過她姊姊，兩個女孩的外貌非常相似。所以我跑到姊姊的房間，不到一分鐘就找到了她的護照，放進了裝著筆電、燭台和裝在保鮮盒裡的蛋糕。十分鐘後我就到家了。

接下來的情況很難啟齒，因為憑良心說，需要某種程度的心狠手辣。幾年前，在地下室的臭味引起注意時（我在她死後沒多久到隔壁鄰居家去過，問他們有沒有聞到異味。我跟他們說是水管有問題），我把那個女孩搬進了閣樓上一個裝毯子的箱子裡。等帕琵在你家過夜時，我就把她從那兒搬走（喵，我說「她」，不過到這個階段用「它」比較合適），丟進了後車廂，連同她的背包，我把她的舊衣服和護照都塞了進去，然後我摸黑開車到丹佛去。我找到了一條安靜的小巷子，四周不見人煙，我把她的一些骨頭丟在馬路上，再開車輾過去，然後再丟進陰溝裡，把她的背包丟在旁邊，踢散了一些枯葉和泥巴蓋住就離開，相當的乾淨俐落。剩下的骨頭我丟到離馬路幾哩遠的市立垃圾場了。

我還以為她應該是會立刻就被人發現的。我幾乎沒有費事去掩蓋她。我要她被發現。我要這件事了結。在某個潛意識的層面上想要被抓到。我壓根沒去想鑑識的事情，沒去想纖維和輪胎痕之類的。可是幾個月過去了，就好像根本沒這回事似的。我好像是全身而退了。

然後倫敦的房屋市場淡了下來，我決定不賣了。生活又恢復正常。

唉，我說正常，可是老天，帶著一個小娃娃是能怎麼正常？而且這一個娃娃還有自己的主意。是個怪物。她白天中午晚上都要吃糖。麥片裡放糖，水果上放糖，無論什麼都要抹上榛果可可醬，否則她就不吃。她晚上不肯睡覺，在托兒所裡欺負別的小孩，痛打別人，絆倒別人；我老是被找去。可我每週帶她去你家住，她就，嘿，變成完美的小天使。把拔長把拔短，起初我當然很喜歡，因為她是我回到你身邊的捷徑，而在這方面的成效卓著。可後來我看得出你們兩個形成了某種排除了我的團隊。就好像是你和莎拉潔又重演了。她會坐在你的大腿上，揪你的頭髮，她會看著對面的我，彷彿我對她而言只是空氣。甚至還比不上空氣。

有時候我會在你們相處一天之後來接她，她會藏在你的腿後面，或是躲在哪個房間裡，死也不肯出來。

「我不要走！」她會說，「我要留在這裡！」

有時候我心裡想他媽的，你們兩個都去死吧，而我會離開，關上我背後的門，丟下你們兩個人，讓你們走回你們可愛又溫馨的家，一塊做可愛又溫馨的事情。而你給她什麼她都吃。她回家來會跟我說什麼非洲餐廳的熱炒、脆皮蝦和燉菜。在你家不吃糖，不吃垃圾食物，不看兒童頻道，沒有廉價的電子玩具發出噪音，全部銘印在你的心靈上，永難磨滅。完全沒有我拿來讓她閉嘴的東西，只有書、音樂和公園散步。

然後有一天，你記得那一天的，佛洛伊德，那天相當重要，你跟我說你在想要讓帕琵在家自學。我才剛在網路上填好表格，申請了本地的一所小學，但是顯然這樣還不夠好：喔，不，不，對你的寶貝帕琵來說什麼都不夠好。只有你，佛洛伊德。只有你。

「我的小小我。」

你總是這樣叫她。

彷彿這個孩子跟我一點也沾不上邊似的。彷彿唯有一個在各方面都是你的翻版的孩子才可能值得去愛。

反正你是說：「她非常聰明。真的非常聰明。我不會意外她可以進門薩[3]。我覺得主流的教育不會知道該如何教育她，而如果我在家裡教她，那讓她搬來跟我定居也是合情合理的事。」——而知道嗎，我以為你是覺得我會鬆一口氣。我以為你是覺得我會說：好啊，太好了，唉，我心裡的一塊大石頭終於落地了。你知道我覺得她在家裡有多難搞。你知道我們有多合不來。你也知道，在內心深處知道，我不是做母親的那塊料，我不懂得養育孩子。

但是你不知道的是我為了幫你弄到這個孩子做了什麼。你一點也不知道。你一點也不知道我的人生壓根就不是人生，不是正常人的人生，而唯一為我照亮道路的人是你，佛洛伊德。要是帕琵的監護權完全都給了你，那，真的，我還有什麼用處？你就不會有理由再見我了。你就不會有理由再讓我待在身邊了。

我不能讓你帶走帕琵。她是我通向你的門票。

我們像成人一樣開始這段交談，最後吵了個臉紅脖子粗。

我那時就知道你不會罷休。幾星期後，你逮著了機會，立刻出擊。

有一半的時間我都受不了帶著孩子出門。她在公共場所是個累贅。進了商店她就要我買東買西，真的是什麼都要。沒有一家商店的東西是她不想要的。要是我不幫她買，我就是「小氣鬼」，我就是「討厭鬼」，她就會尖叫得把屋頂都掀翻了。所以我學會了趁她在托兒所時去辦事。可是那天下午我記得我需要番茄醬——不是給我的，注意，才不是，我沒有番茄醬也不會癲癇發作，可是大小姐可不行。所以我留她一個人在家裡，我才去了十分鐘，可能十五分鐘。

她爬上了廚房的流理台，尋找食物——想也知道，因為她如果十分鐘不吃東西就會死——結果她摔了下來，頭撞上桌角，割傷了，流了血，我打了緊急電話，他們教我該留意什麼，有需要時該在何時送她去醫院，我每件事都做對了，佛洛伊德，每一件事。我像個正常的單親媽媽。可是下一次她見到你，她當然是帶著一隻黑眼圈，臉色蒼白，又有瘀傷，說：喔，媽咪出去了，留下我一個人，我餓了，我只是想找麥片，等等等等的。而你轉向我，說：「到此為止，諾愛兒，到此為止。」

我知道你的意思，我知道事情早晚會走到這一步。所以我就在那時決定了。我跟帕琵。我們要走了。如果你要我們回來，你就得來找我們。

我全都計畫好了。我會帶著我的褐眼女娃回愛爾蘭！我母親和父親會把她視若珍寶！我的兄弟會說：哎呀呀，看這個孩子，這一代的唐納利誰能比她標緻。幾週之後我會打電話給你，跟你說我們的去向，你會跳上飛往都柏林的第一班飛機，你會在翡翠島上的亮麗綠光下看見我，在我家人的懷抱中，我們的孩子臉頰上泛著玫瑰紅，我會帶你去看最完美的鄉村學校，我們小時候就是在那裡上學的，你會和我的父母見面，我認識的人中最聰明的，還有我那些大腦特別發達的兄

❸門薩學會只有智商是世界前2%的人才能加入。

弟，你會看到在他們的維多利亞式大別墅裡的書架上排滿了書、獎盃和獎牌，你會知道我為我的孩子做了最好的選擇，她是在最理想的地方，而你不能帶走她，因為她既開心又適應良好，一大堆的親戚，還有綿羊、大海、甜美的草原空氣。

在這個美夢中，你會決定留下來。你會租一棟被風狂掃的小小農舍，而最後，因為我們是那麼的開心，一切是那麼的順遂，你會請我們搬過去和你同住。而那就會是我們的每一天。我們三個一塊。美滿的家庭。

51

「帕琵的燭台是哪裡來的？她房間裡的銀燭台？」

佛洛伊德放低報紙，抬頭看著蘿柔。現在是週二早晨，他們正在吃早餐。蘿柔昨夜險些就沒留下來，她險些就說她頭痛，想要在自己的床上睡覺。可她還是留下來了，為了共享一瓶酒的承諾，為了在帕琵的附近，為了沒有答案的問題。

「裝飾藝術的那一對？」

「對，在她的書架上。」

「喔，我去拿帕琵的東西時在諾愛兒家看到的。滿漂亮的，對不對？」

她吸了口氣，笑容緊繃。「我以前也有過一對，」她說，「跟那一對一樣。」

「我確實猜過可能值點錢，所以我才拿了來。說也奇怪，因為諾愛兒幾乎是家徒四壁。她的東西，全都是破爛，可是她卻有這對燭台。我覺得是真正的裝飾藝術風格的作品。我本來想拿去估價的，一直沒時間。」

蘿柔保持笑臉。「我以前的那一對絕對是值不少錢。是幾個朋友送我們的，結婚禮物，說他們在拍賣會上買下的。這些朋友都有錢得不像話，他們建議我們要保險，可是我們沒去保。」

她就此打住，等著看佛洛伊德會如何接話。

「就是嘛，」他說，笑容僵硬。「說不定諾愛兒還是給帕琵留了點值錢的東西呢。」

「可是她的房子呢？不是屬於帕琵的嗎？理論上來說？」

「諾愛兒的房子？不，房子不是她的，是租的。」

「租的？我還以為……」蘿柔及時醒悟。她是不應該知道諾愛兒的房子的。「我還以為應該是她買下來的呢。那諾愛兒的家人呢？你見過他們嗎？他們見過帕琵嗎？」

「沒有，」佛洛伊德說，「諾愛兒的家人不多，至少她沒跟我提過。他們可能關係疏遠，也可能是死了。她也可能有十二個兄弟姊妹。」他嘆氣。「那個女人的事都不會讓我意外，真的。」

她點頭，緩緩消化佛洛伊德的謊言。「那你到她家去收拾帕琵的東西，房子是什麼情況？打理得很整齊嗎？」

佛洛伊德微微打冷顫。「陰森森的，」他說，「真的很陰森。又冷，又空洞，很不舒服。帕琵的房間就像是羅馬尼亞孤兒院的房間，還貼著真的很奇怪的壁紙。到處都漆成胃藥一樣的粉紅色。還有，我的天啊，蘿柔，最可怕的，最可怕的是……」

他看向她，舔嘴唇。「我從來沒有跟別人說過，因為太悽慘、太病態、太……」他又打冷顫。「……邪惡。就是在她的地下室裡，她囤積過倉鼠或是沙鼠之類的。天知道是什麼。可能是老鼠。籠子一個堆一堆，一定有二十個吧。每個籠子裡都有十幾隻，全都死了。那個臭味。老天。」他眨眼摒斥那段記憶。「我是說，真的，哪種女人，哪種人類……？」

蘿柔搖頭，瞪大眼睛假裝驚詫。「好恐怖喔，」她說，「真恐怖。」

佛洛伊德嘆氣。「可憐的有病的女人，」他說，「可憐人，可憐人。」

「聽起來她只做過一件好事，就是生下了帕琵。」

他瞧了她一眼，又低頭看大腿。眼睛幽暗不安。「對，」他說，「大概是吧。」

52

在我們大吵一架之後的幾天我都和顏悅色的。關於帕琵搬去跟你同住的事，我唯唯諾諾，假裝我會「好好想一想」，說我能「看出好處來」。可其實我是在絞盡腦汁計畫我們的出逃。

輪到她在你家過夜了。我收拾了前往都柏林的行李，把汽車加滿了汽油，就不必半途停車了。我母親在等我搭乘隔天早晨九點的渡輪。我覺得自己真聰明，真的。

可是我低估了你。你想通了是怎麼回事。晚上我去接帕琵時沒看見她，你把她送到別人家了。你正等著我。

「進來，」你說，「拜託。我們需要談一談。」

英語中還有比這幾個字更恐怖的嗎？

你讓我在廚房裡坐下，我坐在第一次帶帕琵來見你的那張椅子上。我記得在那個完美的一天，你的廚房像子宮般吞沒了我。可是這天下午，你的廚房粉碎了我的心。我知道你要說什麼。我知道。

「我一直在想，」你說，「想帕琵。想我們的安排。想將來。不能再這樣下去了。我今天跟妳把話挑明了說，諾愛兒，我為她害怕，跟妳住。我認為……」

來了，來了。

「我覺得妳有毒。」

有毒。

親愛的耶穌啊。

「而且這件事不只是在家自學那麼簡單，諾愛兒。我們說的是所有的事。妳知道帕琵討厭妳嗎？她跟我說的。不止一次。不只是在她生妳氣的時候。而是經常。她怕妳。她不……」你抬頭看我，眼睛充滿了冷靜的罪惡感。「她不喜歡妳的味道。她跟我說過。這……這樣不正常，諾愛兒。這個年紀的孩子是不應該能夠分辨出他們自己的味道和他們母親的味道的。就這一點讓我知道妳們兩個之間有一種可怕的、基本的斷離，這意味著沒能夠建立親情。我和社工談過我的選擇有哪些，她說我應該要暫時把帕琵從現況中抽離，讓我們兩個把情況說清楚，所以她去住我朋友家。只住幾天……」

「朋友？」我熱辣辣地說，「什麼朋友？你根本沒有朋友。」

「什麼朋友都無所謂。不過我們真的需要達成協議，文明的，在帕琵回家之前。所以我請問妳，諾愛兒，身為帕琵的母親，妳能不能……」

你在這時有些措詞困難，我記得。

「妳能放她走嗎？拜託？妳還是可以見她，當然可以。可是必須在監督之下，必須在這裡，而且必須要配合帕琵的教育。」

我那時也在搜索枯腸。難聽的不是你說的話——雖然也夠難聽了——而是你說話的語氣。沒有哦，真是對不起，諾愛兒，可是我剛把妳的孩子交給了陌生人，而現在我要妳他媽的離開我們。你說話的語氣不帶一絲一毫的情緒衝動，而且完完全全的理性。

最後我說：「不，不，佛洛伊德。我不允許。我要我的孩子回來，而且我要她現在就回來。你沒有權利。一點權利也沒有。她是我的孩子，而——」

你那時舉起一隻手，你說：「對。我知道。可是諾愛兒，妳得接受事實，妳不夠格當母親。妳是怎麼養育她的，垃圾食物，整天看電視，缺少肢體上的親密。更別說還把她一個人丟在家裡，諾愛兒。這樣已經接近虐待了，而社工絕對會以這個角度來處理這件事情。帕琵的牙齒可怕極了。她有頭蝨，而妳那一半的時間壓根都不處理。妳的頭腦不正常，諾愛兒。妳不正常。妳不適合當母親。」

來了，來了，決定性的時刻中的決定性一刻。

我的腦子像炸開了。我看見了那個女孩的白骨落在我面前，在丹佛一條暗黑的馬路上，我的汽車大燈照過那堆白骨，我的腳踩住油門。我想到我讓自己變成了什麼，為了你。我根本就不想要那個臭小鬼，我只想要你。而我那時看著你，那麼的鎮定理性，我知道你討厭我，你要我走，而我想傷害你，我想真正傷害你，所以我跟你說：「你怎麼能那麼肯定她是你的孩子，佛洛伊德？你就從來不奇怪她長得跟我們兩個都不像？」

光看你的表情就不枉我把自己剖開在你的面前，真的。

「她根本不是我們兩個的，佛洛伊德，」我說，感覺到我的話像刀子一樣插進了你的心裡。

「她是我為你製造的，用了另一個女人的子宮和另一個男人的精子。」

話從我的口裡往外衝，完全不受控制。我反正也豁出去了。「她是科學怪人，佛洛伊德，你那麼寶貝的那個孩子。其實她幾乎不算人類。」

「諾愛兒，我不——」

我搶先發話，急著在你發問之前就回答你的問題，急著要主宰情況。「一個叫愛莉的女孩子幫我生的寶寶。我根本就沒懷孕，你這個白痴。你怎麼會以為我懷孕呢，你的大頭不是聰明得要命嗎？孩子是愛莉生的。她才是母親。而那個父親是一個陌生人，在網路上賣精子，一管五十鎊。」

喔，得了吧，佛洛伊德。你不會真以為孩子是你的吧？那個光芒四射的小金童？以為她是從你又累又老的基因來的？真的？你都不覺得奇怪？你都沒去想？哼，佛洛伊德，帕琵的父親是個青春年少的人，是在念博士的學生。我購買精子的網站說他不到三十歲，說他六呎一吋（約一八五公分），綠眸褐髮。我挑中他是因為愛莉的男朋友。我是以西奧當藍圖的。然後我穿著我的綢衫高跟鞋來找你，色誘你，那一段你絕對忘不了。整件事情就是一場騙局，佛洛伊德。而你一頭栽了進來，你這個軟趴趴、沒卵蛋、沒靈魂的屁。你徹頭徹尾被我騙了。

「哼，你要她就給你，混帳王八蛋。留下她，為她花錢，然後你後半輩子的每一刻都知道她只不過是一袋細胞和別人的DNA。祝你們兩個幸福。」

我抓著皮包的帶子。我說完了。結束了。我腦子裡的碎片在旋轉，轉得好厲害，我連自己叫什麼名字都快記不得了。可是我覺得很幸福。

然後我看著你的臉變成了暴風雨的天空，看見你的皮膚顏色從灰轉為殺氣騰騰的紫絳色。你一躍而起，撲過了桌面，兩隻手掐住了我的喉嚨，我的椅子向後倒，連帶我一起，我的頭撞到了地板，上帝啊，我以為你想殺我，上帝啊，我真的真的以為你要殺我。

53

那天早晨蘿柔從佛洛伊德家開車去上班，經過了漢娜的公寓，她是希望能偷看到西奧和漢娜連袂出門上班。可是街上又暗又靜，但是至少現在蘿柔想像得到女兒是在哪裡。她在西奧・古德曼的床上。

西奧現在是老師，好笑的是，這是漢娜跟她說的，約莫一年前。說她在哪裡遇見了他。蘿柔想不起細節來。一定就是從那時候開始的，她猜想。

蘿柔對這樣的轉折覺得駭然。

西奧是愛莉的。他屬於她，她也屬於他。他們兩個同心合意，就像一副手套那麼契合。而現在蘿柔生漢娜的氣，甚至氣到懷疑西奧究竟是看上漢娜的哪一點，跟愛莉相比。在她非理性的思想過程中每條線都是扭曲的，而她想像中西奧選擇了漢娜完全是把她當作一個安慰獎。

可是她又想起了那個週日早晨看見那個金髮女郎從超市出來，那個笑盈盈的金髮女郎一點也不像在門口迎接蘿柔的臭臉女兒，不像那個從來不會被她的笑話逗笑的皺眉孩子，那個一臉疲憊的女人，一聽見電話裡是母親的聲音就嘆氣。

而她這時才頭一次想到，說不定漢娜並不是一個天性就不快樂的人。

說不定是因為漢娜就是不喜歡她。

她那天下午打電話給保羅。他在上班，她能聽見背景忙忙碌碌的聲響。

「喂，」她說，「我能問你一件事嗎？漢娜的事？」

沉默一拍，然後保羅才說：「好。」

他知道，蘿柔心裡想，他早就知道了。

「她有沒有跟你說過有男朋友？」

又一次沉默。「有。」

她吸口氣。「你知道多久了？」

「幾個月了。」他說。

「那你知道——你知道是誰嗎？」

「對，我知道。」

蘿柔閉上眼睛。「她跟你說卻不跟我說？」

「對，差不多。」

這次換蘿柔沉默了。「保羅，」她過了一會兒說，「你覺不覺得漢娜討厭我？」

「什麼？哪有的事。她當然不討厭妳。漢娜誰也不討厭。妳為什麼這麼說？」

「只是，我們每次見面，她都那麼的……帶刺。而且冷冰冰的。我老是以為是發展停滯——你知道，她才剛要成年就失去了愛莉。可是我前天看到了她，跟西奧在一起。她是那麼的快活、那麼的開心。她完全變了一個人。」

「是啊，她是墜入愛河了。」

「可是她跟你，和邦妮見面的時候，她是什麼樣子？心情愉快嗎？很風趣嗎？」

「對，我覺得是。整體來說。」

「那我沒猜錯。是我。她受不了看見我。」

「我確定不是這樣的。」

「是真的，保羅。你從來沒看見過。你從來沒看見只有我們兩個在一起的時候她的樣子。她就像……像空殼子。什麼也沒有。只有茫然的眼神。我做了什麼，保羅？我做錯了什麼？」

她聽見保羅吸氣。「沒有，」他說，「妳沒做錯事。可是我會說，唉，她失去的不只是愛莉，對吧？也失去了妳。」

「我？」

「對，妳。妳有點——神不守舍。妳不再做飯，妳不再——妳不再當媽媽了。」

「我知道，保羅！我知道我是那樣！我也向漢娜道歉過不止一百萬次了。不然你以為我幹嘛每個星期都跑去她家幫她打掃？我是想要彌補，保羅。我一直在努力，可是卻一點改變也沒有。」

「蘿柔，」他小心翼翼地說，「我覺得漢娜真正需要的是妳的原諒。」

「原諒？」她跟著說，「原諒什麼？」

這次的沉默很漫長，保羅在思索該如何回答。

「原諒她……」他終於說，「不是愛莉。」

保羅的話把蘿柔自己都不知道緊緊纏捲在心裡的一整串思緒感覺全都攤直了，她一頭栽進愛莉失蹤之後的分分秒秒，回想起她憤恨酸苦地抱怨只留下她和漢娜，不讓她吃愛莉說要留給她的千層麵，而愛莉在家裡霸佔了那麼多的東西。每個人都在搶愛莉的注意，都想分一點她的耀眼光芒。然後光芒消失了，而他們也都像死星一樣從太陽旁邊離散了。

沒錯，蘿柔從來沒有把漢娜當安慰獎一樣接受，她真的沒有。結果她和女兒的關係全都是她自找的。唉，現在她知道了，她可以想辦法讓情況好轉。

蘿柔打給漢娜，轉入了語音信箱，不出她的預料。可是這一次不能等，她需要立刻說出來。「親愛的，」她說，「我只是想說，我真的以妳為榮。妳是世界上最了不起的女兒，我很幸運能有妳這個女兒。我也想說對不起，真的對不起，如果我做的事讓妳覺得妳不是我世界的中心的話。因為妳是的，妳絕對是我世界的中心，我不能沒有妳。還有」——她輕輕吸口氣——「我要說我前天看見妳了，看見妳和西奧，我覺得很好，我覺得他是一個非常、非常幸運的男人。一個非常幸運的人。唉，我要說的就是這些，我很抱歉以前都沒說，我愛妳，平安夜見。我愛妳。拜。」

她掛斷了電話，放在廚房流理台上，感覺到全身像被一道波浪沖刷過，輕盈沒有負擔。她放下了自己都不知道一直以來扛在身上的包袱。

54

那晚蘿柔抵達佛洛伊德的家，感覺輕鬆一些，更集中於當下。她也首次注意到儘管距離聖誕節還有三天，屋子裡卻沒有樹。事實上，屋裡連一丁點裝飾都沒有。

「你不弄聖誕樹嗎？」她在門廳問幫她脫大衣的佛洛伊德。

「弄聖誕樹？」

「對啊，你不擺一棵嗎？」

「不擺，」他說，「嗯，以前有，可是有很多年不擺了。妳要的話我們可以擺啊。妳要嗎？那我現在就去買。」

她失聲而笑。「我是為了帕琵。」她說。

「帕琵！」他朝樓上喊。「妳要聖誕樹嗎？」

他們聽見了她的腳步聲，既急又響。她出現在樓梯口，說：「要！要！」

「那好，」佛洛伊德說，「就這麼說定了。我現在就出去，像個好爸爸，然後我會把一棵完美的聖誕樹帶回來。要一起來嗎，帕琵？」

「要！我先穿鞋。」

「我們還需要小彩燈，」蘿柔說，「還有小飾品。你們有嗎？」

「有，有，在閣樓上。以前凱特和莎拉潔住這兒的時候我們會弄聖誕樹。上頭有好幾箱。我去拿。」

他跳上樓梯，兩步一階，幾分鐘後抱著兩大紙袋的裝飾品下來。然後他和帕琵坐上車，消失在黑夜中，而蘿柔左顧右盼，這才發覺她還是頭一次單獨在佛洛伊德的家裡。

她打開電視，找到了衛星頻道，正在播放聖誕歌曲。接著她從袋子裡掏東西，她會用亂七八糟來形容。舊塑膠球，一隻編織的馴鹿、只有三條腿，一片大型的尖細雪花、把她的毛衣鉤破了一個洞，一些表情嚴肅的木頭士兵和一組表情各異的木精靈、戴尖帽穿翹頭鞋。

她什麼也沒拿，只拿出了小彩燈。有兩套：一套是七彩的，另一套是白色的。她接上插頭，白色的燈會亮，七彩的不亮。

她到廚房去翻抽屜，尋找保險絲。她到門廳的矮櫃去找。外帶菜單、停車證、備用鑰匙、一捲花園用垃圾袋。沒有保險絲。

然後她看著佛洛伊德書房的門。他和帕琵都在這裡上課，他也在這裡寫書和論文。如果按照她的意思，她會把前面到後面都打通，創造出一個雙重的起居室，可是佛洛伊德沒更動劃分出來的兩個房間，就像維多利亞時代的格局。她沒進去過佛洛伊德的書房，只是匆匆瞥見他進出。她覺得，而且感覺相當強烈，不過她不確定是為什麼，佛洛伊德並不想要她在未得他許可的情況下擅自進入，所以她站在那兒一兩分鐘，一手握著門把，說服自己不過就是房子裡的一個房間，說服自己佛洛伊德沒有她活不下去，她當然能夠進去他的書房找保險絲。

她轉動了門把。

門開了。

佛洛伊德的書房裝潢得很舒適。地板鋪著舊波斯地毯。老家具堅固耐用，兩盞弧頸鍍鉻檯燈，一盞是綠色玻璃燈罩，一盞是白色的。他的書桌上有筆電，螢幕是變換不停的風景照片。她很快動手翻找抽屜。

鋼筆、筆記本、外國硬幣、電腦磁碟、CD、記憶卡，分門別類放在小格子裡。她走去另一張書桌，擺在後面的窗戶下可以俯瞰花園。這裡的抽屜鎖上了。她嘆口氣，漫不經心地翻著桌上的那摞文件。她不是在找保險絲了，她知道。她是在尋找別的東西，以便阻斷幾天來纏著她不放的奇怪窒悶的霧靄。

冷不防間她就拿在手上了。一堆剪報，全都是五月二十六日的《法網恢恢》節目呼籲播出前後的日期。有她的臉、保羅的臉，還有愛莉的。有她接受《衛報》的訪問，她和保羅一起接受本地報紙的採訪。她想起了在他們的第一次約會之後，佛洛伊德害羞地承認在網上搜尋過她。可是半年之前，他根本都還沒見過她，他就已經在蒐集報上愛莉的失蹤報導了。她聽見外頭街上有車門關上的聲音，立刻把剪報塞回那堆文件內，匆忙離開了佛洛伊德的書房。

佛洛伊德和帕琵在一分鐘後進了家門，買了一株八呎高的樹。

「那，」佛洛伊德說，臉頰因為費力把樹拖進屋子而泛紅，暫時把樹幹扛在肩上讓蘿柔鑑賞它的尺寸。「這一棵夠格了吧？」

「哇，」蘿柔說，貼著牆壁讓佛洛伊德把樹從門廳弄進客廳裡。「這一棵有平常的一棵半那麼大呢。我們需要更多燈！」

「嗒－噠！」帕琵出現在他後面，抓著兩袋DIY五金行買來的彩燈。

「好極了，」蘿柔說，「妳想得真周到。」

電視仍然在播放聖誕歌曲，是喬納．路易（Jona Lewie）的〈騎兵，停止前進〉（Stop the Cavalry）。

佛洛伊德割斷了樹的網子，他們看著樹枝散開來。佛洛伊德對聖誕樹的反應過於亢奮，有點反常。「嘿，」他說，轉向帕琵和蘿柔。「這棵很漂亮吧？我買到了一棵好樹吧？」

兩人都跟他保證樹很漂亮。然後帕琵和蘿柔開始給樹裝飾，而佛洛伊德則到廚房去準備晚餐。

「那，妳以前都不會想要聖誕樹？」蘿柔問。

「對，」帕琵說，「我也不知道是為什麼。我們大概不是那種過聖誕節的家庭吧。」

「可是莎拉潔和她媽媽呢？她們會有樹？」

「對！」帕琵的眼睛亮了起來。「凱特愛死聖誕樹了。簡直像瘋子。她們家就像是聖誕卡。」

她忽然發現自己失態了。「我說得有點太過分了，其實。」她說完。

「我覺得滿有趣的。」

帕琵微笑說：「邦妮家會有聖誕樹嗎？平安夜那天？」

「喔，一定的，我相信一定會有的。絕對會。可能是很大的一棵。」

帕琵笑得更開心。「我等不及了，」她說，「過一次盛大的聖誕節也不錯。」

「那妳聖誕節通常都做什麼？」

「沒什麼。吃午餐，交換禮物。看電影。」

「就你們兩個？」

帕琵點頭。

「不跟親戚見面？」

「我沒有親戚。」

「妳有莎潔啊。」

「對，可是她只有一個人。我的意思是一大家子。像妳的。我有時候希望……」她瞄了瞄客廳門，然後壓低聲音。「我很愛跟爸在一起，可是我有時希望還可以更多。」

「更多什麼？」

帕琵聳聳肩。「更多人吧。更多聲音。」

一會兒之後，兩人退後一步欣賞聖誕樹，電視正好在播放〈紐約童話故事〉（Fairy Tale of New York）。聖誕樹掛滿了裝飾品，蘿柔把小彩燈打開了。

佛洛伊德走進來，驚呼一聲。「女士們，」他說，伸出手摟住了她們兩個的肩膀。「太完美了，十全十美。」他關掉了天花板上的大燈，再轉身看著聖誕樹。「哇！妳們看！」

三個人站在那兒一會兒，背景是「棒客」樂團（the Pogues）的歌聲，樹上的燈光忽明忽暗，佛洛伊德的胳臂壓在蘿柔的肩上感覺很沉重，而且她感覺到他在微微顫抖。她抬頭看他，看見他在哭。一滴眼淚滾落在他的臉頰上，一千顆聖誕彩燈折射而出。他擦掉了眼淚，低頭對蘿柔微笑。

「謝謝妳，」他說，「我都不知道今年我有多想要一棵聖誕樹。」他低頭吻了她的頭頂。「妳，」他說，「讓一切完美。我愛妳，蘿柔。我真的好愛妳。」

她驚訝地瞪著他看。倒不是因為他說的話，而是因為他當著帕琵的面說。

她趕緊瞧了瞧帕琵，想估量她的反應。她對著蘿柔微笑，彷彿命令她讓這一刻圓滿。她壓根就不知道讓蘿柔有多為難。可是他們凝視著她，等著她給予，而現在是聖誕節，天色又黑了，不知為何蘿柔覺得有義務這麼做，在某種不祥得奇怪的方面有著重大意義，她也說不上來，所以她微笑，說：「我也愛你們兩個。」

帕琵把蘿柔拉過去擁抱。佛洛伊德也起而效法。他們擁抱了一兩分鐘，三個人呼出的熱氣在擁抱的核心中匯集。最後，三人分開來，佛洛伊德笑望著蘿柔說：「聖誕節我只想要這個。我只想要這個。就這個。」

蘿柔的笑容僵硬。她想到了佛洛伊德書桌上的剪報。她想到了他們在她的美髮師附近的咖啡店分享的胡蘿蔔蛋糕，他走進門朝她走來的那種壓倒性的自信。然後她想到了藍兒的電話。

妳的男朋友。他的氣場完全不對。很黑暗。

而她感覺到了，就在此時此地。簡單明顯。

你不是你說的那個人，她突然這麼想，你是冒牌貨。

55

隔天蘿柔上班前先去看望母親，她仍健在。

「還在啊？」她說，把椅子拉近母親的坐處。

茹比翻個白眼。

「妳知道星期五是聖誕節，」她說，「妳可不能在聖誕節前死掉，毀了大家的興致。妳知道的吧？如果要死，上個星期才合適。」

茹比咯咯笑，說：「下禮拜？」

「好，」蘿柔含笑說，「下禮拜可以。那個時間一向沒什麼事。」

她握住母親的雙手，說：「我們要一起過盛大的平安夜。到保羅和邦妮家。漢娜也會去。還有傑克、我的新男朋友、他女兒。真希望妳也能來。」

「不必了。」茹比說，蘿柔笑了出來。

「對，」她說，「我不怪妳。」

「新、新男、男朋友怎麼樣？」

微笑凍結在蘿柔的臉上。她不知該如何回答，只好帶笑說：「他很棒。一切都很好。」

可是話一出口，她就感覺到謊言的重量。

她母親也感覺到了。「好？」她說，一臉憂心。

「對，」她說，「好。」

她母親點頭，只點了一下。

「好吧，」她說，「好吧。」

蘿柔離開了養護中心之後立刻打電話給傑克。

他在第二聲響就接了。「媽。」他說，語調關切。

「沒事，」她說，「不是有什麼狀況，我只是想打聲招呼。」

「我真的很抱歉，媽，」他立刻就說，「我真的很抱歉那天我跟藍兒亂說話。我們太沒規矩了。」

「不用，傑克，真的。沒事。我很抱歉我反應過度。我想我只是太震驚了，過了這麼久又跟人交往，我有點太自我保護。只是想一切都求完美。不過當然不可能有什麼是完美的，對不對？」

「對，」傑克說，有太多的話想說卻又不能說。「對，這話沒錯。」

「那明天見嘍？」她說，「在邦妮家？」

「好，」他說，「我們會到。」

「你知道佛洛伊德也會去吧？這樣可以嗎？」

「沒問題，」他說，傑克的反應過於熱烈，她感覺得出來。「沒問題，當然可以。」

她吸了一口氣，準備要切入重點。「藍兒在嗎？」她說，「我能跟她說句話嗎？」

「好，」傑克說，「好，她在。妳不會是要——」

「不是。我說過了，傑克。都過去了。我只是有事想問她。」

「OK。」

她聽見他喊藍兒，她過來接電話，說：「嗨，蘿柔。妳好嗎？」

「我很好，謝謝妳，藍兒。我很好。妳呢？」

「喔，就忙嘛。忙。跟以前一樣。」

一陣停頓，然後蘿柔說：「聽著，藍兒，我想為上次的事情道歉。我想我可能是有點太過分了。」

她幾乎能聽見藍兒聳肩。「不用放在心上。」

「不，真的，對不起。我只是……我一直……唉，怎麼講。我只是想知道妳遇見他的時候為什麼會有那種想法。」

「妳也感覺到了。」

蘿柔臉色變白，一手撫向喉嚨。她覺得自己露了餡。「不是，」她說，「不是，是——」

藍兒打斷了她。「就像我說的，我看得見氣場。如果妳沒看過氣場，那顯然妳會認為我是胡說八道，我懂。可是我看得見，而妳如果想知道我為什麼會有那種想法，妳就只能相信我。」

「我相信，」她說，「我真的想知道妳的看法。」

藍兒嘆口氣，接著往下說，顯然得心應手。「佛洛伊德的氣場有奇怪的顏色，一堆很暗、很暗的顏色。有暗綠色，意思是自信不足又怨氣沖天。還有暗紅色，意思是憤怒。還有暗粉紅色，指的是不成熟和不誠實。可是卻跟他表現在外的形象完全不符合。他的氣場和他的表象之間的差異非常之大。好像他深受別人的左右，努力按照別人的意思做人。還有他和他女兒的相處模式。不太對勁。他一直都在密切觀察她，妳知道嗎？幾乎可以看見他壓低聲音在引導她。好像她也在演戲，而他是在場阻止她出錯的，阻止她暴露出他的真面目。我不認為……」她暫停。「我不認為他真的愛她。不是正常的那種父愛。我覺得比較像是他需要她，因為她讓他像個人。她就像一件披風。」

蘿柔點頭，發出肯定的聲音，雖然她仍在消化藍兒說的話。

「可是妳說，說他危險。妳真正的意思是什麼？」

「我的意思是，」藍兒說，「一個不能去愛的人卻絕望的需要被愛，這是很危險的一件事。而我認為佛洛伊德危險是因為他假裝成別人，只為了讓妳去愛他。」

蘿柔聞言不由得打哆嗦。藍兒的話徹底說中了她昨天站在聖誕樹旁的感覺。

「那帕琵呢？」她說，「她的氣場是什麼樣的？」

「帕琵的氣場，」藍兒說，「像彩虹。帕琵什麼顏色都有。可是她需要離開她的父親，免得他開始吃掉她的顏色。」

「那我呢？」

漫長的停頓。

「妳的氣場太模糊，我幾乎看不見有什麼顏色，蘿柔。」

56

蘿柔抵達辦公室，發現只有她一個人沒穿聖誕毛衣。

「有通知嗎？」她問海倫。

「有，」海倫說，她穿的毛衣會閃現七彩燈光，她的耳環也掛著紅色的小飾品。「上個星期。應該在妳的收件箱裡。」

蘿柔嘆氣。她相信是的，她相信她一定是讀過了，可是在一團混亂的生活之中把它刪除了。

「那，」海倫丟給她一片亮片。「插進頭髮裡。」

蘿柔把亮片盤進頭髮裡，露出笑容。「謝謝。」

今天購物中心有人來唱耶誕頌歌，她從辦公室就聽得到。他們在唱〈好國王溫徹拉斯〉（Good King Wenceslas）。管理階層買了一批維特羅斯的碎肉餡餅，下午五點還有神秘聖誕老人和雪利酒。

她巴不得快點回家。

那晚她去開車時順路進了維特羅斯超市，買了兩瓶香檳、兩根香水蠟燭和兩盒巧克力。她今晚在包裝的時候會決定哪個禮物送給誰。

那天她無論去哪裡都會盯著別人看，想看出他們周遭的顏色，藍兒能看見的氣場。早晨她和藍兒講電話，她完全相信。對，她那時想，對，說得有理。佛洛伊德當然有暗黑的氣場，他當然是在假裝別人。

可是時間過去，她一個氣場也看不出來，而佛洛伊德又傳給她傻氣歡樂的簡訊，配上聖誕老人的表情符號和一大把的冬青，而頌歌歌者又把旋律送入了她的靈魂裡，雪利酒也軟化了她意識層的邊邊角角，她坐在客廳地板上，剪刀來來回回剪著發亮的包裝紙，鄰居的聖誕樹燈光照映在她的窗上，藍兒的話漸漸變得荒唐詭誕。

藍兒真是個古怪的女孩子，她心裡想，關掉了電燈，脫掉了衣服，摘掉頭髮裡的亮片。真是個非常古怪的女孩子。

57

蘿柔在平安夜那天睡過頭。佛洛伊德傳了兩通簡訊，一通問該帶什麼給保羅和邦妮，另一通問該穿什麼。她鍵入回信：送他們起司，越臭的越好。穿件漂亮的毛衣，戴上歡樂的面具。我要穿綠色的。

他立刻回覆：好，綠起司和臭毛衣。遵命。

討厭的呆瓜，她回覆。

接著她去洗澡。

她剛洗完澡就發現又有一則簡訊。妳能先過來一趟嗎？我有禮物要給妳，可是太大了，不能拿到派對去。

她覺得恐懼像刀子一樣刺穿了她的心臟。他對這份禮物的興奮讓她心神不寧。她向來就不喜歡轟轟烈烈的場面。可是不僅是這樣，她還對這種臨時起意的行動感覺到奇怪。藍兒的話又回到了她的腦海：「一個不能去愛的人卻絕望的需要被愛，這是很危險的一件事。」她想起了佛洛伊德在諾愛兒．唐納利的房子、她的家人這件事上說謊。她想到諾愛兒懷孕八個月時的平坦肚子，她想到了諾愛兒．唐納利地下室的護唇膏。接著她想到了佛洛伊德書房裡的剪報和帕琵臥室中的燭台，她知道，她毫不懷疑佛洛伊德把她叫去他的屋子是為了某種不可告人的目的。

她傳簡訊給保羅，也傳給漢娜。

我去邦妮家之前會先去佛洛伊德家，不過我不會遲到。萬一我遲到了，立刻打電話給我。要是我沒接電話，請叫人來找我。我會在拉提默路十八號。詳情我以後會解釋。

然後她換到佛洛伊德的簡訊。

好，她回覆。沒問題。我弄好了就過去。

太好了，他回道。待會兒見！

她把包裝好的禮物和香檳都放到車上，在十一點整前往佛洛伊德的家。

漢娜傳了簡訊過來。

媽？

她沒回覆。

街道車多，行進緩慢。巴尼特街上的電影院裡湧出了許多人，整條街都是購物人潮，海蓋特車站那兒還有隻可憐的馴鹿在忍受一群兒童的拍撫，而一名滿臉不悅的聖誕老人忙著維持秩序。

接近斯特勞德格林路時，蘿柔感覺到喉頭堵了一團硬物。每個街角，每家商店前面，每條巷道都充滿了聖誕節的回憶。年年的平安夜都會去披薩店朝聖，每年都會預訂同一個桌位。過節前最後一分鐘衝到高街上的一鎊商店去買包裝紙。他們總在午餐後帶孩子們到路底的小公園去消耗精力。聖誕節清晨蘿柔會帶著孩子們去把卡片塞進鄰居家的門縫。

那些忙亂的聖誕節，每一個都是完美的珍寶，都逝去了，都化成灰了。

她駛入佛洛伊德家的馬路，關掉了引擎。

然後她坐在車子裡一會兒，暖氣漸漸變涼，空氣變得冷冽。她看著頭頂上的樹枝被風吹打，慢慢為面對佛洛伊德做準備。

五分鐘後，她深吸一口氣，朝他的大門走去。

第五部

58

蘿柔．麥克。

哇，好個女人。

令人不敢逼視。

我不敢相信這個女人允許我把雙手放在她身上。不敢相信她在我的家裡。在我的床上。

她的味道就像五星級的飯店。她的頭髮，在我的指尖下，就像是一床綢緞。她的皮膚像七葉樹果那麼光滑，在燈光下熠熠生輝。我的嘴印上她的嘴，她就像是冰冷冬晨的味道。她用力按著我的後腦勺，美麗的手指插入我的頭髮。我說笑話時她哈哈笑。我叫她的名字時她微笑。她整個週末都在我家裡。下個週末也是。她跟她垂死的母親說到我。她讓我參加他們家的生日派對。她尋求他們的認同，而且也得到了。她帶我女兒去逛街。她在樓梯上和我擦身而過時捧住了我的臀部。她的頭躺在我的胸口醒來，她穿上我的衣服，光腳走在我家裡，用我的馬克杯喝咖啡，車子停在我的街上，而且一直回來一直回來，而每一次她回來，她都比我的記憶中更美好，每一次我看見她，她都比我的記憶中更美麗，我醒著的每一分每一秒都不敢相信像她這樣的女人會想要跟我這種男人在一起。

今天是平安夜了，我坐在客廳裡，穿著一件「保羅史密斯」毛衣和一條有點太緊的長褲。帕琵在她的房間裡包禮物挑衣服。蘿柔坐在馬路上她的車子裡，我從前窗能看見她的神色嚴肅，我能看見她的下巴微微緊繃，眼皮緩緩眨動，她找到了力氣走進我家裡。因為我知道，而現在她也知道了。

我不是那個她以為我是的男人。

門鈴響了，我走去應門。

59

佛洛伊德吻蘿柔的兩頰歡迎她。她笑得爽朗，說：「你的樣子真不錯。真的很有聖誕節的氣氛。」

他是的。他的模樣英俊歡樂。冬青綠毛衣很適合他。可是蘿柔的心臟卻在胸腔裡狂跳，呼吸短促。

「而妳就如平常一樣美麗。我喜歡妳的外套。」

「謝謝。」蘿柔雙手撫平天鵝絨衣料，勉強一笑。「帕琵呢？」

「樓上，」佛洛伊德說，「包妳的禮物。」

「喔，真感謝。」

「進來。」他引她到廚房。「來，我冰了一瓶香檳。我能請妳喝杯巴克雞尾酒嗎？」

蘿柔點頭。一小杯飲料能讓她的神經鎮定下來。

佛洛伊德似乎也很緊繃，她注意到，不是他平常那種談笑自若的樣子。她密切觀察他，盯著他為她倒飲料，盯著那玻璃杯是從櫥櫃裡剛拿出來的，他先倒香檳，再倒柳橙汁，並沒有藏著什麼不讓她看見。

他舉杯。

「敬妳，」佛洛伊德說，「敬美妙不凡的妳。妳是最了不起的，我覺得，在我認識的人裡。我很榮幸能有妳這位朋友。乾杯，蘿柔．麥克。乾杯。」

蘿柔笑得很僵。她感覺到她也該說點什麼，可是她只能想到：「乾杯。你也很好。」聽起來簡直言不由衷。

她瞧了眼天花板。「帕琵要下來了嗎？」她說，最後一個字聲音變得緊張。

佛洛伊德對她微笑。「應該是，」他簡單地說，「應該是。」

「來。」她把裝著他的禮物的袋子給他。「乾脆現在就給你吧，省得還得拿去邦妮家。」

他打開來看，是一面刮鬍鏡，他嘖嘖讚嘆，做出了適當的反應。然後他走向她，伸長雙臂，擁抱她，蘿柔縮了一下，感覺到呼吸卡住，腎上腺素竄升。她隨時都會推開他，隨時都會逃跑。她無法想像她之前居然還會喜歡這個男人的碰觸，她無法想像她居然完全沒有發現這個人很可怕。

「來，」他說，把一個信封交給她。「先打開這個。我馬上就到我的車上去拿妳的另一個禮物。」

「喔，」她說，「好。」

他在門口停住，回頭看她，唇邊掛著淺淺的笑意。

「再見。」他說。

她聽見大門打開又關上。

佛洛伊德走了，房子完全安靜了下來。

她低頭看著眼前的卡片，打開來。

是一隻鴿子在飛翔的圖案，非常沒有聖誕節味。

卡片裡夾著一封信，她讀了起來：

蘿柔，

我察覺到妳對我生厭了。我察覺到妳看出了在妳之前的一百個女人看出的事。我並不是適合她們的男人。

沒關係。因為我也想通了，我配不上妳。而且我必須放妳走。而在我放妳走之前，我必須揭開一個駭人的、匪夷所思的真相。我有屬於妳的東西。不是給我的，而是在一連串恐怖的事件中遺贈給我的。我需要妳知道我剛得到這個珍貴的東西時，它曾被別人凌虐了五年。我呵護照顧了這件贈品。我擦亮它，培育它。

而現在該是還給妳的時候了。我很慶幸我們共度的一段時光。該是讓妳看見我是個正常人而不是怪物的時候了。是個值得妳付出感情的人。要是再有短短幾週就好了。這麼多年處於感情的荒漠，對我來說這是一段極不尋常的經驗。是個寶貴的禮物。言語實不足以表達我對妳的感激。

而且我很高興妳有機會能了解我，能懷著希望把我看成一個能夠把妳最珍貴的東西託付出去的人。

我的書房門沒鎖。我在筆電裡留下了一段錄影。只要按播放，我就會說明一切。

永遠忠誠的

佛洛伊德・鄧恩

蘿柔把卡片放在桌上，從廚房門看出去。她緩緩站了起來，走向佛洛伊德的書房，坐在佛洛伊德的椅子上，戒慎恐懼地抓住滑鼠。她一點，螢幕就亮了起來，佛洛伊德在上頭，穿著今天早晨的這一件毛衣，表情露出濃濃的悲傷。她按下了播放鍵，看著他的表白。

60

蘿柔，我有太多事情想讓妳知道。可是首先是這個：我在十一月走進那家咖啡店時，我挑了妳隔壁的桌子，我讚美妳的頭髮，邀請妳吃我的蛋糕，我並不是想要色誘妳。妳太美麗、太細緻，我絕不敢有非分之想。

那次見面之後發生的事都不在我的預料之中，而且，現在回顧，我知道我有多麼、多麼的自私。

今年剛開始不久我打開電視看新聞，看見有則節目預告。《法網恢恢》。不是我通常會看的節目，完全不是。可是預告說要重建一個叫愛莉．麥克的女孩的失蹤事件，然後螢幕上出現了愛莉．麥克的照片，我的心跳猛地停住。失蹤的女孩長得就像帕琵。比帕琵年紀大。可是就像她。

所以我看了節目。

「愛莉．麥克，住在北倫敦的十五歲少女在去圖書館的路上消失，至今已經十年了，」主持人說，「愛莉是個人緣很好的孩子，同學都很喜歡她，跟男朋友交往了八個月，關係融洽，也是他們家的掌上明珠。根據她的師長說，她決心要每科成績都拿A，也將在那個月舉行的中等教育會考中名列前茅。似乎沒有什麼理由讓這個愛笑迷人的少女在週日早晨離家卻一去不回。

「我們首先在二〇〇五年呼籲民眾提供線索，但是那次呼籲沒有成果。現在，十年了，愛莉下落不明，也沒有證據顯示她被綁架，我們重建了事發經過。可是首先，先由愛莉的爸爸媽媽，蘿柔以及保羅．麥克，來跟我們說說他們十年沒見的女兒。」

螢幕從主持人切換到錄影畫面，一對疲憊的夫婦並肩坐在非常漂亮的廚房裡。她有一頭香草色金髮，髮尾剪得很齊，向後側夾。穿著黑色高領衫，袖子向上捲，手腕上一支樸實的手錶，沒戴戒指。他是一個經典的城市人：淡藍色襯衫，領口鈕釦沒扣，變灰的豐厚頭髮側分，後面短，頭頂稍長，養尊處優的一張臉，很可能一週兩次到哲明街去做蒸汽修面。

是妳和保羅。

妳先說話，對著鏡頭外被剪輯掉的人。妳的聲音嚴肅成熟，像新聞主播，而且妳跟愛莉和帕琵一樣額頭寬、眼睛分得比較開。我看得出妳們三個是一脈相傳的；讓人喘不過氣來。妳談著妳女兒的金黃光芒，她盡興又享受的旅行，歡笑和夢想，她要妳留給她當午餐的千層麵。妳說著說著眼睛變得呆滯木然。妳用拇指和手指圈住了妳細細的手腕。妳的手很美：修長優雅，很女性化。

然後是保羅說話。我不想無禮，可是我看得出來他是個饒舌的人，雖是好意，卻完全沒有重點。我看得出來你們已經不是一對了。妳的肢體語言全洩了底。他談到他和女兒的關係——每個孩子都一樣，他急急忙忙補充——她藏不住心事，有什麼都跟父母說，一點秘密也沒有。他的眼睛也變得呆滯木然，迅速地瞥向妳。他是在希望，我看得出來是極其絕望地希望能得到一點保證，可是他並沒有得到。妳開口時，畫面又跳出愛莉的照片：站在塑膠溜滑梯底下；坐在快艇上被她父親用一隻手臂抱住，風吹著她的頭髮；聖誕節戴著一頂可笑的帽子；餐廳裡她一隻手臂摟著一位年長女士，樣子像是祖母。

這個女孩子神采奕奕，不可能死了，我這麼想。即使是在那些微微模糊的照片中，我都能感覺到她的活力，覺察到她的喜樂。那是巧合，我說服自己，全都是巧合。一個年輕的女孩子，名字很常見，在帕琵出生前一年失蹤，卻跟帕琵長相酷似。

接著採訪的畫面淡去，開始重建事件經過。

我就是在那時知道的，就是在那時每一片拼圖都湊了起來，而我知道了並不是巧合。畫面是那條高街，諾愛兒家轉角的咖啡店，她買她那噁心衣服的紅十字商店。攝影機拍攝出整條馬路，我甚至能看到她家外頭盛開的櫻花樹。我的皮膚起滿了雞皮疙瘩。

因為，妳知道嗎，諾愛兒有一次在盛怒之下跟我說她不是帕琵的親生母親，說是一個叫愛莉的女孩子幫她生的。當時我不確定她是因為瘋癲才會說這種話，或是有可能就是真的。她懷孕時我沒見過她裸體，她不准我碰她。可是，感覺還是很牽強。我並不怎麼相信。

而如果事實當真是如此，我也總是把神秘的愛莉想像成一個走投無路的不良少女、一個魯蛇，是諾愛兒在街上撿來的，塞給她一些錢要她幫忙生她的假孩子。可是我在電視上看見的卻是一個美麗的年輕女孩，前途一片光明，卻從地表消失了，而且最後出現的地方幾乎就在諾愛兒的屋子外面。

這個孩子不會丟下家人、男朋友和未來不管，不會自願去幫陌生人生孩子。所以我的思緒不由得飛回了諾愛兒失蹤之後的那幾天，我去她家收拾帕琵的東西。我想到了那個詭異的地下室，我跟妳說過，裡頭什麼都沒有，只有髒污的舊沙發床、死掉的倉鼠、一台有內建VCR的電視，還有門上的三道鎖。

而我當下就知道了，諾愛兒確實做得出偷走別人孩子的那種事。

我立刻就知道了我需要做什麼。

61

妳知道，蘿柔，我這一生最想要的就是跟別人一樣。我住過幾個國家，念過幾所學校，我看別的孩子都一塊長大，他們的爸媽都在週末一塊喝酒，這些優游自得的孩子有他們自己小圈子的笑話，有地下室的小窩，有綽號。我看著他們，心裡想：你們是怎麼做到的？怎麼會有這種事？我從來沒在一個地方待得夠久，能給自己弄一個外號。我永遠是「那個新來的」。每隔幾年。「嘿，你，新來的。」而且他媽的智商超高也一點都沒幫上我的忙。誰也不喜歡自以為聰明的人，而我就是一個恐怖的自以為聰明的人。我的聰明就像黏液一樣往外流。

同時，我也一點都不好看。又加上沒有運動細胞，而且是個徹徹底底的冷眼旁觀者。當然，我的父母極其出色，顯然認為只要有助於他們的事業，沒有所謂的犧牲。他們似乎真的、真的不明白孩子喜歡跟父母在一起。他們丟給我一大堆的活動，告訴自己只要我保持忙碌，我就一定會快樂。

有一間學校，在德國的一個城鎮。我喜歡那間學校，是一間國際學校，學生來自世界各地，一大堆人甚至不會說英語。學生人數是流動的，所以學生來來去去。而我也總算有了一次優勢。我會說英語。我在那裡念了快四年，從十一年級到十四年級。我從年紀最小的變成年紀最大的。這樣很好。性格形成期。幾乎是性格變化期。我看著新的學生進來，年紀小的，外國來的，小小的韓國小孩、印度小孩或奈及利亞小孩，辛辛苦苦學習語言，辛辛苦苦面對文化震撼。這一切讓我覺得正常。

我那時有個女朋友。瑪緹爾。她是法國人。相當漂亮。我們常常親吻，要不是我父母偏偏挑在那個時候揪著我的衣領把我拎走，丟到另一個地方，說不定我就能有機會發展出那種正常的性格，變成一個有核心和靈魂的人了。

到頭來，我不認為我真正愛過誰，直到帕琵出現。

即使是現在我都不確定用「愛」這個字對不對。

我畢竟沒有可以比較的基準。

我為什麼沒有在看過《法網恢恢》之後立刻就報警，妳應該會想要知道是吧？這也是個非常好的問題。

首先，在這個當口，我不知道愛莉是死是活。我不知道她在諾愛兒的地下室被關了多久，前提是她真的被關在那裡。而根據電視節目的說法，有一兩成的可能她在失蹤四年後曾經偷溜回妳家，帶走了一些現金和有價物品。所以愛莉很可能在任何地方，或是不在任何地方，旁白說得不清不楚。

不過單憑這一點也並不能為我不去找警方說出我僅知的事情開脫。是這樣的，我最關心的是我在這件案子上的角色。諾愛兒跟我說她不是帕琵親生母親的那天也跟我說我不是帕琵的親生父親。她說她用的是在網路上買來的精子。我把這件討厭的小事跟她告訴我的其他事一起鎖進了內心深處，把頭埋進了否認的沙堆裡。蘿柔，帕琵真的，真的是我唯一遇到過的好事。是我的驕傲和喜悅。我全部的存在的理由。妳也知道我和莎拉潔的關係有多糟。妳也知道她從小就討厭我，當著我的面吐口水，又咬我又抓我。我還以為當父親就是這樣的。我以為我活該有這種孩子。然後帕琵來到了我的生命中，她是那麼的小巧、那麼的聰明，而且她愛我。生平第一次我有了美麗的珍貴的東西，別人都沒有，天底下的人都沒有。而如果她不是我的，那我的人生就不再有意義了。

可是在看了《法網恢恢》的特別節目之後，我才恍然大悟，如果她是我的，而我告訴警察說我知道諾愛兒和愛莉的事，那麼無論是哪個警察、哪個法官和陪審員，打死他們都不會相信愛莉是在我不知情之下，或是在我不同意之下，被我的精子授孕的。太不合情理了，想也知道。我最少也會因為幫助和教唆而被判刑，我也會被判強暴未成年少女罪，為我壓根沒犯的罪揹黑鍋。

可我又避重就輕了。我沒去做DNA檢驗，儘管證明帕琵不是我的親生孩子可以讓我能自由地向警方報告我所知道的事。我就是沒辦法讓她走，蘿柔。我真的很抱歉。

在《法網恢恢》特輯播出後沒多久，我在《衛報》上看到了妳的採訪。是一篇真人真事的報導。妳說，我直接引用妳的話：「這件事最折磨人的地方是不知道。沒有一個了結。不知道我女兒的下落，我就是沒辦法放下。我就像是走在向下沉的泥濘裡。我看得見地平線有什麼，可是我怎麼樣就是搆不著。我就像個活死人。」

然後一個月後，報上出現了頭條。「**愛莉的遺骨找到了**」。妳有了了結。我參加了葬禮。我站在遠處。我看見妳先生攙著妳走進火葬場，也看見你們走出來時妳的兩腿發軟。了結，感覺像是除了一盒白骨之外什麼也沒給妳。可是我可以給妳什麼，讓妳從下沉的泥濘中拔出來，走向地平線。我可以給妳帕琵。

62

我變得對妳異常迷戀，蘿柔。我在網路上搜索妳的新聞，搜索照片和妳在愛莉失蹤之後的記者會片段。妳真是個高雅的女人。那麼的簡潔扼要、那麼的口才便給，沒有廢話，沒有情緒失控，妳漂亮的手總是纏在一起，俐落的頭髮，合身的衣服，沒有蕾絲、鈕釦或滾邊。即使是在衣著的選擇上妳也什麼都不浪費。

而看著妳，我也越來越熟悉保羅。他的襯衫乍看之下傳統，但看久了才會發現衣領裡有碎花布裝飾，袖釦是小狗頭。仿角質眼鏡也略微不尋常。手工皮鞋上會閃現幾何圖案的絲質短襪。

進一步調查這類的衣著，我知道了他主要是在「保羅史密斯」和「泰德貝克」採購。我開始實驗，這裡買一雙襪子，那裡買一條絲質手帕。然後我去理髮店好好地修了個臉，我從來沒有好好修過臉，其實我很少刮鬍子，我常常放任鬍子亂長，直到我的臉覺得癢，這才會拿一把鈍刮鬍刀來刮，刮得一張臉傷痕累累，然後又再放任鬍子生長。買衣服對我而言同樣是件苦差事：一年兩次拎著籃子在瑪莎百貨裡，如秋風掃落葉般了事。但是我漸漸喜歡起瀏覽男士精品了。我喜歡那些蛇腰豐臀的櫃姐，那麼殷切地想幫忙，指引我正確的方向。然後我去理髮，找到了一些產品能讓我相當稀疏、擺脫不了地心引力影響的頭髮有一種豐厚昂揚的外表，買了一副平光眼鏡，角質框。於是我的轉型就完成了。

這是個緩慢的歷程，歷經了幾個月。我並不是像那些可怕的電視大改造節目一樣一夕之間就以全新的形象面世。我相信那些固定會看見我的人壓根就沒發現我的變化。

我只是想要向妳展現我自己，並且讓妳喜歡我。就是這樣。讓妳覺得我很眼熟，讓妳覺得我是那種妳願意分享一片蛋糕的人。我想要我們兩個當朋友，然後我想要妳和帕琵當朋友。因為這時我已經做了DNA檢驗了。這時我知道了，那百分之零．零二的不可能的機率，帕琵不是我的孩子，而她真正屬於的人是妳。

我並沒有期待會互相吸引。我並沒有想到在餐廳裡妳的手會溜進我的毛衣衣袖裡，那晚我們會迫不及待爬上我家的樓梯，隔天早晨妳的頭會躺在我的臂彎裡。像妳這樣的女人是不會喜歡我這樣的男人的。而我……

不。沒有藉口，一個也沒有。我佔了妳便宜。就是這麼簡單。

可是我很高興妳和帕琵至少有機會在相對較正常的情況下認識彼此，而不是在殺氣騰騰的警方行動中，不是在燈光熾烈的社福辦公室，只是孩子和外婆，一起吃早餐，一起逛街，跟妳的家人吃晚餐。我希望這表示在將來的日子裡帕琵能夠順順當當地融入麥克家。我只告訴了她簡單的真相，我會讓妳來決定她需要知道多少。請記住，這棟房子和房子裡的東西都是屬於帕琵的，她這一生是足以自給自足了。

說到這裡，我不能不把我為什麼沒有在今年五月時去報警的最後一個理由，而且多少也是最可信的一個理由告訴妳了。妳如果往右邊的窗戶向外看，就會看到花園裡有一片花床，比其他的更新更高。看見了嗎？就在後面？我是在十一月初挖的，就在我遇見妳之前。

諾愛兒．唐納利就埋在那裡。

在那之前她是在我地下室的冷凍櫃裡。那晚她來跟我說了愛莉的事情之後她就在那裡了。那晚她來跟我說帕琵不是我的。

我不是故意要殺她的，蘿柔，我發誓。是意外。我撲向她，我想要嚇嚇她，我想傷害她。我是說，妳能想像得到，對不對？我的感受，那個女人，那個邪惡的女人，在我的廚房裡，把我的心從胸腔裡挖出來。要是妳也在場，妳也會想要傷害她；我知道妳也會。可是我真的沒有打算要殺死她。她的椅子向後倒，她的頭就撞到了地上，然後……

反正……我會讓妳決定是不是要報警。是不是要告訴帕琵。可是我不能隱瞞不說。我知道無論妳有什麼決定，都會是正確的。

拜託，蘿柔，原諒我。原諒我的一切。原諒我遇見了諾愛兒，允許她進入我的人生；原諒我在她懷孕時沒有多追問她，沒有多質問她的地下室；原諒我在懷疑帕琵的母親是誰時沒有去報警；原諒我讓自己愛上妳，偷走了這幾個星期和妳相處的時光。請原諒我。

地平線就在妳的眼前，蘿柔。邁開大步走過去吧，帶著帕琵。

63

影片停止了。沉默再一次籠罩房子。蘿柔掃了前窗一眼，就知道佛洛伊德的汽車不見了，所以，他也不見了。她回到佛洛伊德的書房，瞪著天花板。內心深處傳出一種嗆住的聲音。她的寶貝。她的寶貝女兒。不是揹著背包在英國的窮鄉僻壤流浪，而是被關在諾愛兒・唐納利的地下室為她生孩子。她在那裡多久？她是不是被虐待？她是怎麼死的？而蘿柔怎麼會不知道？愛莉失蹤後的那些年她走過那幾條街多少次？她經過那棟房子，眼光被諾愛兒地下室窗前花團錦簇的櫻花吸引了多少次？有多少次她距離自己的女兒只有咫尺，卻沒辦法靠著某種強大的母女連心感而察覺到她在那裡？

憤怒的眼淚潰堤，她猛捶佛洛伊德的書，兩手都捶得瘀血了。她正要再大喊，卻聽見了後面有動靜，是佛洛伊德的書房門輕輕打開。門打開了一條縫，帕琵站在那兒，穿著蘿柔帶她去逛街時幫她在H&M買的針織衫和薄紗裙。她的頭髮抓在一隻手上，另一隻手拿著髮圈和梳子。

「我一直在綁馬尾，」帕琵說，朝她過來。「高高的、會搖晃的馬尾，可是我綁得不夠高，而且頭頂都梳不平。」

蘿柔微笑，從椅子上站起來。「來，」她說，把椅子轉向帕琵。「坐下來，我來看看。不過我有好久沒有綁過高高的馬尾了。」

帕琵坐下來，把髮圈和梳子交給蘿柔。蘿柔接下了她握著的頭髮，開始梳理。她發現自己的動作熟練流暢，銘刻在她的肌肉記憶裡。有多少個早晨，有多少次，她幫孩子綁馬尾？如今看來她梳頭的日子還沒有結束呢。看來她又要當母親了。她的胸口像有一朵花苞緩緩綻放，嬌嫩又溫暖。

「爸呢？」帕琵說。

「他不在這裡，」蘿柔小心地說，「他得到別的地方去。」

帕琵點頭。「是跟他昨天晚上告訴我的事情有關嗎？」

「他昨天晚上跟妳說了什麼？」

「他說諾愛兒不是我媽。他說妳的女兒才是我媽。」她猝然轉身，蘿柔能看到她的眼睛又紅又腫，她一直在房間裡悄悄流淚。「是真的嗎？妳真的是我外婆？」

蘿柔頓住，嚥了嚥口水。「妳願意是這樣子嗎？」

帕琵又點頭。

「那，是真的。妳的母親叫愛莉，她是我女兒。而且她是個最奇妙、最燦爛、最完美的女孩子。而妳，帕琵，就跟她一模一樣。」

帕琵有一會兒什麼也沒說，然後她又轉向蘿柔，恐懼地瞪大眼睛，說：「她死了嗎？」

蘿柔點頭。

「我爸爸死了嗎？」

「妳爸爸……？」

「我真正的爸爸。」

「妳是說……」

「那個跟愛莉生孩子的人。不是把我養大的爸爸。」

「妳爸爸跟妳說的？」

「對，他跟我說了。他說他不知道我真正的爸爸是誰。他說沒有人知道，連妳也不知道。」

蘿柔把注意力再放到帕琵的頭髮上。她把頭髮盡量梳高，然後套上髮圈，轉了三圈。「我不知道妳真正的爸爸是不是活著，帕琵。很可能我們永遠也不會知道。」

帕琵沉默了一會兒，然後說：「好了嗎？」

「好了，」蘿柔說，「綁好了。」

帕琵從椅子上滑下來，走向佛洛伊德書房外牆上掛的鏡子。她摸了摸頭髮。「我像她嗎？」她說。

「像。妳長得就像她。」

她轉身照鏡子，再一次評估，下巴微微抬高。「她漂亮嗎？」

「她非常非常漂亮。」

「她像漢娜一樣漂亮嗎？」

蘿柔正要說：喔，她比漢娜漂亮多了，卻及時打住。「對，」她說，「她跟漢娜一樣漂亮。」

帕琵一臉滿意。

「我們還要去派對嗎？」她問。

「妳想去嗎？」

「想。我想見我的家人，」她說，「我想見我真正的家人。」

「沒問題。」

「蘿柔？」

「什麼事，甜心？」

「爸爸會回來嗎？」

「不知道，我真的不知道。」

帕琵低頭瞧了瞧鞋子，再抬頭看蘿柔。她的眼裡都是淚，突然間令人緊張的小大人作風消失了，帕琵在哭，肩膀上下聳動，兩隻手用力按著眼窩。

蘿柔把她抱進了懷裡，抱得緊緊的，親吻她的頭頂，感覺到對這個孩子的愛有如猛烈的、燦爛的夏日風暴般沖刷了她的全身。

64

我帶了護照和一把手槍。一個小袋子裡裝了換洗衣服和充好電的手機。我的計畫是盡可能離開倫敦，然後不是轟掉自己的腦袋就是出國去。到時候再說吧。在這個當口我不知道哪一種比較糟：打碎了我女兒的心，還是打碎了我女兒的心然後讓我的後半輩子花在東躲西藏或是坐牢上。備用計畫至少用不著葬禮。

所以我終於清理了妳留下的一團污糟，諾愛兒。我說話的這個時候（或是構思，或是寫下，隨便，反正我是在跟個死人打交道），蘿柔會向她的外孫女重新介紹自己，然後她們會一起去吃皆大歡喜的聖誕大餐，在閃亮亮的貝爾塞斯公園旁一棟閃亮亮的馬廄式房子裡——妳想想每一個人的臉，諾愛兒，在她們走進去的時候，這兩個漂亮女人，額頭寬，腦袋聰明，璀璨光芒讓每個人都目眩神迷。妳想想看。

我真希望能親眼看到。

可是我不讓自己有那個特權，我不能讓自己的快樂和需要凌駕了蘿柔的快樂和需要。

我現在不在倫敦了，諾愛兒。我像是往西走。對，往斯勞。而且我的心情很好，事實上，我覺得神采飛揚。我終於擺脫妳了，像蛻掉了死皮。

我摸了摸乘客座上的森寶利超市提袋裡的手槍。我隔著塑膠袋撫摸它堅實的線條，感覺金屬的清涼。我想像著槍管，用力抵著我的口腔上壁，手指扣下扳機。天色仍然明亮清爽。我想像自己幾小時後駛出主幹道，進入一處康沃爾的村莊，天空漆黑，村莊岑寂，找張床過夜，或是就睡在車上。明天我一醒來就是聖誕節了。世界會一片寂靜，聖誕節總是這樣的，吵鬧的喧囂眾生在一百萬扇緊閉的門後說著好聽的話。而我該何去何從？我要在何處安身？明天呢？後天呢？

我感覺乾淨純潔，滌淨了，是全新的一個人。我做了一件最美好最偉大的事情，空前絕後。這件事上報時我會想親眼看見嗎？真的？拜託，想想看他們會挖出我們多少可怕的照片。

我經過了格拉斯頓伯里，太陽正準備落下，天空一片珍珠灰。淡淡的金光照耀在石頭上，一些遊客被隱約的輪廓籠罩住。我在下一個匝道離開了M5公路，回頭往格拉斯頓伯里塔而去。我在裡面的一條路找到了一片原野。從這裡我能看著日落，能看見格拉斯頓伯里巨岩的陰影在變換的光線中收縮增長。我想到蘿柔和帕琵在邦妮的晚餐桌上，燭光閃爍，兩人的臉開朗明亮。然後我又想到妳跟我，鏈接在一起，理不清說不明，直到地老天荒，未來的幾年中我們的兩張臉並列在報紙的頭版上，而我知道我不想要留下來親眼目睹。我想到帕琵，想到今天早晨我在她的房間裡握著她的手把真相告訴她，她那勇敢的小臉，下巴繃得緊緊的，克制著自己的情緒，輕輕點頭，默默消化那些九歲小女孩都不應該聽見的話。我想到她得學習沒有我的生活，我知道她沒問題的。我知道她會成長茁壯。我想到了我在華盛頓的父母，緊抿的唇，兩人意會而毋須言傳的話語：*我們應該把他丟在醫院裡的*。我知道這是我最後的一次日落，這一個，這裡，這一刻，在平安夜，地平線上綻放著熊熊的紅光和金光。我知道這是我最後的一刻。

沒關係。

一點關係也沒有。

我把手探進塑膠袋裡，拿出了手槍。

65

八個月後

西奧和漢娜手牽手走過一道白玫瑰和滿天星拱門，粉彩的五彩碎紙在他們的頭頂飄落，叮噹響的教堂鐘聲飄過了芬斯伯里公園的都會街道。一剎那間，陽光從今天早晨開始就遮蔽住天空的雲層裡露出來。

蘿柔牽著帕琵的手，看著她的新婚女兒在教堂外頭的馬路上招呼她的朋友和賓客。漢娜一身白紗，頭髮上閃爍著珠寶的光芒。她容光煥發，亮麗耀眼。她的先生站在她身邊，英俊自信，一手輕輕扶著她的背，臉上是掩不住的得意之情。

她怎麼能認為漢娜是西奧的安慰獎呢？她心裡想。她怎麼能允許自己有這種感覺？她心裡想。

過了一會兒，來參加婚禮的親朋好友——只有三十個——登上了一輛紅色的舊雙層巴士。帕琵坐在蘿柔的大腿上，兩手仍抓著她當花童捧進教堂的捧花。巴士晃動，蘿柔兩手抱住帕琵的腰，以免她跌倒。帕琵叫她。不是外婆、不是媽媽、不是蘿柔，是嬤嬤。她自己選的稱謂。帕琵是最勇敢最美妙的孩子。她需要哭的時候就哭，需要生氣的時候就生氣。她每一天每一刻都想念佛洛伊德，但是大多數時候她是陽光和喜樂，是蘿柔和一家子圍繞的太陽。大多數時候她就是一個奇蹟。

巴士上的氣氛高昂，嘰嘰喳喳說個不停。邦妮和保羅一起坐在巴士的前部，邦妮獨特的帽子幾乎把前方的風景都擋住了。傑克和藍兒坐在他們後面。藍兒的大腿上放了一個袋子，裡頭有一隻小不點小狗，叫「先生」，而且顯然長大了也不會比一隻小兔子大多少。從昨天晚上從德文郡過來之後，她和傑克就把這隻狗呵護得像是他們的新生兒。

蘿柔隔壁的位子坐的是莎拉潔。帕琵問是否能邀請她，即使她不認識漢娜和西奧。雖然帕琵現在知道莎拉潔不是她的親姊姊，她仍然想讓她變成家裡的一分子。莎拉潔還是跟平常一樣瘦弱，不食人間煙火的模樣，穿著銀色飛行員夾克和沒有腰身的粉紅色連衣裙。她帶著一個留鬍子的男人，叫湯姆，可能是她的伴侶，也可能不是。她只說他是朋友。傑奇和貝兒坐在蘿柔對面，雙胞胎在他們的左右兩邊。這對男孩只比帕琵大兩歲，蘿柔欣喜地發現她的生活再一次回到了正軌，跟她最親近的朋友同拍合調。

她右邊的位子坐著西奧的雙親。古德曼先生一臉老態，可是蓓琪・古德曼卻真叫人豔羨，一點也不顯老。蘿柔看見了她的皮膚從下巴骨向後拉向耳朵，放心地把觀察所得藏在心裡。

其他的客人是漢娜的同學，她還看見了保羅的父親；她看見了二十幾個陌生人，穿著不舒服的鞋子，妝化得太濃，她猜是西奧的同事，或是漢娜的同事。

但是正如所有的婚禮，總有不在場的人：鬼魂和陰影。

蘿柔的母親終究在八個月前辭世了，所幸她並沒有錯過和帕琵見面的機會。

那天她抓住帕琵的一隻手，說：「我就知道，我就知道我為什麼還不死。我就知道還有妳。我就知道。」一位護士為她們三人拍照。當然應該是四個人，但是三個總比兩個好。茹比在一週後過世。

蘿柔沒出息的哥哥也不在這裡。他一月從杜拜飛來參加茹比的葬禮，說他沒辦法一年飛兩次。

而當然，愛莉也不在。

蘿柔沒有把全部的真相告訴帕琵。她說愛莉離家出走，不幸被車撞到，掉在樹林裡，後來在離家出走和被車撞到的期間生了孩子，被諾愛兒領養了，後來她應付不了，又交給了佛洛伊德。她也沒跟帕琵說佛洛伊德花園裡的屍體。她只是幫帕琵收拾了一小袋衣服，帶她到巴尼特的公寓住幾天，而警方在花床上架立了大塑膠帳篷，直升機也在上頭飛來飛去。至於佛洛伊德，蘿柔跟帕琵說他自殺了，因為他覺得太內疚，明明不是帕琵的父親卻假裝是。帕琵噙下了眼淚，用她那種嚴肅的、勇敢的態度點頭。「我真的不介意，妳知道嗎，」她說，「因為他是一個非常好的爸爸。他真的是。他不需要覺得內疚。他不需要死。」

「對，」蘿柔說，用拇指擦掉了帕琵腮上的唯一一顆眼淚，摟著她搖晃。「對，他不需要死。」

巴士在運河邊的餐廳外停住，西奧和漢娜會在這裡舉行喜宴。一行人魚貫下車，拉平裙子，扣好外套，撫平被河面上的風吹亂的頭髮。保羅上前來。「妳還好嗎？」他問，一手貼著她的外套衣袖。

蘿柔點頭。她沒事。她的人生在各個方面都顛倒了。她五十五歲了又當母親。她早晨做便當，在她的日記中寫下開學日。她一天跑兩趟學校，在人生中的每個十字路口都把別人先放在她的前面。而她當然仍然帶著創傷，是幾個月前愛莉的人生真相揭露所引起的。有些晚上她閉上眼睛就會在那間地下室裡，困在貼著松木鑲板的四壁間，絕望地瞪著上頭的窗子，誰也看不進來。可是惡夢也漸漸變少了。

她的女兒死了，她的母親死了，她的先生跟一個在幾百個地方都比她強的女人生活。不過她沒事。蘿柔沒事。真的。因為她有漢娜，她有傑克，現在她也有了帕琵和西奧。她和莎拉潔的關係在佛洛伊德死後的幾個月裡也漸漸變得更深厚。她經常看見她，因為帕琵的緣故，但也是因為她自己的緣故。她在莎拉潔的身上看見了一點她自己，一點滿重要的，需要滋養的東西。

漢娜搬進西奧家，她把伍德塞公園的寥落公寓租了出去，蘿柔不再需要去幫她打掃了。母女倆之前的互動也改觀了。她們成為了朋友。漢娜和帕琵是愛莉失蹤的恐怖經歷中最好的結果。帕琵把漢娜當英雄一樣崇拜，而漢娜也很寵愛帕琵。兩個真的是形影不離。

眾人就座時，蘿柔隔著座位抓住了漢娜的眼光。她微笑，而漢娜朝她眨眼睛，送她一個飛吻。她美麗的女兒。她耀眼的女兒。

蘿柔接住了飛吻，按在心口上。

尾聲

女人手裡攥著紙，絕望地看著玻璃窗後的女警。她跟她說馬上會有人過來，可那是半個小時之前的事了，她真的需要把車開走免得吃一張逾時停車的罰單，而且她後車廂裡的冷凍雞胸肉也開始退冰了。

「不好意思，」她一分鐘後說，「我真的很抱歉，可是我的停車時間快到了，我真的得走了。我可以把這個給妳嗎？」她舉起那張紙。

女警抬頭看她，又看看紙，再回頭看她。「抱歉？」她說，彷彿沒見過她，沒聽過她說話。

「這封信，」女人說，極盡所能不露出不耐煩。「我在我從紅十字商店買的書裡找到的信。」

「喔，」女警說，「好啊，給我。」

女人把信交給女警，盯著她讀，盯著她的表情從漠不關心轉變成警覺，再變成傷心，再變成震驚。「對不起，」她說，「麻煩再說一次妳是在哪裡找到的？」

「我說過了，」女人說，耐心就快要被磨光了。「我上個月從斯特勞德格林路那裡的紅十字商店買了一本書。一本梅芙．賓奇的小說。我昨天晚上才翻開來，結果這封信就掉了出來。是她寫的，」她說，「對不對？那個可憐的女孩？那個在地下室生孩子的女孩？」

女警抬頭看她，女人看見她的眼睛濕濕的。「對，」女警說，「是她。」

兩人的視線都回到信上，也都陷入沉默，一塊再讀一遍，瞇著眼分辨在小小的紙張上寫得密密麻麻的蠅頭小字：

給看到這封信的人，我的名字是愛莉．麥克。

我十七歲。諾愛兒．唐納利在二〇〇五年五月二十六日把我帶到她家，關在地下室裡大概一年半。我生了一個孩子。我不知道父親是誰，我也很肯定我仍然是處女。她叫帕琵。她是二〇〇六年四月出生的。我不知道她現在在哪裡，或是誰在照顧她，可是拜託，拜託你去找她。拜託你找到她，照顧她，跟她說我愛她。跟她說我已經盡可能照顧她，而她是世界上最可愛的小嬰兒。還有，拜託讓我的家人知道你找到了這封信。我媽叫蘿柔．麥克，我爸叫保羅，我有一個哥哥叫傑克，一個姊姊叫漢娜。我要你告訴他們我很抱歉，我愛他們勝過了一切，他們絕對不要因為我發生的事責怪自己，因為我很勇敢，我很聰明，我很堅強。

誠摯的愛莉．麥克

謝辭

我在二〇一六年十二月完成了這本書。我讀了一遍，心裡想：嗯，這本要不是怪誕得夠精采，就是只有怪誕而已。我失去了一切的客觀，只是把書交給我的編輯，壓根不曉得她會作何反應。

幾天之後她說見個面吧，我有個極端的建議。那時我就知道我的書只是怪誕而已。

她說她和另一位編輯花了許多時間為我的書腦力激盪，想要找個方法來平衡那份怪誕。然後兩人靈光一閃。而她的建議確實是夠極端了。

我說：對，對，當然。真聰明，妳們真聰明。謝謝！

而現在我想再次感謝莎琳娜・沃克和懷娥拉・海登那麼的勇敢，那麼的頭腦清楚，感謝妳們坐在一起為我怪誕的稿子傷腦筋，一再討論商量，看出了需要做的事，然後再告訴我該怎麼做。大家可能會覺得作家對自己的作品都很寶貝，覺得只有他們知道應該如何如何。可是講道理的作家就知道不是這樣的。有時候作家最沒有辦法看出解決之道，有時候就得要靠編輯出馬。而這一本書絕對就是這一種情況。所以，再次感謝妳們，我真的是感激涕零。

當然還要感謝 Arrow 公司的每一個人；感謝蘇珊・桑頓、潔瑪・貝若漢、席萊絲特・沃德－貝斯特、亞斯藍・班恩和銷售團隊的每一個人。

感謝我的經紀人強尼．蓋勒對這本書那麼的用心。也感謝Curtis Brown公司團隊的每一個人，謝謝你們在我的寫作生涯中的支持。你們都是最棒的。

感謝我在美國的出版團隊，多虧了你們的愛和辛苦工作，我的事業才能日新月異。謝謝你們，茱蒂絲．柯爾、莎拉．侃汀、艾瑞兒．佛瑞德曼、莉莎．項伯拉和海麗．韋佛。我非常期待今年能跟各位再見面喔！

還有黛伯拉．施耐德，我的美國經紀人，謝謝妳。妳為了我那麼辛苦，而我跟妳連一面都沒見過呢！我等不及這個夏天的見面了。我會擁抱妳很久很久，妳搞不好得把我推開呢！

感謝我所有的國外出版商，讓我的作品居然能行銷各地，而且印刷那麼精美，勞動了那麼多了不起的團隊。尤其是感謝瑞典的琵雅．普林茨，不僅出版我的作品，還邀請我進入妳的世界，帶我去吃晚餐，到了睡覺時間還不放我回去！也謝謝安娜、芙麗妲和克里斯多福，你們真的太可愛了。

感謝書店、圖書館和買書人，也感謝幫忙把我的書送給讀者的每一個人。還有那些奇妙的部落客。謝謝你們的書評和貼文、照片和推特。我愛你們！特別要感謝臉書上傳奇的「讀書俱樂部」的崔西．芬頓。妳真是朝氣蓬勃，而且對讀者和作者都大有裨益。

感謝我了不起的家人和朋友。我很幸運能夠擁有這麼優質的親友。尤其感謝同一掛的那些。我們越老越精采了吧？

Storytella **112**

失蹤的女孩

Then She Was Gone

失蹤的女孩/麗莎.朱爾作 ; 趙丕慧譯. -- 初版. -- 臺北市 : 春天出版國際文化有限公司, 2021.05
面； 公分. -- (Storytella ; 112)
譯自 : Then She Was Gone
ISBN 978-957-741-336-9(平裝)

873.57　　110005702

ISBN 978-957-741-336-9
Printed in Taiwan

作　者　麗莎・朱爾
譯　者　趙丕慧
總編輯　莊宜勳
主　編　鍾靈

出版者　春天出版國際文化有限公司
地　址　台北市大安區忠孝東路四段303號4樓之1
電　話　02-7733-4070
傳　眞　02-7733-4069
E－mail　frank.spring@msa.hinet.net
網　址　http://www.bookspring.com.tw
部落格　http://blog.pixnet.net/bookspring
郵政帳號　19705538
戶　名　春天出版國際文化有限公司
法律顧問　蕭顯忠律師事務所
出版日期　二〇二一年五月初版

定　價　380元

總經銷　楨德圖書事業有限公司
地　址　新北市新店區中興路二段196號8樓
電　話　02-8919-3186
傳　眞　02-8914-5524
香港總代理　一代匯集
地　址　九龍旺角塘尾道64號 龍駒企業大廈10 B&D室
電　話　852-2783-8102
傳　眞　852-2396-0050